KB262642

血燕

혈리연

일성 新무협 판타지 소설

FANTASTIC ORIENTAL HEROES

혈리연 1

일성 新무협 판타지 소설

초판 1쇄 찍은 날 § 2007년 6월 26일
초판 1쇄 펴낸 날 § 2007년 7월 6일

지은이 § 일성
펴낸이 § 서경석

편집장 § 문혜영
편집책임 § 서지현
편집 § 심재영

펴낸곳 § 도서출판 청어람
등록번호 § 제1081-1-89호
등록일자 § 1999. 5. 31
어람번호 § 제2-1235호

주소 § 경기도 부천시 원미구 심곡1동 350-1 남성B/D 3F (우) 420-011
전화 § 032-656-4452 팩스 § 032-656-4453
http://www.chungeoram.com
E-mail § eoram99@chollian.net

ⓒ 일성, 2007

ISBN 978-89-251-0770-7 04810
ISBN 978-89-251-0769-1 (세트)

혈리연

血皇燕

1

일성 新 무협 판타지 소설

FANTASTIC ORIENTAL HEROES

도서출판 청어람

작가의 말

오래전 이런 말을 들어본 적이 있다.

"로봇 태권 브이 변신!"

아마, 남자라면 한번쯤 들어본 적이 있는 말일 것이다. 어린 동심의 세계에서는 꿈같은 희망일지도 모른다.

그런데 이미 머리가 굵어진 내게 저런 현상이 나타났다. 육체적 변신이 아닌, 나 자신의 변신이…….

이유는 글 때문이다.

지인들에게 가끔 이런 말을 들을 때가 있다.

'네 글은 어둡다', '글이 자극적이야', '주인공 성격들이 왜 그래?'

사실, 그런 말이 싫은 것은 아니다. 나 스스로가 그리 밝은 사람이 아니라고 생각하기 때문이고, 유쾌하고 코믹적인 글에 별 매력을 느끼지 못하기 때문이기도 하다. 오히려 자극적이고 어두우며, 강렬한 글을 좋아해 왔던 것이 사실이다.

주인공이 평범해서도 안 되고, 착해서도 안 되며, 의로운 것도 거부해 왔다. 아마, 그런 부분은 평생 고쳐지지 않을 나만의 문제점으로 남을지도 모르겠다.

하지만 분위기는 변하고 싶었다. 나도 한번쯤은 유쾌한 글로 나타나 '일성 작가가 이런 글도 쓸 수 있구나' 라는 것을 보이고 싶었다.

그래서 탄생한 것이 혈리연이다.

혈리연의 주인공 역시 평범하지 않고 의롭지 않으며, 지극히 이기적이다. 하지만 그런 주인공이 만들어내는 유쾌한 이야기가 바로 이 글을 쓰게 된 목적이다.

단지 걱정되는 것은, 초기의 의도와는 달리 글이 변신을 하지 못하면 어쩌나, 하는 점이다.

제발 그러지 않기를 바랄 뿐인데…….

판단은 독자들의 몫으로 남겨둘 생각이다.

혹, 생각이 같지 않더라도 이것 하나만은 변하지 않았으면 한다.

내 글쓰기로 혈리연을 읽는 독자들이 '여가시간을 알차게 보냈다' 라는 생각을 가질 수 있게 해야 한다는 것.

그것만은 변하지 않았으면 한다.

序章

스무고개가 시작되었다.

"문파를 강대히 하려면 어찌해야 합니까?"
"강한 고수를 양성하면 되네."
"강한 고수는 어떻게 양성해야 합니까?"
"가르침이 뛰어난 고수를 초빙하면 되겠지."
"그럼 문(門)의 세력을 확장할 방책은 무엇입니까?"
"자금 확보가 필수일세."
"자금 확보를 위해서는 무엇이 필요합니까?"
"사업을 번창시킬 비상한 경영술이지."

“……!”
물고 물리는 질문과 대답 속에 잠시 침묵이 찾아들었다.
그는 노인을 유심히 바라보았다.
이런 대답을 듣기 위해 노인을 찾은 것은 아니다. 장난 같
은 스무고개를 할 마음의 여유가 없었다.
생각 끝에 무겁게 입을 열었다.
“너무 당연한, 그래서 누구나 알고 있는 말씀뿐입니다.”
“지극히 단순한 방법이 가장 진리에 가까운 법일세.”
“좋습니다. 마지막으로 한 가지만 더 묻겠습니다.”
“……?”
“저는 강한 고수도, 강한 고수를 키워낼 교관도 없습니다.
자금은 바닥에 경영 능력 또한 미천한데, 이런 제가 청천문(靑
天門)을 다시 살리려면 어찌해야 하겠습니까?”
대답은 처음처럼 명쾌했다.
“그를 찾아가게!”

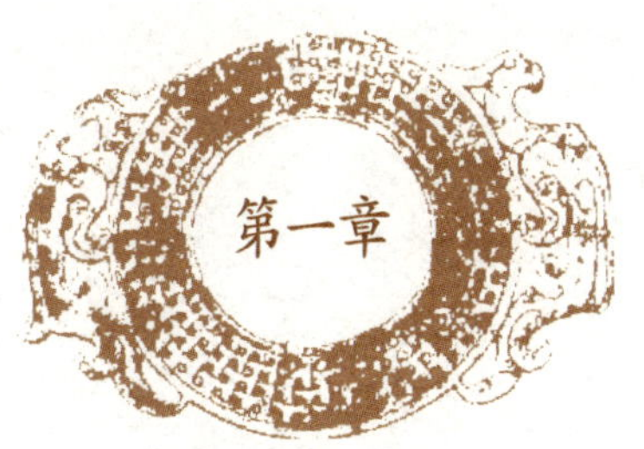

第一章

이상한 자들

1

휘이잉—!

서장의 기류에 의해 생긴 바람 하나가 모래를 머금고 동으로 흘러갔다. 공포강달(工布江達)에서 림지(林芝)로 가는 길목이었다.

바람은 언덕과 절벽, 평지를 거침없이 타고 흐르더니 이윽고 작은 초옥에 부딪쳤다.

"과연 이곳으로 올까?"

어두운 초옥에는 두 사내가 탁자를 중심으로 마주 보고 있었다. 검은 피풍(披風)으로 전신을 두른 사내들. 어둠에 동화되려는 듯 얼굴까지 가리고 있어 분위기가 스산했다.

“사냥감은 남목림(南木林)에서 계속 동쪽으로 이동 중이었습니다. 공포강달의 매복을 피해 우회했다면 이곳을 꼭 지나칠 겁니다. 단지…….”

묘하게 말끝을 흐린 사내는 피풍 속에 감춰진 눈빛에 불쾌함을 담아냈다.

“다른 문제가 있나?”

“교활한 여우 떼를 잡는 데 굳이 흑나찰을 사용할 필요가 있겠습니까?”

“불만인가?”

“아닙니다. 대원들의 대화를 엿들었을 뿐입니다.”

“하긴, 이런 일에 투입되기에는 아까운 전력이지.”

그때였다.

초옥 문이 열리며 또 다른 사내가 들어섰다. 섬뜩할 정도로 괴기를 풍겨대는 그는 짤막하게 보고를 올렸다.

“오고 있습니다.”

“놈들이 확실한가?”

“놈들이 아닙니다.”

“그럼?”

“그들의 대장입니다.”

“혼자란 말인가?”

“네. 다른 놈들은 보이지 않았습니다.”

음산한 웃음소리가 초옥 내부를 울렸다.

“흐흐흐! 여우 떼도 아니고 고작 한 마리를 사냥해야 한다
니…….”

순간, 그가 두 눈을 번뜩이며 보고자를 지목했다.

“혁필!”

“네.”

“생포하라는 명을 받았으나… 수고비는 챙겨야겠지?”

피풍 속에 감춰진 보고자의 눈이 가늘어졌다.

웃고 있는 것이다.

“어찌 처리할까요?”

“대원들에게 전하라. 양팔과 한쪽 다리는 전리품이라고!”

“존명!”

보고자는 피풍을 휘날리며 다시 초옥을 빠져나갔다. 그리
고 일각 정도가 지났을 때,

콰콰쾅!

최초의 소리는 바람을 타고 지축을 흔들어놓았다. 그 때문
에 초옥까지 잘게 떨렸는데, 상관인 듯한 사내가 비소를 흘렸
다.

“꽤 요란하게 하는군!”

마주 앉은 사내의 음산한 웃음이 뒤따랐다.

“흐흐, 흑나찰을 움직인 대가를 톡톡히 치러줄 모양이겠
요.”

그의 말을 대변하듯 소음은 연이어 들려왔다.

그렇게 반 각이 지났을 때다.

쿵!

묵직한 저음을 끝으로 초옥 문이 다시 열렸다.

두 사내는 막 문을 열고 들어오는 대원에게 시선을 주었다.

"어찌 되었느……."

물음은 이어지지 못했다.

고개 돌린 두 사내의 눈빛에 믿을 수 없다는 불신이 가득 담겼다. 죽립을 쓴 사내는 분명히 흑나찰의 복장이 아니었던 것이다.

"설마……."

"흑나찰 백인대를?"

순간, 죽립사내의 장난스런 목소리가 뒤따랐다.

"기다리느라 수고 많았고, 요란한 환영 인사도 고맙다."

"말도 안 되는……."

불신은 분노로 바뀌었다.

쉬릭!

두 사내의 신형이 흔들린다 싶더니 이미 죽립사내의 지척까지 다가가 있었다. 그리고 이어지는 마찰음.

치릿!

피풍 속에서 예리한 칼날이 튀어나오는 소리는 파격적인 폭음을 자아냈다.

콰콰쾅—!

휘잉!

짧은 돌풍이 사내의 전신을 순식간에 훑고 지나갔다.

바람은 그가 눌러쓴 죽립을 벗겨냈다.

순간 검붉은 머리카락이 흩날리며 사내의 얼굴이 드러났
다.

이제 약관 정도 됐을까?

상당히 앳된 얼굴에 까만 눈동자, 갸름한 턱 선이 그를 대
갓집 도련님으로 보이게 했다.

얼핏 보면 상당히 준수한 청년인데 자세히 보면 달리 평가
할 얼굴이기도 했다. 권태로운 눈빛에 일부러 그런 건지 약간
틀어진 입 모양이 불만을 한가득 문 듯 보이는 것이다.

"이놈들은 왜 이렇게 안 오는 거야?"

그는 짜증스럽게 말을 뱉어내고는 주위를 둘러보았다.

검은 두건에 검은 피풍을 두른 아흔아홉 개의 주검이 그를
반겨주고 있었다.

모랫바람 때문인지 시체 위로 먼지가 쌓여 있었지만 아직
도 상흔에서 흐르는 피는 그들이 죽은 시각이 얼마 되지 않았
음을 알려주고 있었다.

사내는 한참 동안 그들을 바라보다 고개를 저었다.

"그러기에 그냥 보내주지 왜 불나방처럼 죽음을 자초하냔
말이다."

혼자서 중얼거리는 말이었지만 놀랍게도 대답이 있었다. 사내에게 그리 멀지 않은 곳, 무너진 초옥에 깔려 있는 시체에서였다. 아직 죽지 않았으니 시체는 아니지만…….

"크윽! 너, 넌… 결코 본 교의 추격을… 뿌리칠 수 없을 거다."

사내가 의외라는 듯 목소리의 주인에게 다가갔다.

"살아 있었나?"

"넌, 넌 결코 빠져나갈 수……. 도, 도망친 내 수하가 네놈이 가는 곳을 본 교에 알릴… 알릴……."

그는 마지막 말을 마저 잇지 못하고 부르르 몸을 떨었다.

회광반조(回光返照)의 현상을 보며 사내가 혀를 찼다.

"나 같으면 그 말 한마디 할 때 살아생전 지은 죄나 속죄하겠다. 곧 죽어도 자존심을 내세우기는."

한심하다는 듯 시체를 바라보던 사내는 어디선가 들려오는 말발굽 소리에 고개를 돌렸다. 곧이어 두 필의 말이 빠르게 달려오는 것을 확인할 수 있었다.

입 전체가 덥수룩한 수염으로 뒤덮인 사십대 중반의 사내. 그는 말 한 필을 몰아오더니 널린 시체들을 보며 휘파람을 불었다.

"휘유! 징하게 한판 하셨군요."

사내가 투덜거렸다.

"다 네놈 덕분이지. 조금만 빨리 왔으면 이렇게 부딪칠 필요가 없었잖아."

"그게 제 맘대로 돼야 말이죠. 저도 최대한 빨리 온 겁니다. 아무튼 타십시오. 모두 사천에서 기다리고 있습니다."

"잘들 하는군."

"또 뭐가 불만이신데요?"

"몰라서 묻나? 주군은 서장의 궁벽한 곳에서 적의 미끼가 되어 불알에 땀띠 나도록 도주하고 있는데, 수하라는 작자들은 일찌감치 발을 빼고 술판이나 벌이고 있으니 내 팔자가 한심하지 않느냐는 말이지!"

수염사내가 입을 삐죽거렸다.

"전 술판 벌이면서 기다린다고는 한 적 없는뎁쇼?"

"안 봐도 뻔하지. 손노(孫老)는 오랜만에 완노(完老)를 만나서 그와 장기나 두고 있을 것이고, 수환과 수영은 어디 가서 여자나 꼬시고 있을 거야. 환풍(煥風)은 낭만이 어쩌니 저쩌니 하면서 낚시나 하고 있겠고, 적발(赤潑)은 그간 못 본 음란서적을 잔뜩 구해서 읽고 있겠지. 남은 대원들이야 하루가 멀다 하고 술이나 퍼마실 거고. 안 그래? 분명히 내기도 했을 거야."

순간 수염사내가 움찔했다.

사내는 그것을 놓치지 않았다.

"거봐, 내 짐작이 확실해. 그래, 무슨 내기를 했어? 내 목숨을 가지고 한 내기 종목이 뭐야? 내가 몇 명을 죽이나, 아니면 상처를 몇 개 입었나?"

"무, 무슨 천인공노할 말씀을. 바쁩니다. 어서 가십시다."

의도적으로 대답을 회피한 수염사내는 더 말하기 싫다는 듯 말 배를 박찼다.

남겨진 사내도 몇 마디 더 투덜거린 후, 수염사내가 끌고 온 말에 올랐다.

"이랴!"

그는 쾌속한 속도로 말을 몰아 수염사내를 따랐다.

천수방(天水幇)을 대리 경영해 서장십대세력으로 만든 사람. 서장의 절대강자, 홍교의 자존심에 상처를 입힌 장본인이 혈리연(血里燕) 바로 그였다.

그는 십여 년 동안 새외를 돌아다닌 끝에 마침내 중원으로 향하게 되었다.

*　　　　*　　　　*

답답한 공기.

무겁게 내리 깔린 분위기가 실내를 뜨겁게 달궜다.

한 치 앞도 가늠할 수 없는 어두운 방엔 두 사람이 마주하고 있었다.

"결론은 놓쳤다는 것인가?"

노성은 보고자의 간단한 보고가 끝나고도 한참 만에야 터져 나왔다.

보고자는 식은땀을 흘렸다. 상대의 전율스러운 힘을 잘 알기에 그만큼 조심스러울 수밖에 없었다.

"공포강달에 포위망을 구축하려 했지만 먹잇감이 미리 예상하고 우회해 버리는 바람에……."

"그것으로 끝인가?"

"곧바로 흑나찰(黑羅刹) 백인대를 추격대로 보냈으나……."

보고자는 채 말을 잇지 못하고 바닥에 이마를 찧었다.

"죽여주십시오!"

"네 하찮은 목숨이 본 교의 위신과 맞바꿀 수 있다고 보느냐?"

"천번만번 죽어도 죗값을 치르지 못하나이다."

"쓸모없는 놈!"

"……!"

"추격대로 보냈던 흑나찰은 어찌 됐느냐? 계속 추격 중이겠지?"

"그, 그것이……."

보고자는 두 눈을 질끈 감았다.

가장 말하고 싶지 않은 부분이라 처음부터 그 부분은 빼고 간단히 보고를 올린 것인데, 상대의 집요함은 그를 깊은 나락으로 밀어 넣고 있었다.

그는 힘겹게 고개를 들어 입을 열었다. 거짓을 고할 수는 없는 일이었다.

"추격을 할 수 없었답니다."

"왜?"

"하, 한 명만 살아 돌아왔기에……."

순간 어둠 속에서 두 개의 불빛이 나타났다.

보고자는 그것이 상대의 눈이라는 것을 알고 있었다. 극성으로 익히면 눈빛만으로도 사람을 죽일 수 있다는 화력전개강(火力全開罡)의 절기를 상대가 익혔다는 것은 서장에서도 유명한 사실이었다.

보고자는 극도의 인내심과 내력으로 눈빛에 대응했다.

다시 시간이 지난 후 상대의 목소리가 떨어졌다. 예상 밖으로 상대도 약간은 놀란 듯했다.

"흑나찰 백인대가… 한 놈만 남기고… 괴멸했다고?"

목소리는 놀람 속에서도 분개가 담겨 있었다.

"놈에게 동조자가 있다는 것쯤은 알고 있다. 몇이나 된다더냐?"

"아, 알 수 없었답니다."

"한 놈이 돌아왔다고 하지 않았나?"

"그렇사온데, 그자의 보고에는 혈리연이라는 그놈밖에 없었다고……."

"뭐?"

“혀, 혈리연 그놈하고만 격전을 벌였던 것 같습니다.”

“그놈 한 녀석에게… 흑나찰이… 본 교의 오대무력세력 중 하나인 흑나찰이…….”

말은 이어지지 않았다.

그 여운을 광소가 대신했다.

“크하하하하하하!”

보고자는 광소에 담긴 강한 압력을 견디다 못해 귀를 틀어막았다.

그렇게 한참 동안 쏟아지던 광소가 잠잠해질 때, 놀랍게도 두 개의 불빛도 사라졌다.

목소리는 평소의 차분함으로 돌아와 있었다.

“수단과 방법을 가리지 말고 찾아라. 본좌가 직접 그놈의 뼈를 추리리라.”

경악한 듯 보고자가 고개를 쳐들었다.

무공으론 중원무림의 삼황(三皇), 오제(五帝), 육존(六尊)과 비견된다는 홍교의 교주이자 서장삼대고수로 통하는 앞의 사내는 지금껏 총교 밖으로 외출한 적이 단 두 번밖에 없었다.

어떠한 일에도 부동심을 지키던 앞의 사내가 움직일 때, 무슨 일이 벌어졌는지는 누구보다 보고자가 가장 잘 알고 있었다.

그는 떨리는 목소리로 확인했다.

“교, 교주님께서 직접 나설 생각이십니까?”

“본 교의 위신을 바닥까지 떨어뜨렸으니 그만한 대접은 해
줘야지.”

보고자는 웃음기 섞인 교주의 목소리가 묘하게 공포스럽
다고 생각했다.

말[馬]을 타고 영웅은 한가롭게 어디를 가느뇨―!
첫째[孟] 부인의 시기도 잊고 또 기방에 가느뇨―!
상상[想]으로나마 처첩이나 늘리지, 무슨 음심(淫心)이 그리
많으뇨―!

음치에 박치라 불릴 만한 노랫가락이 서장과 사천의 경계
지에 크게 울려 퍼지고 있었다.
고성방가의 주인공은 혈리연이었다.
그는 파당(巴塘)으로 가는 노상에서 노래만 불러댔다. 말
위에 엎드려 흔들림에 몸을 맡긴 채 팔다리는 연신 흐느적거

리는데, 신기하게도 목소리만은 하늘을 찢을 듯 컸다.

참다못한 수염사내가 버럭 소리쳤다.

"그만 좀 하십시오! 못 들어주겠습니다!"

"왜, 무료한 시간도 때우고 좋잖아?"

"그럼 딴 걸 부르시던가요. 제 이름 가지고 무슨 괴상망측한 짓입니까?"

묘하게 노랫가락 첫머리를 수염사내의 이름자로 대처함을 보고 하는 소리였다.

수염사내의 이름이 바로 마맹상(馬孟想)이었던 것이다.

"그럼 이건 어때?"

"……?"

홀로 선 말은 짝이 없어―!
첫째도 그 생각, 둘째도 그 생각―!
상상도 이제 지겨워, 나무 인형…….

수염사내가 주먹을 부르르 떨었다.

그가 나직이, 하지만 위협적으로 말했다.

"그게 전 것과 뭐가 다르다는 겁니까? 그따위 음란한 가락에 제 이름 쓰시겠다면 주군이고 뭐고…….."

"이, 이거 왜 이래? 난 자넬 생각해서 지었는데."

"어째서 그게 절 생각했다는 말입니까?"

“그 나이 먹도록 여자 한 번 품지 못해 생긴 애환과 비탄을 달래주려고 고심 끝에 만들어낸……”

“지, 지금 뭐라 하셨습니까?”

떨리는 목소리에 살기가 배어 넘쳤다.

그것을 확인한 혈리연이 비지땀을 흘리며 머리를 긁적였다.

“하하, 아니면 말지 뭘 그리 흥분하고 그러나?”

그러다 갑자기 묘하게 마맹상을 노려보았다.

“왜 그렇게 보십니까?”

“자네, 설마……”

“설마?”

“정말……”

“정말?”

“경험이 없는 것 아니야?”

드디어 터졌다.

마맹상의 흉흉한 살기가 유형화되어 사방으로 퍼져 나왔다.

“어디서 그런 천지가 개벽할 소릴!”

소리는 진동에 진동을 머금고 혈리연을 향해 쏟아져 나갔다. 무형의 기운이라 공기가 굴절되어 보였지만 혈리연은 간단하게 위로 뛰어오르는 동작만으로 피해 버렸다.

다시 말 등으로 떨어진 그는 귀를 후비며 미소 짓는 얼굴로 달렸다.

"미안, 미안! 하하, 그렇게까지 반응할 필요는 없잖아?"

마맹상이 씩씩거리며 반격했다.

"그러는 주군께서도 경험이 없지 않습니까!"

"그러는 주군도? 도?"

마맹상이 움찔했다.

"그 말이 가지는 의미를, '정말 못 자봤다' 는 것으로 해석하는 건 내가 너무 민감한 걸까?"

"마, 말이 헛나갔을 뿐입니다."

"아, 그러서? 알겠어. 그렇게 알지. 그런데 이걸 어쩌나?"

"뭐가요?"

소침해진 마맹상이 고개를 갸웃거렸다. 사실 속내는 화제가 자연스럽게 바뀌는 것 같아 다행이다 싶었다. 하지만…….

갑자기 혈리연이 음침한 표정을 지어 마맹상을 불안하게 했다. 그리고 결과는 그의 예상을 크게 벗어나지 않았다.

"난 경험이 꽤 있거든."

마맹상의 표정이 심하게 일그러졌다. 이어 못 믿겠다는 표정으로 항변하듯 외쳤다.

"거짓말 마십쇼! 거의 저랑 붙어 다녔는데 언제 그럴 기회가 있었습니까?"

"네가 언제 너랑 항상 붙어 다녔어? 이번 일만 해도 그래. 자넨 날 천수방에 두고 일찌감치 사천으로 갔잖은가!"

말과 함께 무언가 생각하는 듯 혈리연이 눈을 치켜떴다.

잠시 후, 그가 중얼거렸다.

"마지막이 아마… 한 달 전쯤 천수방에서였을 거야."

"거짓말! 난 못 믿어!"

"믿지 말던가. 호호호, 아무튼 천수방에서 내 수발을 들던 그 소저, 참 대단했어."

"거… 짓… 말!"

"나를 아주 들었다 놨다 하더라니까. 열혈 소저였지."

"말도 안 되는 소리!"

"그때 자네 생각도 나더구만."

"으아아악!"

급기야 마맹상이 악을 질렀다. 더 듣지 않으려고 손으로 귀를 막는 모습을 보고 혈리연도 그만 해야겠다고 생각했는지 입을 다물었다.

사실 더 말할 처지도 아니었다. 그들을 마중 나온 사람이 있었기 때문이다.

"주군!"

울먹이는 소리가 혈리연과 마맹상의 진로를 막았다.

코밑에 양 갈래로 얇은 수염 두 줄기를 달고 있어 꼭 메기를 연상시키는 자였다. 체구는 또 왜 그렇게 작은지, 좁쌀만 했다.

그는 혈리연을 발견하자 보자기 하나를 들고 쪼르르 달려오고 있었다.

딱 보아도 삼십대 중반은 넘어 보이는데, 그런 그가 눈물을 글썽이며 달려오는 모습은 누가 보아도 꼴불견이었다.

혈리연도 그런 느낌을 받은 모양이다.

퍽!

달려오는 메기사내를 향해 발을 들이댔다.

"윽!"

"어딜 마음에도 없는 표정으로 엉겨 붙어?"

"너, 너무하십니다. 밤낮으로 주군을 기다린 지 벌써 열흘 하고도 사흘이 지났는데……."

"호오, 그러서? 그럼 안고 있는 짐은 뭔가?"

"서적입죠."

"어디서 구했지?"

"기다림에 지쳐 파당 저잣거리를 구경하는데 이거 웬걸, 진귀한 서적들이 산재해 있지 뭡니까요? 제가 누굽니까? 명색이 부총관 아닙니까. 쌓이는 지식을 주체할 수는 없지만, 그래도 주군을 위해 더 많은 공부를 하려고……."

"시끄럽고, 보자기나 풀어봐!"

메기사내가 슬며시 보자기를 뒤로 감췄다.

"쓰읍!"

하지만 혈리연이 인상을 쓰자 어쩔 수 없다는 듯 결국 앞으로 내놓는다.

혈리연은 빼앗듯 보자기를 받아 풀었다.

메기사내의 말대로 서적이었다. 단지 제목들이 예상한 바를 못 벗어났을 뿐이지만.

"연꽃이 떨어지는 밤이라……. 그리고 이건 홀로 서기 어려운 딸기?"

하나하나 책자를 들추며 제목을 풀이하는 혈리연. 그의 표정은 점차 심드렁해지더니 종내에는 눈빛이 가늘어졌다. 그러다 마지막 책자 제목을 보고는 두 눈을 부릅떴다.

"헉, 이건 뭔가? 문주의 아내? 이건 무림용이네그랴!"

메기사내가 멋쩍은 듯 머리를 긁적였다.

"헤헤, 주군이 봐도 진귀하죠?"

"그럼 그렇지. 날 기다린 게 아니라 일찍 도착해 이곳의 음란 서적을 탐구하고 있었구만?"

"그, 그럴 리가요. 음란 서적은 단지 기다림에 지쳐서 그런 것이라 분명히 말씀을 드렸지 않습니까요."

"됐다. 네놈의 취미 생활까지 간섭하기는 싫고. 다들 어딨나?"

"여기저기 있죠."

혈리연의 눈썹이 꿈틀거렸다.

"여기저기라는 말뜻은?"

"일 년 반 동안 서장에서 고생했다고 모두들 사천 구경이나 하겠다면서 흩어진 지 오랜데요?"

"그럼 난?"

"왜요? 어디 편찮으십니까?"

혈리연은 마맹상을 만났을 때 했던 말을 떠올리며 다시 읊었다.

"서장의 궁벽한 곳에서 똥줄 타도록 도주하며 적과 싸운 내 생각은 안 하디?"

"왜요? 모두 걱정하고 있죠."

"그래서 어뒀는데?"

"일 년 반 동안 서장에서 고생했다고 모두들 사천……."

퍽!

"윽!"

메기사내가 아파하든 말든 혈리연은 마맹상을 바라보며 소리쳤다.

"뭐야, 북천(北川)에서 날 기다리고 있다며?"

마맹상은 대답하지 않았다. 그럴 상황도 아니었다. 무언가를 아까 전부터 중얼거리고만 있었던 것이다.

"그럴 리 없어. 주군이 여자랑 그런 경험이 있을 리 없어. 나도 못해본 것을. 그런 개벽은 일어날 수 없는 게야. 그런 게야."

그는 대답할 상태가 아닌 것 같았다.

혈리연은 살기 어린 시선을 돌려 메기사내에게 으르렁거렸다.

"손노에게나 안내해."

"소, 손노께서도 어딨는지……."

"휴! 이놈들을 믿고 살아야 하나?"

머리를 감싸 쥔 그는 허탈한 목소리로 다시 명했다.

"완노에게나 가자. 설마 그도 없는 건 아니겠지?"

"헤헤, 완노야께서는 우리랑 다르지 않습니까."

"알긴 아는군."

"아, 완노야 이야기가 나와서 말인데, 일거리를 하나 맡았다는 소리를 들었습니다."

"일거리? 의뢰 말인가?"

"네. 듣기론 친분이 있는 사람의 의뢰라고 하던데요?"

"아무튼 가자. 북천(北川)까지 가려면 서둘러야지."

"그전에 잠시만 기다려 주세요."

갑작스럽게 말한 메기사내는 어디론가 달려가기 시작했다. 노상 옆의 풀숲이었다.

혈리연이 의아해할 사이도 없이 나타난 그가 씨익 웃어 보였다.

그의 손에는 보자기 하나가 더 들려 있었다. 저 또한 분명히 음란 서적이라 혈리연은 확신했다.

"그럴 줄 알았지. 괜히 적발(赤潑)일까."

메기사내의 이름은 적발.

붉은 것, 즉 강렬한 분위기를 상대에게 뿌린다는 뜻으로 자

신이 지은 가명이지만 혈리연과 동료 사이에서는 음란함을
주변에 퍼뜨린다고 놀림감이 되기도 했다.

하지만 웃기게도 적발은 그조차 생각지 못한 좋은 뜻이라
며 즐거움을 나타내 주변을 황당하게 만들었다.

대답을 회피하듯 적발이 물었다.

"그런데 총관께서는 뭘 저리 중얼거리십니까요?"

"난들 알겠어?"

第二章

의뢰

1

사천 북부에 있는 북천에서 흑수하(黑水河) 쪽으로 십여 리를 가다 보면 연이은 산악 지대가 사람들의 발길을 막는다. 독사와 독충이 우글거려 인근 약초꾼조차 잘 오지 않는 유명한 곳이었다.

하지만 오늘은 달랐다.

"십삼 년 만인가? 그때도 느꼈지만 영감이 왜 이런 곳에 사는지 이해가 안 돼."

나뭇가지 하나로 거친 산세를 헤치던 혈리연의 중얼거림에 적발이 대꾸했다.

"그래도 기억력 하나는 끝내주시네요. 저는 몇 번이나 와

봤습니다만 올 때마다 헤매거든요."

"이게 다 한 번 보면 잊지 않는 이 출중한 능력 때문이지."

가장 마지막으로 뒤따르던 마맹상이 톡 쏘아붙였다.

평소에도 혈리연에게 불만이 많은 그였지만 최근 열흘 동안은 그 증세가 좀 심했다.

"언제 저도 모르는 재능을 숨기고 계셨습니까 그래?"

"하하, 이래 봬도 자네들이 모르는 재능이 한둘이 아니라네."

"호오, 그렇습니까? 그럼 서장에서 공포강달로 가는 길을 기억 못해 우회했다던 말씀은?"

혈리연의 머리에 땀 줄기 하나가 맺혔다.

"이, 이놈의 재능이 나타났다 사라졌다 하는 신출귀몰(神出鬼沒)한 녀석이라……."

그때였다.

"잠깐!"

혈리연은 말을 잇지 못하고 적발을 바라보았다.

적발은 두 눈을 번뜩이며 심상찮은 분위기를 드러냈다. 몸 밖으로 상당한 기도까지 내뿜는 그는 진지한 표정으로 선두에 나섰다.

"여기서부터는 제가 앞서겠습니다."

"왜?"

"기관이 설치되어 있습니다."

"언제부터?"

"……."

적발은 대답없이 기마 자세를 잡았다.

"크아압!"

순간 기합성이 터졌다. 그것을 신호로 적발의 몸 주위로 푸른빛이 감돌더니 강력한 회오리가 사방을 점했다. 그는 그대로 두 손을 앞으로 뻗었다.

쿠아앙—!

몸을 휘감았던 푸른빛은 순식간에 두 손에 응집되어 앞으로 쏘아져 나갔다.

이어 터지는 폭발.

콰콰쾅—!

굉음과 함께 연기 속에서 모래와 나무, 풀뿌리가 허공으로 튀어 올랐다. 연기가 가시자 직선 방향으로 거의 십여 장 정도가 쑥밭이 된 형상으로 모습을 드러냈다.

그 한 번의 장력이 주는 피로도가 대단했던 모양인지 아직도 적발의 몸에서는 살기와 함께 아지랑이 같은 것이 피어오르고 있었다.

잠시 후, 그가 자세를 풀며 양팔을 모아 단전으로 천천히 내리더니 한 호흡을 내뿜었다.

"후우—!"

얼핏 보면 무림의 절정고수가 절기를 쏟아낸 후의 모습이었다.

하지만,

탁—!

뒤에 있던 혈리연이 나뭇가지로 적발의 머리를 때렸다.

"기관 하나 파괴하는 데 뭐가 이리 요란해?"

"모르는 소리 마십쇼. 이건 보통 기관이 아닙니다."

"그래도 좀 심하잖아!"

"여하튼 따라오십시오. 절대 저곳으로 발을 내딛지는 마시고요."

적발이 가리킨 곳에는 자세히 보지 않으면 풀숲으로 착각할 작은 소로의 입구가 숨겨져 있었다.

혈리연은 고개를 갸웃거렸다.

'이놈이 이렇게 진지할 때도 있었나?

생각과 함께 그와 마맹상은 적발을 따라 걸었다. 그렇게 일각 정도를 걸었을 때다. 갑자기 앞선 산비탈 너머로 긴 수염을 휘날리는 백발노인이 달려오는 모습을 볼 수 있었다.

혈리연이 손을 들어 아는 체를 했다.

"여어, 영감! 오랜만……."

그는 또 말을 잇지 못했다. 노인은 혈리연은 보지도 않고 적발에게 달려들고 있었던 것이다.

좌악!

적발의 멱살을 쥔 노인의 일갈이 산이 떠나갈 듯 터져 나왔다.

"이노옴! 기관을 파괴하지 말고 소로로 오라고 누누이 일렀거늘!"

혈리연과 마맹상이 쩍하고 입을 벌렸다.

마맹상이 떠듬거렸다.

"와, 완노야! 소로에는 기관이 없는 겁니까?"

완노야라 불린 노인은 대답없이 적발의 머리가 떨어져 나갈 정도로 흔들어댔다.

"왜 올 때마다 부수고 지랄이냐, 지랄이! 한 번 기관을 설치하는 데 드는 돈이 수백 냥이라고 말하지 않았더냐?"

"이, 이것 좀 놓고……."

완노야, 즉 이완의 기세에 밀린 적발이 쩔쩔맸다.

멱살을 놓자 그제야 적발이 활짝 천진난만함을 더한 미소를 지으며 이유를 댔다.

"평소에 무공을 써먹지 못하니 이럴 때 아니면 까먹을 수도 있잖습니까!"

이완의 눈에 핏기가 서렸다.

"그럼 딴 데서나 펼치지 왜 이곳에 올 때만 지랄이냔 말이다!"

"묘하게 여기만 오면 '혹시 무공을 잊어버리는 게 아닐까' 하는 걱정이 되더라고요."

"이놈! 오늘 널 죽이고 개 값을 물어야겠다!"

말과 함께 이완이 급히 어디론가 사라졌다. 그리고 잠시 후 다시 나타난 그의 손에는 거대한 몽둥이가 들려 있었다. 하지만 이미 적발은 자리에 없었다.

"이놈 어디 갔나?"

혈리연은 어깨를 으쓱하며 말했다.

"나는 안 보이슈?"

"아, 혈리 공자구만. 잠깐만 기다리시게. 내 이놈의 뼈를 추린 후에……."

"그놈 도망치는 거야 우리 중에서도 수준 급인데 어디서 잡으려고? 그보다 의뢰를 하나 맡았다면서요?"

이완의 동작이 멈췄다.

그는 잠시 자신을 돌아보더니 헛기침을 했다.

"험험! 내가 못 볼 꼴을 보였군. 우선 장원으로 가세. 자세한 이야기는 거기서 해주겠네."

독충과 독사가 우글거리는 산속에 어울리지 않은 장원 한 채가 지어져 있었다. 주인이 꽤나 미(美)를 추구하는 성격인지 그리 크지 않은 장원 내부는 아름답다 못해 호화로웠다.

사천에서 보기 힘든 나무와 수많은 기화요초(琪花瑤草)가 정원을 매우고 있었고, 대문과 건물 중앙에는 작은 인공 호수까지 존재했다.

잉어가 몇 마리가 물 밖으로 입을 빼꼼히 내미는 모습을 창가에 앉아 바라보던 혈리연이 물었다.

"의뢰자와 친분이 있다면서요?"

"직접적인 친분은 아니고 그 아비와 친분이 있었지. 굳이 말하자면 날 도와주었던 사람이랄까?"

"누군데요?"

"회양진(回洋珍)이란 자를 아나?"

"회양진? 글쎄요……."

"그럼 청천문은?"

"내가 알고 있는 그 청천문이라면 알죠."

"맞네. 자네가 아는 그 청천문이야."

혈리연이 고개를 갸웃거렸다.

"청천문이 뭐가 아쉬워서 대리 경영을 의뢰해 왔답니까? 내가 아는 청천문은 정도십대명문으로 손꼽히는 문파인데."

"그것도 옛말이지. 지금은 쓰러지기 직전일세."

"부자는 망해도 삼 년은 간다고 들었는데, 아닌가?"

"부자 나름이겠지. 자네도 겪어봐서 알잖나, 십삼 년 전 벌어졌던 정사대전을. 그때 정도를 대표해 선두에 나섰던 문파가 청천문이었으니 입은 피해가 말이 아니었지. 그리고 정사대전이 끝난 후에도 여러 가지 불미스런 일 때문에 지금은 풍전등화의 신세일세."

혈리연이 약간의 호기심을 드러냈다.

그가 정사대전 일부분에 관여했던 것은 사실이지만, 당시에는 자신의 일 외엔 별다른 관심을 두지 않았다. 사실 그럴 처지도 아니었다.

"계약할 수도 있으니 문파의 내력 정도는 알아둘 필요가 있겠네. 설명해 봐요, 어쩌다 그 꼴이 됐는지."

고개를 끄덕인 이완이 설명을 시작했다.

청천문은 사십여 년 전, 소림사의 속가제자인 장웅양(張熊樣)이 그의 의형제들과 함께 세운 문파였다. 원래부터 대부호의 자식이었던 그는 아버지로부터 물려받은 재력을 바탕으로 크게 문파를 창설했고, 이어 의제인 회정(回正)에게 문파를 넘겼다.

당시 장웅양에게 자식이 없었던 것이 큰 이유였지만, 사실 자식이 있었다 하더라도 회정이 문주 직을 물려받는 것은 당연시되었다. 그만큼 회정의 인망이 두터웠고, 무공 실력까지 뛰어난 탓이었다.

이후, 회정이 문주가 되자 청천문은 급속히 세력 확장을 시작하였다.

넘치는 재력에 사람을 끌어들이는 그의 재주가 더해졌으니, 뛰어난 고수들이 몰려드는 것은 당연한 일. 벌이는 일마다 성공을 거듭했던 것은 어쩌면 이미 정해진 순서일지도 몰랐다.

거기다 오황육존칠제에 거론되는 명예까지 얻은 그인지라 무림에서의 입지도 하루가 다르게 쌓여갔다.

그렇게 노력과 재능으로 문이 창설된 지 이십여 년 만에 청천문을 정도십대명문으로 만들어낸 그는 무림맹의 요직까지 차지하게 되었으며, 모든 무림인들의 우러름을 받게 되었다.

하지만 한창 승승장구하던 그들이 단 한 번의 변고로 하락기를 맞이하게 되는데, 그것이 바로 정사대전이었다.

정사대전!

그것은 사파의 연합을 만들겠다고 다짐한 마교(魔敎)가 중원의 사파일통(邪派一統)을 외치면서 원인이 되었다.

욕심이란 아무리 넘쳐도 부족한 법이라 했다.

수년 만에 사파의 사(四) 할을 집어삼키자 생각이 달라진 마교가 정도문파까지 건드리면서 무림전쟁이 시작되었는데, 그것이 정사대전의 시초였다.

정사대전은 여러 가지 의미로 무림에 큰 충격을 안겨주었다.

강대한 마교임은 이미 잘 알려진 사실이지만 명문정파 서너 개가 뭉치면 결코 이길 수 없을 것이라는 세인들의 평가도 그때 완전히 뒤바뀌게 되었다.

막강한 고수를 다량으로 보유한 마교와 수년간 그들에게 복종을 선언한 많은 사파 세력들까지 더해지자 누구도 막을 수 없는 천의 군대가 되어 있었던 것이다.

그리고 마교를 도와 무림을 경악시켰던 마각(魔角)!

언제부터인가 모든 무인들의 꿈인 천하제일인의 의미가

불분명해졌지만 마각이 세상에 드러나면서 또렷해졌다. 그 것을 가능케 한 장본인이 바로 마각의 주인 환여립(環如砬)이었다.

그는 정사대전을 계기로 수백 년간 사라졌던 천하제일인이라는 명칭을 얻게 되었다.

뿐만 아니다. 마각 오백 기를 이끌고 무림맹과 정면으로 충돌한 말도 안 되는 전설을 남긴 인물이기도 했다.

오황육제칠촌이 지금은 삼황오제육존으로 바뀐 것도 그의 활약 덕분이었다. 무림의 내로라하는 고수들을 몇 수 만에 쓰러뜨렸던 절대종사가 바로 환여립이었던 것이다.

"쩝!"

구구절절 아주 오래전 일까지 들추며 이야기하는 이완을 보며 혈리연이 입맛을 다셨다.

"그래서, 도대체 언제 청천문에 대해 설명할 겁니까?"

이완의 눈이 가늘어졌다. '그것도 못 참냐?' 라는 노골적인 눈빛이다.

"이제부터일세."

설명은 계속되었다.

정사대전 때 마교의 힘을 얕봤던 정도문파와 무림맹은 다시 전열을 가다듬기 시작했다. 어이없이 몇몇 큰 문파들이 당하기는 했지만 무림 전체로 봤을 땐 그 피해가 그리 크지 않았던 것이다.

정도는 마교가 가진 힘의 심각성을 깨닫고 신속히 움직였다. 그리고 그들이 뭉치자 그 힘은 거대한 해일(海溢)과 같이 변모했다. 어떤 외압에도 굴복하지 않을 것 같았던 마교가 조금씩 밀리기 시작하는 것으로 그것을 증명했고, 호북 홍산(興山) 전투에서 정파의 힘을 뼈저리게 느낀 마교가 평화 협정을 요구하는 것으로 쐐기를 박게 되었다.

정파는 마교의 평화 협정을 받아들였다. 하지만 그들은 편치 못했다.

마교의 힘이 그대로 살아 있는 상황! 거기다 사파의 사 할에 달하는 문파를 아직도 움직일 수 있는 입김이 있었으니, 후환이 이만저만 걱정되는 것이 아니었다.

겉으로는 평화 협정을 받아들이며 마교를 안심시킨 후, 다시 마교의 총단을 치게 된 것은 한 달 후였다. 그것을 강력히 주장했던 것이 회정이었고, 당연히 공격 선두에 청천문의 정예 대부분이 투입되었다.

"무림맹은 반대했지만, 꽤 많은 정도문파들이 공격해야 한다고 주장했었네. 그들은 회정을 대표로 추대했고, 그도 적극적으로 나섰지. 하지만 마교의 힘이 워낙 강대했던지라 섣불리 총단을 공격하지 못하고 마교에 복종하고 있는 다른 사파를 각개격파하기 시작했네."

"마교의 주력을 총단에서 끌어낼 생각이었나 보군요?"

"그렇네."

"어찌 됐습니까?"

"성공적이었지. 마교의 많은 주력 부대가 사파를 돕고자 빠져나왔으니까. 그때를 기다리던 회정은 청천문의 정예와 함께 마교를 공격, 그리고 생각과는 달리 대패라는 결과를 얻었네. 물론 그때의 전투로 인해 마교도 꽤나 큰 피해를 입었지만, 어디 청천문에 비할 수 있을 텐가? 회정은 그때 입은 부상을 견디지 못하고 청천문으로 복귀하는 도중에 죽었고, 뛰어난 고수들도 거의 전멸에 가까운 타격을 받았으니 문이 쇠퇴의 길로 접어드는 것은 당연한 일이겠지."

"그래서 지금 문주가 청천문을 물려받았다는 겁니까?"

"아니. 좀 전에 말한 회양진이 문주가 되었네. 회정의 아들로 능력이 출중했거든. 그는 문을 일으키기 위해 상당히 힘쓴 사람일세. 아버지도 죽었고 뛰어난 고수들까지 모두 사라졌지만, 재화는 많이 남아 있었으니 기회가 있었던 거지. 하지만 하늘이 그를 돕지 않았다고나 할까? 여러 가지 불미스러운 일들이 연이어 벌어졌네. 게다가 하는 일마다 실패를 거듭해, 오히려 그가 맡은 후의 청천문은 점점 더 쇠퇴해지기 시작했지. 아마 그래서 위기감을 느꼈던 모양이야. 이후에는 말도 안 되는 일에까지 손을 대기 시작했는데, 그조차 제대로 성공하지 못하고 삼 년 전쯤 양화산에서 의미 모를 살해를 당했네."

"흐음, 참 파란만장한 문파의 역경이구만요."

"여하튼 죽음을 예감했던 것인지, 그는 문을 떠나기 전 자신에게 무슨 일이 생기면 아들인 회양월(回洋月)에게 문주 직을 넘기겠다고 했었네. 그리고 죽기 전에 작성해 놓았던 유서가 은밀하게 지금의 문주에게 전해졌지."

"유서? 그걸 완노야는 어찌 아십니까? 남몰래 회양월에게 전해졌다면서."

"내가 누구인가? 천통소가 아닌가?"

듣고 있던 마맹상이 정확히 요점을 짚으며 물었다.

"거 혹시 회양월이라는 문주가 말해준 건 아닙니까?"

"험험! 아무튼 의뢰는 회양월 문주가 한 것일세. 이제 열여섯이 된 소년이지."

혈리연의 표정이 구겨졌다.

"그럼 열셋에 문주가 되었다는 말입니까?"

"그렇다네. 하지만 말이 문주일 뿐일세. 대부분의 일은 간부들이 처리해 온 실정이었고, 직접적으로 경영에 뛰어든 건 이제 일 년 남짓이야. 사실 문이 어려워지자 간부들이 떠넘기듯 그를 전면에 내세운 거라고도 볼 수 있겠지. 회양진 때문에 생긴 빚도 상당한데, 그것이 불고 불어나 이제는 손도 못 댈 정도가 되었으니까."

"어느 정도인데 그럽니까?"

"기다리시게. 내가 말하는 것보단 문주가 작성해 놓고 간 문서를 확인하는 게 빠를 게야."

말과 함께 방을 빠져나간 이완이 얇은 서류 뭉치 하나를 들고 들어왔다.

　서류를 받아 쥔 혈리연은 탁자에 앉았다. 마맹상과 함께 찬찬히 살펴보기 위해서였다.

휘릭!

서류 한 장이 넘어가는 데 꽤 오랜 시간이 걸렸다.

휘릭!

다음은 조금 시간이 줄어들었고…….

휘릭! 휘릭!

갈수록 빨라지더니 몇 장 넘어간 순간부터는,

휘리리리릭—!

툭!

혈리연은 채 반도 넘기지 않은 서류를 던지듯 탁자 위에 올려놓았다.

그는 의자 등받이에 깊게 기대어 심드렁한 표정을 지었다.

"의뢰 불가!"

이완이 이유를 모르겠다는 얼굴로 물었다.

"무엇 때문에 그러나?"

"영감, 날 자선업주로 생각하는 거요?"

"자선업주라니? 자네만큼 돈 밝히는 사람도 본 적이 없네."

혈리연이 험악하게 소리쳤다.

"돈을 밝히다니?!"

이어 주절주절.

"난 망해가는 문파의 성공 여부로 인해 얻어지는 대리 만족과 내 능력의 출중함을 온 세상에 증명하는 것을 인생 목표로 했으며, 더불어 세상을 이롭게 하자는 깊은 뜻을 담아……."

"알았네, 알았어! 얼마면 되겠나?"

"흥분해서 미안하오."

금세 꼬리를 말며 찻잔에 입을 가져가는 혈리연이었다.

그는 옆에 묵묵히 앉아 있는 마맹상을 바라보았다.

"자네 생각은?"

"이건 대충 훑어봐도 가능성이 없어 보이는데요. 빚과 그에 딸린 이자에다가 여러 문파에 물린 담보까지 합치면 회생 가능성은 만에 하나입니다. 그뿐만 아니라 몇 개 되지도 않는 사업체는 수입이 거기서 거기고, 그나마 괜찮은 표국은 조만간 넘어가게 생겼으니…….”

“그래서?”

마맹상은 답을 하지 않고 이완을 보며 물었다.

“완노야, 청천문이 의뢰금을 지급할 능력이 있기나 합니까?”

“없네.”

차분해졌던 혈리연의 표정이 다시 험악해지고 있었다. 그것을 놓치지 않은 이완이 진땀을 흘리며 급히 말을 이었다.

“하지만 대가는 파격적인 것일세.”

다시 온화해지는 혈리연의 얼굴.

“뭡니까?”

“당장 돈을 지급할 능력이 되지는 않지만… 아, 거참, 자네 왜 그렇게 표정이 자주 변하나? 끝까지 들어보란 말일세!”

“아, 알았소. 괜히 심통은…….”

누가 심통을 부린다는 건지 모를 일이었지만 이완은 몸을 부르르 떨며 계속 말했다.

“예전의 명성을 되찾게 해주면, 그 후로부터 십 년간 얻어지는 수익의 삼 할을 매년 지급해 주겠다고 했네.”

“삼 할?”

“순수익이 아니라 얻어지는 모든 수익의 삼 할일세. 한 문파의 십 년 수익의 삼 할이 열 번에 나뉘어 자네에게 전달되는 셈이지. 지금까지 자네가 만져 보지 못한 막대한 자금일 걸세. 어떤가, 할 생각이 있나?”

잠시 실내에 침묵이 감돌았다.

반 각 후에 혈리연이 진지한 표정으로 자세까지 바로잡았다. 차갑게 가라앉은 눈빛에는 비장함마저 서려 있었다.

"날 놀리는 겁니까?"

나직이 흘러나오는 말 때문에 실내의 분위기는 순식간에 무거워졌다.

심상찮은 분위기를 느낀 이완이 떠듬거렸다.

"그, 그럴 리가 있나."

"회생 가능성이 전혀 없는 문파, 지금 당장 금전 문제를 따져도 가진 재산보다 빚이 더 많은 문파를 무림 명문으로 만들어줬는데……"

이어 버럭 소리쳤다.

"삼 할? 이거 칼만 안 들었지 완전히 날강도 아냐? 거저 먹겠다는 거야, 뭐야?"

"결국은 그 말이군."

소매로 흐르는 땀을 훔친 이완은 고개를 절레절레 저었다.

'그런 말을 저런 진지한 표정으로 하다니……. 솔직히 더 달라고 말하지.'

"그럼 자네가 제시해 보게. 얼마나 받고 싶나?"

혈리연은 재빨리 손가락 하나를 올리더니 다시 내리고 다섯 개를 재차 올렸다.

이완이 경악한 표정을 지었다.

"계약금으로 큰 거 한 장과 오 할은 받아야겠다고? 그, 그
건… 아니 될 소릴세."

그때, 마맹상이 나섰다.

"성공 여부에 따라 한 푼도 못 받을 수 있는 일. 그 정도 대
가는 예상해야지요. 그리고 또 한 가지."

"……?"

"계약금은 더 올려야겠습니다. 완노야께서도 아시다시피
우리 몸값은 막대합니다. 만에 하나 성공을 못하게 되면 일하
는 기간은 무료 봉사를 하는 셈이 되는데, 그럴 순 없죠. 최소
한 선금으로 큰 거 세 장은 받아야 합니다."

그러자 혈리연이 마맹상을 강렬한 눈빛으로 바라보았다.
그는 눈빛으로 말하고 있었다.

'잘했어!'

마맹상도 혈리연의 시선을 피하지 않았다.

'헤헤, 주군과 다닌 지 벌써 십수 년입니다. 챙길 건 최대
한 챙겨야죠.'

'그런 근성, 아주 좋아.'

'과분한 칭찬이십니다.'

눈빛으로 뭔가를 주고받던 두 사람은 갑자기 서로 어깨를
토닥이며 웃어 젖혔다. 혈리연은 대견하다는 듯, 마맹상은 알
아주니 고맙다는 분위기였다.

"하하하하하!"

"우헤헤헤헤!"

이완이 허탈한 표정으로 물었다.

"다 웃었나?"

"험험! 따로 하실 말씀이라도?"

"마 총관의 말에도 일리가 있는 듯하니 회 문주에게 그렇
게 전하겠네."

"쩝!"

혈리연은 입맛을 다신 후 거드름을 피웠다. 다시 의자 등받
이에 몸을 깊숙이 기댄 채였다.

"우선 계약 금액은 정해진 걸로 알고, 다른 문제가 남아 있
는데, 그건 어떨까 몰라?"

"뭔가?"

"문주와 직접 대면해서 작성해야 할 계약서요. 문주는 어
딨소?"

"청천문으로 돌아갔네."

"성의없기는."

"문 내 사정이 사정이니만큼 문주가 문을 오래 비울 수 없
지 않은가?"

"연락은 됩니까?"

"이미 전서구를 준비해 놓았네. 자네가 허락하면 중경까지
나올 거야. 만나보겠나?"

"계약 전에 한번 만나는 봐야죠."

"언제쯤?"

혈리연이 자리에서 일어서며 말했다.

"여기서 죽치고 있기도 따분하니 지금부터 슬슬 가볼 생각입니다. 열흘 후 중경 성문 앞에서 만나는 걸로 약속을 잡아주세요."

"그렇게 하지."

"가자, 마 총관."

"아, 그리고 적발에게 전하게."

"뭐라고요?"

이완이 주먹을 들어 보였다.

"한 번만 더 기관을 파괴하면 여기 보관하고 있는 그놈의 저질스런 서적들을 죄다 불살라 버리겠다고."

혈리연이 눈을 동그랗게 떴다.

"그랬다간 그놈, 자결할지도 모릅니다."

"차라리 세상을 위해 그러는 것이 좋을 걸세. 아무튼 가세. 오랜만에 만났으니 산 아래까지 배웅은 해줘야지."

"저를 미끼로 적발을 잡으려는 건 아니고요?"

"무, 무슨 소린가?"

말과는 달리 이완의 얼굴은 붉어져 있었다.

하늘도 가린 울창한 수림을 빠져나오자 넓은 풀밭이 펼쳐져 있었다.

이완의 배웅은 거기까지였다.

오는 내내 적발을 찾으려고 주변을 살핀 그는 끝내 보이지 않자 포기한 듯 말했다.

"회 문주를 만나면 나에게 계약 여부를 알려주게. 그럴 일은 없겠지만 만약 계약이 성사되지 않으면 다른 의뢰를 받아야 하니까."

"무조건 내가 의뢰를 받아들일 거라고 확신하는 투입니다?"

"자네를 알고 지낸 지 벌써 십 년이 훌쩍 넘었지 않은가. 성격은 이미 파악했네."

혈리연의 표정이 잠시 구겨졌지만 이내 피식거리며 농담을 던졌다.

"어째, 우리보다 영감이 더 열심인 것 같소?"

"소개료가 짭짤하잖은가. 그럼 살펴 가시게, 혈리 공자."

"나중에 봅시다."

혈리연은 뒤도 돌아보지 않고 손을 휘휘 저었다. 그러자 아완은 한참 동안 멀어져 가는 그를 바라보더니 허공을 응시했다.

순간 아련한 옛 추억이 떠올랐다. 불만 많고 언제나 툴툴거리는 혈리연이 아닌, 십여 년 전 가졌던 첫 만남에서의 혈리연을……

정확히 십삼 년 전 그때를 이완은 아직도 잊지 못하고 있었다. 분노와 광기에 사로잡힌 눈빛, 그리고 피에 굶주린 듯한 표정은 그만큼 강렬하게 그를 자극했던 것이다.

"처음 볼 때는 한 점의 인심도 없는 살귀(殺鬼) 같더니……."

순간 시선을 내려 이제는 점이 되어버린 혈리연의 뒷모습을 보다 미소를 지었다.

"이제는 내가 말발로 안 될 정도네. 설마 내가 늙은 건 아니겠지?"

갑자기 생각난 옛 추억을 지우며 몸을 돌린 이완이었다. 그런데 그때, 검은 그림자 하나가 불쑥 튀어나와 그를 기겁하게 했다.

"허억!"

이완은 재빨리 숲 속에서 기습을 노린 자를 확인했다. 이어 쏟아지는 한숨.

"휴!"

상대는 손노라 불리는 노인, 손소강(孫溯江)이었다.

그는 이완의 입을 막고는 혈리연이 사라진 곳을 바라보았다.

손을 뿌리친 이완이 투덜거렸다.

"벌써 떠난 지 오래네. 자네 부탁 때문에 혈리 공자에게 말은 안 했지만, 어디에 숨어 있었나?"

"그냥 이곳저곳 산세 좀 익혔지. 여하튼 나중에라도 입 조심 하게. 자넨 날 못 본 거야."

"쯧쯧! 자네도 참 많이 변했구만."

"세월에 장사가 어딨겠나? 늙을수록 편안하게 여생을 즐기다 가길 바랄 뿐이지."

"언제 가려고?"

손소강이 살포시 수줍은 미소와 함께 홍조를 띠었다.

"오래 살고 싶으이!"

"쯧쯧쯧! 그나저나 혈리 공자는 안 도울 생각인가? 이번 일은 꽤나 힘겨울 텐데……."

"글쎄, 뼈마디가 예전 같지 않으니 한동안 쉬고 싶다는 생각도 하고 있네. 그동안 현림촌도 찾아가 보고."

말을 하던 그의 표정이 갑자기 어두워지고 있었다.

이완이 고개를 설레설레 저었다.

"중원에 올 때마다 매번 그 아이들을 잊지 않고 찾는군."

"내가 부덕한 탓이니 어쩌겠나."

"자네 탓만은 아니지. 전대 마각 전체의 짐일 뿐."

분위기는 더욱 무거워졌다. 그러다 손소강이 본의 아니게 분위기를 반전시켰다.

"아! 그런데 좀 전에 적발을 만났는데, 자네에게 말하지 말라더군."

"뭐랏? 그놈 지금 어딨나?"

이완은 벌써 팔을 걷어붙이고 있었다.

두 눈이 이글이글 타오르는 것을 보며 손소강이 말했다.

"장원에 뭘 두고 조용히 서쪽 방향으로 나가던데?"

"이노옴!"

그의 목소리가 산 전체를 쩌렁쩌렁 흔들어놓았다.

"또 이상한 음란 서적을 쌓아두고 도망쳤구나!"

"같이 가요—!"

천천히 노상을 걷고 있는 혈리연과 마맹상을 향해 메아리가 울려왔다.

적발이었다. 그는 쾌속한 경공술로 혈리연에게 바짝 다가와 승리의 표정을 지어 보였다. 이완에게 잡히지 않은 것을 자랑스럽게 생각하는 모양이다.

혈리연은 한심하다는 시선을 한 번 보낸 후에야 입을 열었다.

"어디 숨어 있다가 온 거야?"

"장원에 있었죠."

"장원?"

"네. 주군이 들어가자마자 숨어들어 갔거든요."

그는 헤벌쭉 웃었다.

"쌓이고 쌓이는 비급들의 보니 얼마나 마음이 풍족하던지……. 그런데 어디 가는 길입니까?"

"의뢰인을 만나러 간다."

"계약하신 겁니까?"

"가서 직접 만나보고 결정해야지."

"그럼 안 할 수도 있다는 말이네요?"

혈리연의 눈이 가늘어졌다.

"왜?"

"아니, 만약 계약이 안 될 수도 있다면 굳이 따라갈 필요가 없을 것 같아서……."

"그래서 하고 싶은 말은?"

"하하, 뭐, 그렇다는 거죠."

"후!"

한숨을 쏟아낸 혈리연은 마맹상을 보며 투덜거렸다.

"도대체 이놈은 왜 이 모양이야? 부총관으로 추천한 자네가 말해봐. 뭣 때문에 이 녀석을 부총관 씩이나 시킨 거야? 뭘 믿고?"

"하는 짓이 귀엽잖습니까!"

혈리연은 다시 적발을 보았다.

깡 말라 볼품없는 체형, 어린아이마냥 작달만 한 키, 메기수염을 흔들며 헤 벌린 입.

퍽!

주먹이 안 나가고는 못 배기는 얼굴이었다.

"으윽!"

"앞으로 내 앞에서 웃음은 좀 자제해라!"

"아, 알겠습니다."

하지만 그것만으로는 화가 삭여지지 않는지 다시 주먹을 들었다. 그때 마맹상이 생각난 듯 말했다.

"아! 그러고 보니 완노야께서 자네에게 전하라더군. 한 번만 더 기관을 파괴하면 자네 보물을 불태우겠대!'

순간 적발의 신형이 사라졌다. 그 짧은 순간 마맹상의 코앞까지 다가간 것이었다.

그는 한 마리의 용으로 변해 마맹상의 멱살을 잡아챘다.

"뭐라고욧? 그 썩어 빠질 영감탱이가 감히 뭘 태워?!"

"왜, 왜 이러나……."

마맹상이 울먹였다.

"내가 그런 게 아냐!"

하지만 적발은 이미 이성을 잃은 상태였다. 그는 마맹상이 이완이라도 되는 듯 흔들어대며 격노했다.

"좋아, 어디 하나라도 태우기만 해봐! 아주 그냥 산 전체를 확 불살라 버릴 테니까!"

붉게 충혈된 눈으로 씩씩거리는 그를 보며 혈리연도 올렸던 주먹을 슬며시 내려놓았다. 한없이 작아지는 자신을 느끼며…….

'아무리 수하라지만 저럴 때는 나도 무섭다니까.'

그는 어이없다는 듯 한참 동안 적발을 바라보았다.

第三章

불길한 거래

1

깊게 눌러쓴 죽립.

몸에 두른 평범한 옷.

소년은 무엇이 그리 바쁜지 빠르게 걸음을 놀리고 있었다.
종착지는 중경의 성문이었다.

그는 성문에 도착하자 주변을 두리번거렸다.

누군가를 만나기로 한 모양인데, 사람들의 시선을 피해 여
기저기 둘러보는 얼굴에는 긴장이 잔뜩 묻어 있었다. 꽤 중요
한 사람을 만나기로 했으니 당연했다.

하지만 그것도 한 시진이었다. 우두커니 한 시진이나 가만
히 있자니 좀일 쑤실 수밖에 없었다.

'조금 늦으려나?'

소년은 재빨리 죽립을 들어 하늘을 바라보았다.

해는 이미 중천이었다.

약속 시간을 지키기 위해 호북에서 중경까지 오느라 며칠 동안 잠도 제대로 못 잤으니. 몸은 물먹은 솜마냥 늘어질 수밖에 없었다.

결국 그는 성벽에 기대어 바닥에 엉덩이를 깔았다.

그러자 슬슬 졸음이 몰려오기 시작했다. 그러나 지금 눈을 감을 수는 없다. 일생일대의 중요한 결정을 내렸고, 오늘 그 결정에 도움을 줄 사람을 만나야 했기 때문이다.

"이럴 줄 알았다면 객잔에서 한 시진만 자고 오는 건데."

중얼거림과 함께 무료한 시간을 달래기 위해 그는 아버지의 유품을 떠올렸다.

은밀하게 전해진 상자와 유서 하나.

상자에는 무엇이 들어 있는지 모른다. 유서에 담긴 유언 때문에 열어볼 생각조차 하지 않고 숨겨 버렸던 것이다. 하지만 유서는 아직도 소중히 간직하고 있는데, 거기엔 한 사람을 거론하고 있었다.

바로 천통소(天通所) 이완(伊完)이었다.

소문으로 하늘까지 이른다는 소식통의 달인, 강호의 어떤 일이든 그의 귀를 벗어나지 못한다는, 모르는 것이 없는 신인(神人)으로 통하는 사람이었다.

아버지는 끝내 문을 일으키지 못할 것 같으면 그를 찾아가 도움을 구하라고 유서에 적어놓았다.

소년은 그 유언을 착실히 지켰다. 하지만 가슴속 한곳에 피어나는 의심은 어쩔 수 없었다. 이완에게서 사람을 소개시켜 주겠다는 말을 들었기 때문이다.

큰돈이라도 빌려줄 줄 알았던 소년으로서는 실망이 이만저만이 아니었다. 그러나 궁금증이 일었던 것도 사실. 그래서 그 사람에 대해 물었을 때, 이완은 그를 혈리연이라고 했다. 문파를 전문적으로 키워주는 자라고도 설명했다.

하지만 그런 것은 소년의 관심사가 되질 못했다. 오히려 비웃음을 불렀다.

그렇게 문파를 대신 맡아 세력을 확장해 준다면 문주가 왜 필요할까! 그리고 그럴 능력이 있다면 차라리 문파를 새로 건설하는 것이 더 낫지, 왜 남의 문파를 키워준다는 걸까.

하지만 귀를 번쩍 트이게 한 설명이 덧붙여지자 소년은 수긍할 수밖에 없었다.

마각!

그 한 단어로 충분했다.

십삼 년 전, 무림의 전설을 만들어냈던 그 마각의 후신들이 돕는다면?

희망이 들끓어 오를 수밖에 없었다. 그러나 약간의 문제가 소년의 마음을 무겁게 만들었다. 그와의 만남을 주선해 주겠다던 이완에게서 바뀐 계약 조건을 기록한 서신이 도착했기 때문이다.

그는 이완에게서 온 전서를 꺼내 들었다.

사실 삼 할에서 오 할로 늘린 부분은 전혀 문제가 되질 않았다. 어차피 망해가는 문파였으니 되살려 주기만 한다면 얼마든지 줄 수 있다. 하나, 선금이 제시되어 있다면 조금 곤란했다. 그것도 은으로 삼백 냥씩이나.

"어쩐다……."

이번에 내놓을 상천의 전답이 처분된다 하더라도 상승문에 밀린 이자를 갚고 나면 이백 냥 정도가 남을지 의문이었다. 밀린 무사들의 급료도 처리해야 하는 마당에 삼백 냥을 어떻게 구해야 할지 난감하기만 했다.

"휴!"

소년은 한숨을 쏟아내더니 비장한 표정을 지었다.

"어쩔 수 없지!"

직접 부딪치는 수밖에 없다는 것이 그의 생각이었다. 그것은 일 년간 빚쟁이들에게 시달리며 얻은 그의 특기와 관련이 있었다.

구걸과 부탁, 그리고 동정심 유발은 개방의 거지만큼이나 자신있는 소년이었으니까.

찌익!

그는 서신을 찢고는 급히 자리에서 일어났다. 감기던 눈에

힘이 들어갔고, 부푼 기대가 심장을 빠르게 분탕질하고 있었
던 탓이다. 느긋하게 앉아서 기다릴 수는 없었다.

그런데,

두 시진이 지나고, 세 시진이 지났다.

조바심이 목 끝에 걸려 입 밖으로 튀어나오기 일보 직전이
었다. 때는 저녁 시간을 넘어가고 있는데…….

'도대체…….'

소년, 청천문의 문주이자 혈리연을 기다리던 회양월이 하
늘을 향해 버럭 소리쳤다.

"왜 안 오는 거야?!"

오후가 다 지나고 이제 해가 지려 하고 있었다.

회양월은 내심 걱정이었다. 분명히 오늘이 약속 일인데, 끝
내 오지 않으면 어찌해야 할지 난감했다. 짐을 싸 청천문으로
돌아가기도 그렇고, 그렇다고 며칠 더 기다리기도…….

'도중에 무슨 일이 생긴 건가?'

하지만 북천에서 중경까지 오는 데 열흘은 충분한 거리였
다. 도중에 잠시 지체되는 일이 생기더라도 속도를 빨리 한다
면 약속을 못 지킬 거리가 아니다.

이래저래 곤란해진 그는 석양을 한번 보고는 몸을 돌렸다.

객잔으로 가면서 계획을 정리할 생각이었다.

그런데 웬걸, 막 성문을 통과해 안으로 들어오는데 누군가

가 다가와 아는 척을 하지 않은가!

"회양월 문주?"

"제가 회양월이 맞기는 합니다만, 누구신지……?"

회양월은 얼떨떨한 표정으로 상대를 살폈다.

덥수룩한 수염이 입 전체를 덮고 있는 사십대 중반의 장한이었다. 눈에 핏기가 어린 것은 피곤해서인지, 아니면 원래 타고난 것인지는 알 수 없었다.

"마맹상이라 하오."

"저를 어찌 알고 계십니까?"

그래도 일문의 문주이니 무림인이라면 혹시 알 수도 있지 않을까 해서 물은 것이었다. 한데, 상대의 대답이 놀라웠다.

"연락 못 받았소? 완노야께서 보내서 왔는데."

"네?"

회양월은 잠시 당황할 수밖에 없었다.

완노야라면 이완이 보냈다는 것인데, 그렇다면 상대가 거래자라는 말이다. 그런데 성안에서 걸어온다는 것은 이미 도착해 있었다는 것을 의미하지 않은가! 그런데도 해가 질 때에야 어슬렁거리며 나오다니…….

조금 마음이 상한 회양월이 물었다.

"언제 도착하셨습니까? 성안에 계셨습니까?"

"아, 많이 기다리신 모양이오. 미안하게 됐소. 급한 사정이 생겨서 그랬으니 이해해 주시오."

말을 하던 사내는 머리가 아픈지 이마를 손으로 짚었다.

급한 사정이 있었다는 데야 회양월도 어쩔 수 없었다.

"괘, 괜찮습니다. 그런데 혼자 오셨습니까? 어르신께 듣기론 단체로 움직인다고 하시던데⋯⋯."

"동료는 지금 태미루에 있습니다. 제가 대표로 나온 거지요."

"그럼 화화객잔이란 곳에 짐을 풀어놨는데, 그곳으로 가는 것이 어떻겠습니까? 여러 가지 논의할 일도 있고⋯⋯."

수염사내가 고개를 저었다.

"저와 논의하기보다는 우리 주군과 이야기하셔야지요. 그분이 모든 결정권을 가지고 있으니 저를 따라오십시오. 태미루에서 문주님을 기다리십니다."

수염사내는 대답도 기다리지 않고 먼저 걸음을 옮겼다.

'여, 여긴⋯⋯!'

회양월의 얼굴에 경련이 일어났다. 태미루라는 이름 때문에 대충 술집이라는 예상은 했지만, 막상 도착해서 보자 그냥 술집이 아니었던 것이다.

저녁이 되어 내걸린 홍등과 야시시한 실내 분위기는 말로만 들었던 기루완 딴판이었다.

그저 기녀들이 술을 따르는 영업소가 아닌, 어린 회양월로서는 아직 상상조차 해보지 못한 자극적인 술판이 벌어지는 기루였다.

'이, 이런 곳에서…….'

일문을 일으킬 거사(擧事)를 이런 곳에서 논한다는 자체가 불쾌했다.

그는 실내에 첫발을 내디딘 순간부터 굳어버렸다.

때마침 옆을 지나가던 기녀 하나가 눈을 반짝이며 회양월의 어깨를 감싸 안았다.

"호호, 예쁘장한 공자님이 오셨네?"

"왜, 왜 이러시오?"

"호호, 놀란 모습도 귀여워! 나랑 오늘 술 한잔할까, 자기?"

'자, 자기?'

회양월은 놀란 토끼눈으로 시선을 돌렸다. 기녀의 가슴이 보일 것 같아서였다. 하지만 기녀의 몸짓은 끈질겼다. 교태 섞인 몸짓으로 온몸을 밀착시키는데, 당하는 회양월로서는 어찌할 바를 몰라 당황할 수밖에 없었다.

다행히 수염사내가 그를 구해주었다.

"월향아, 주군은 정신 좀 차리셨냐?"

"주군? 아, 그 술고래?"

수염사내가 회양월의 눈치를 보며 헛기침을 했다.

"험험!"

"글쎄… 안 들어가 봐서 모르겠는데요?"

"얼굴을 내비치긴 했고?"

“못 봤다니까요.”

수염사내의 인상이 구겨졌다. 곧이어 그가 억울한 듯 중얼거렸다.

“잘 자는 사람 억지로 깨워 내보내더니……. 주군만 아니면 그냥!”

말과 함께 그는 이층으로 걸음을 옮겼다.

이때다 싶은 회양월도 은근슬쩍 기녀를 밀치고는 급히 계단을 밟았다.

이층으로 올라온 회양월은 안도의 한숨을 내쉬었다. 일층과는 달리 조용했기 때문이다. 복도를 중심으로 많은 방이 나열되어 있었는데, 어두웠지만 음란한 일층보다는 나았다.

“여깁니다.”

수염사내는 왼쪽 세 번째 방에서 멈추더니 문을 열어주었다.

그리고,

“흐읍!”

회양월은 자신도 모르게 숨을 멈췄다.

문을 열자마자 얼굴을 덮치는 괴상한 공기.

바닥에 굴러다니는 수많은 술병.

술상은 누가 발로 찼는지 부서져 있고, 그 여파로 인해 음식 찌꺼기가 사방을 헤엄치고 있었다.

뒤에서 수염사내의 목소리가 그를 일깨웠다.

"들어가시죠."

'여길 들어가라고?'

회양월은 한 발자국이라도 내디뎠다간 몹쓸 병이라도 걸릴 것 같아 망설였다. 도저히 용기가 나질 않았다. 하지만 수염사내가 밀치는 바람에 어쩔 수 없었다.

그는 최대한 깨끗해 보이는 구석에 자리를 잡았다.

다시 수염사내의 목소리가 들렸다.

"내 이럴 줄 알았지. 역시 그대로네."

그는 성큼성큼 중앙으로 걸어가 왜소한 사내를 발로 걸어찼다.

"상관은 손님 맞으러 갔는데, 잠이 오디? 어쭈, 안 일어나?"

"으응! 총관님? 어디 다녀오셨소?"

몸을 떨던 수염사내가 으르렁거렸다.

"빨리 안 일어나면 죽는다?!"

그제야 사내가 주섬주섬 일어나더니 창문을 열었다. 하나, 회양월이 보기에는 아직도 잠에 취해 있는 것이 분명했다.

회양월은 다시 수염사내에게로 시선을 주었다. 이번에는 침상에 다리를 걸친 상태로 곯아떨어진 사내를 깨우는데, 왜소한 사내를 깨울 때와는 달리 제법 조심스러워한다는 것을 알 수 있었다.

회양월은 자신이 설득해야 할 사람이 저 사내라는 것을 직감했다.

하지만 아무리 깨워도 일어날 생각을 하지 않았다.

"주군! 주군? 일어나십시오!"

"……."

"회 문주님을 모시고 왔습니다, 주군!"

급기야 수염사내가 손을 날렸다.

짝!

짜증나는 목소리가 이어졌다.

"아이씨! 누구야?"

"회양월 문주님을 모시고 왔다니까요."

"회… 양… 월?"

부스스한 모습으로 일어나던 사내를 본 회양월은 다시 놀랐다. 중년인이 주군이라 불렀던 사내의 얼굴을 확인한 것이다. 그는 이제 약관 정도의 젊은 사내였다.

회양월은 마음이 무거워지기 시작했다.

거래에 대한 믿음이 점점 줄어드는 것은 왜일까?

그 이유는 금방 찾아낼 수 있었다.

아마 몇 가지의 일이 복합적으로 섞여서일 것이다.

거래 성사 여부를 결정하는 상대가 아주 젊다는 것이 첫 번째요, 방 안 분위기가 두 번째였다.

세 번째는 급한 사정이라는 것이 기녀를 주무르며 술판을 벌이고 있었다는 것.

고작 그런 이유 때문에 한 사람에게 있어서 피를 말리는 약

속을 어겼다는 것이 억울해지기 시작할 때쯤,

"회양월 문주가 누군데?"

"……!"

그는 거래자의 이름도 모르고 있다.

뿐만이 아니다. 술이 덜 깬 듯 사내는 침상으로 올라가 다시 눕고 있지 않은가!

회양월은 참아왔던 경련이 다시 일어나는 것을 느꼈다.

수염사내가 버럭 소리쳤다.

"주군이 절 깨워서 보내셨잖습니까?! 문주님을 모시고 오라고!"

"아, 그렇군. 이제야 생각났어. 그럼 조금만 기다리라고 해."

그걸로 끝이었다.

방 안에는 조용한 정적만 감돌았다, 코 고는 소리를 제외하고는.

어느새 왜소한 사내도 구석에서 웅크린 채 졸고 있었다.

태미루에서 한 시진을 기다린 후 화화객잔으로 돌아온 회양월은 다시 두 시진을 더 기다렸다.

그는 기다리는 시간만큼이나 혈리연에 대한 믿음이 작아짐을 느꼈다. 아마 중개자가 천통소 이완이 아니었다면, 그리고 그가 비밀 엄수를 약속하며 언급했던 정보가 없었다면 미련없이 청천문으로 가버렸을지도 몰랐다.

'한 시진만, 한 시진만 더 기다려 보자.'

그는 어두워진 창밖을 보며 그렇게 다짐했다. 그때, 갑자기 문밖에서 기척이 들려왔다.

"회양월 문주 계시오?"

마맹상의 목소리를 기억한 회양월은 급히 자리에서 일어
나 문을 열었다.

"주군께서 밑에서 기다리고 계십니다."

"깨어나셨군요? 이리 올라오시지 않고요?"

밝은 물음과는 달리 대답은 시큰둥했다.

"사정이 좀 있어서……."

"사, 사정?"

회양월이 무엇을 생각하는지 마맹상은 알고 있는 모양이
다.

마맹상이 대꾸했다.

"문주께서 생각하시는 그 사정이 맞소."

일층으로 내려가자 역시 객잔 한쪽에서 술판을 벌이고 있
는 혈리연을 볼 수 있었다.

회양월을 발견한 혈리연의 친근한 목소리가 울렸다.

"오오! 청천문주가 저리 잘생겼나?"

일순 술을 마시고 있던 몇몇 탁자의 시선이 회양월에게로
쏠렸다.

다분히 아부 섞인 말투와 뜨거운 사람들의 시선 때문에 그
는 울지도 웃지도 못했다. 그저 힘없이 다가가 포권할 뿐.

"청천문주 회양월이라고 합니다."

"하하, 가까이서 보니 나만큼이나 미남이시네! 어서 앉으

시게.”

“가, 감사합니다.”

그가 앉기 바쁘게 혈리연과 적발이 자신을 간략히 소개했
다. 이어 혈리연이 들고 있던 잔을 건네왔다.

“자자, 기다리느라 지쳤을 테니 술 한잔 쭈욱 하지?”

“저는 술을…….”

“열여섯이면 다 컸는데, 뭘!”

친근함을 표현하려는 것은 좋지만 하대까지 해오자 회양
월은 기분이 좋지 못했다.

주는 술이라 억지로 마신 후 말했다.

“이완 어르신께 들었습니다.”

“자자! 한잔 더 받게!”

“저, 저기… 우선 대화를 좀…….”

“하하, 내 손이 무안해하잖은가!”

그러면서 혈리연은 다시 술을 따랐다.

결국 회양월은 그마저도 마셨다.

“그럼 이제…….”

순간 혈리연의 표정이 굳어졌다. 그것을 놓치지 않은 회양
월은 자신이 무슨 잘못이라도 한 것인지 잠시 고민했다.

잘못은 없었다. 단지 상대의 기분 탓이었다.

“섭섭하네.”

“……?”

"우리 사이에… 준 게 있으면 오는 게 있어야지."

"아, 네!"

회양월이 급히 술잔을 넘겨 술을 따랐다.

도대체 대화는 언제 하려는 걸까?

이젠 믿음이 문제가 아니라 불신이 싹트기 시작하고 있었다.

'도대체 이 사람들은……. 정말 이완 어르신께서 말씀한 그들이 맞는 건가?'

예의만 따지지 않는다면 묻고 싶은 마음이 간절했다. 하지만 굳이 그럴 수고를 할 필요가 없었다. 실력을 확인할 확실한 일이 벌어졌기 때문이다.

"청천문주가 사천에는 어쩐 일인가?"

불량해 보이는 무사 셋이 탁자로 다가오면서 읊어댔다.

혈리연 때문에 회양월의 신분을 짐작한 그들은 노골적으로 시비를 걸어오고 있었다. 아직 탁자에서 술을 마시고 있는 다섯의 일행을 믿는지 제법 드세게 나왔다.

탁!

검집을 탁자 위에 찍어놓고 거기에 기댄 무사는 조롱 섞인 눈빛으로 회양월을 자극했다.

"회양진과의 은원이라도 갚으러 왔는가!"

회양월은 아버지 이름이 거론되자 대충 이유를 짐작할 수 있었다.

회양진은 생전에 무리한 일을 많이 벌였고, 그 때문에 여러 문파와 마찰을 빚었던 것이다. 시비를 걸어오는 무사들도 그런 부류란 생각이 들었다. 하지만 회양월은 위축되지 않았다.

그는 혈리연을 마주 보았다.

'어떻게 나올까?'

약간의 기대가 드는 것도 어쩔 수 없었다.

그런데,

드르륵!

의자를 밀치며 혈리연이 일어났다.

안면몰수란 단어가 이럴 때 사용해야 한다는 것을 회양월은 뼈저리게 경험해야 했다.

"오늘 잘 마셨습니다, 청천문주님. 다음에 연이 닿으면 그때 또 뵙죠."

회양월은 어이가 없었다.

"뭐, 뭡니까?"

"따로 하실 말씀이라도 있으신지요?"

"아, 아니, 그게 아니라… 지금 이완 어르신 때문에 계약을 하기 위해 만난……."

혈리연이 그의 말을 끊었다. 그는 굳은 표정으로 더없이 진지해 보였다.

"이 무사 분들이 하실 말씀이 있는 듯한데, 볼일이 끝나면 그때 토론하지요. 애들아, 아침에 오자!"

그러면서 정말 나가려 했다. 이번에도 마맹상이 회양월을 살렸다.

"주군도 너무하시오. 지금까지 기다리게 해놓고선 그냥 가면 어쩝니까?"

"이분들이 청천문주님께 볼일이 있다잖아!"

"제가 처리할 테니 그냥 앉아 계십시오."

그때, 다가왔던 무사가 인상을 썼다.

"우릴 처리한다? 혼자서?"

무사는 여전히 험악한 표정으로 이죽거렸다.

"삼자면 빠지는 것이 좋을 거고, 아니라면 몇 군데 부러질 각오를 해라."

마맹상이 게슴츠레하게 눈을 떴다.

"과연 내 몸에 손이라도 댈 수 있을까?"

"뭐? 이놈이?!"

순간 탁자에 놓였던 검집이 기울어지며 검신이 빠져나왔다.

무사는 그대로 검을 뽑아 마맹상을 향해 일검을 날렸다.

쉬익!

쾌속한 발검 실력으로 보아 꽤 수련에 열중했음을 알 수 있었다. 하지만 검은 마맹상의 말대로 그를 건드리지도 못했다. 옆에 있던 적발이 손을 움직였기 때문이다.

회양월이 두 눈을 동그랗게 만들어 검을 보았다.

검은 적발의 검지와 엄지에 잡혀 마맹상의 일 척 앞에 고정되어 있었는데, 놀란 무사가 급히 검을 회수하려 했지만 뿌리 깊이 자리 잡은 천 년 고목마냥 꼼짝도 하지 않았다.

결국 검을 포기한 무사가 주먹을 날려왔다.

적발이 피식 웃었다.

"어딜!"

순간 그의 신형이 앉은 그 상태로 허공으로 떠올랐다. 그리고 이어지는 소리.

타타타탁!

콩 볶는 소리가 눈 깜짝이는 사이에 수 차례가 터져 나오고, 무사는 그대로 바닥에 꼬꾸라졌다. 뒤에 섰던 두 무사가 놀라 달려들자, 한쪽에서 지켜보고 있던 동료들도 자리에서 일어나 무기를 뽑았다.

순식간에 객잔이 소란으로 물들어 버렸다.

"이럴 줄 알고 미리 나가려 했던 거야!"

객잔을 나오던 혈리연의 말에 마맹상이 소리쳤다.

"거짓말!"

그들은 태미루로 가면서도 계속 티격거렸다. 하지만 회양월은 그들의 모습이 눈에 들어오지 않았다.

'장난 아니다!'

회양월의 솔직한 감상이었다.

적발이라는 사내는 혼자서 여덟 명을 순식간에 쓰러뜨렸
다.

어찌 보면 무림에서 종종 있는 이야기이지만, 상대가 손을
쓰기도 전에 처리하는 일련의 동작은 수십 번을 똑같은 상황
을 생각하고 수련했다 하더라도 만들어내기 힘든 일이었다.

어떤 상황에서도 유수와 같이 대처하는 능력. 그것은 무림
인들이 가장 추구하는 무공의 도리인데, 적발은 회양월에게
그 정점을 보여주었다.

게다가 일검을 그런 식으로 쉽게 잡아내는 것으로 내공의
고강함까지 증명하지 않았는가!

회양월은 뒤처져 걸으며 여전히 마맹상, 혈리연과 우스갯
소리를 하는 적발의 뒷모습을 응시했다.

'어르신의 말씀이 정말이구나!'

그는 마각을 언급한 이완을 떠올렸다.

"자네에게 그들의 신분을 말하는 것이 무엇을 뜻하는지 알고는
있겠지?"

그들의 능력을 의심하지 말라는 뜻 외에, 그들의 신분이 알
려졌을 때 부담해야 할 위험까지 경고하는 것이라 짐작할 수
있었다.

"꼭 붙잡게. 결코 손해 보는 장사는 아닐 걸세."

혈리연을 따라 걷던 그가 갑자기 주먹을 꽉 쥐었다.

"자, 그럼 시작해 볼까?"

종이 몇 장과 벼루, 그리고 붓이 탁자 위에 준비되자 혈리연이 말했다. 그는 적발이 붓을 들어 쓸 준비를 마치자 말을 이었다.

"완노에게서 계약 조건은 받아보았겠지?"

"네."

"협상 여부는 없어!"

회양월의 표정이 어두워졌다.

"왜, 조정하고 싶은 건가?"

"가, 가능하다면……."

잠시 심드렁한 표정을 짓던 혈리연이 자리를 털고 일어섰다.

"헛고생했군!"

"도와주십시오."

"일없어!"

조금 전까지 웃고 떠들던 그 사람이 맞나 싶을 정도로 차가운 모습에 회양월은 당황한 표정을 역력히 드러냈다. 하지만 그는 물러설 수 없었다.

"오 할은 무리없이 드릴 수 있습니다."

"나도 알아. 다 망한 문파를 세워줬으면 그 정도도 싼 조건이지. 여하튼 계약금이 없다는 거잖아?"

"없는 것이 아닙니다. 지금 당장은 무리라는 뜻입니다."

"그게 그거지."

"아닙니다. 어떻게 해서든 마련해 드리겠습니다. 조금만 시간의 여유를 달라는 부탁입니다."

"뭘 믿고?"

"저를 믿어주십시오."

회양월은 강한 의지를 담은 눈빛을 드러냈다. 하지만 혈리연은 가당치도 않다는 듯 조소로 답례를 해주었다.

그 조소가 회양월의 가슴을 찔렀다.

"역시 어려서 세상 물정 모르는군."

"……?"

"믿음으로 세상일이 다 될 것 같으면 무림에서 칼부림이 왜 일어나겠어? 그리고 믿음의 대가가 계약금인데, 그것도 주지 않고 믿어달라?"

"……."

"지금까지 그렇게 살아왔나?"

순간 회양월의 얼굴이 붉어졌다.

일문의 문주를 앞에 두고 반말을 찍찍 해대는 것도 모자라 수치심까지 안겨주는 상대를 향해 울화가 솟구칠 수밖에 없었다. 하지만 아무 말도 할 수 없는 자신이 미웠다.

그 비참한 심정을 상대는 잔인하게 조롱해 왔다.

"문주가 이 꼴이니 청천문이 망하는 것도 당연하지. 빚쟁이들이 찾아와도 해결할 생각은 안 하고 그딴 식으로 말했겠지?"

쾅!

"아닙니다!"

회양월은 탁자를 치며 발악하듯 자리를 박차고 일어섰다. 하지만 곧이어 스스로의 행동에 놀랐다.

잠시 몸을 떨던 회양월이 갑자기 바닥에 무릎을 꿇었다. 일문의 문주가 가져야 할 자존심과 체면을 완전히 굽힌 것이다.

"도와주십시오."

두 눈을 질끈 감은 그의 말을 뒤로하고 실내에 잠시 정적이 흘렀다.

혈리연은 다시 자리에 앉아 있었다.

근 일각 동안 이어지는 침묵이 회양월은 싫었다. 그렇게 시간이 흘러 이각째가 됐을 때 혈리연이 물었다.

"내가 제시하는 조건을 다 들어줄 수 있나? 네 가지나 되는데……."

회양월이 두 눈을 반짝였다.

"무엇이든!"

“좋아! 적발, 받아 적어!”

“네!”

“첫째, 나에게 문파의 운영 전반에 걸쳐 경영에 참여할 수 있는 권한이 주어져야 한다. 그것이 어떠한 일이든.”

마지막 말이 걸리기는 했지만, 말도 안 되는 일이라면 문주로서 거부권을 행사할 수 있으니 전혀 문제가 되지 않았다.

“허락합니다.”

“그럼, 둘째. 내가 하는 모든 일을 문주는 무조건 허가해야 한다.”

“……”

회양월은 대답하지 못했다. 첫 번째 조건을 완전히 뒤집는 소리가 아닌가!

자기 마음대로 문파를 주무르겠다는 뜻과 다를 바 없었다.

“호, 혹시 문파의 위신에 문제가 되는 일이라면 문주로서 거부를……”

“그냥 일어날까?”

“아, 아닙니다.”

“셋째, 이건 정말 중요한 건데……”

혈리연의 표정이 자못 진지해졌다.

회양월은 꿀꺽 침을 삼켰다.

무슨 조건을 달까?

“마, 말씀하십시오.”

"내 수발을 들 사람은 무조건 여자여야 하고, 예뻐야 한다."

"……!"

"표정이 왜 그래? 싫다는 건가?"

"그, 그게 아니라 중요하다는 조건이 정말 그것인지 헷갈려서……."

그때 적발이 험악하게 말했다.

"가장 중요한 조건 중 하나지. 이 조건을 거부한 문파치고 주군과 계약한 문파를 본 적이 없수."

"하하!"

회양월은 억지 미소를 지으며 땀을 닦았다.

"넷째, 이건 사실 들어줘도 되고 안 들어줘도 되긴 한데……."

"말씀하십시오."

"여기 이놈!"

혈리연이 마맹상을 가리켰다.

"이놈이 여태 혼자야. 그래서 참한 과부 한 명을 소개시켜 줘야 한다는 게 조건이랄까?"

"지금 무슨 소리를 하시는 겁니까?"

마맹상이 노성을 터뜨리며 벌떡 일어났다. 그는 회양월을 향해 외쳤다.

"과부는 싫소!"

"같이 가지 않겠습니까?"

계약이 끝나자 회양월이 홀가분한 어조로 물었다.

혈리연은 고개를 저었다.

"하루 정도 더 즐기다 가려고."

회양월은 오늘 몇 번이나 땀을 닦는지 몰랐다. 그는 재차 소매로 식은땀을 훔치며 쓴 미소만 지었다.

"그럼 먼저 가서 기다리겠습니다."

"아, 그리고 한 가지!"

"……?"

"지금까지 내가 맡은 문파 중 청천문이 최악이야. 대부분은 그나마 내실은 튼튼했는데, 네가 남긴 서류를 보니 청천문은 정말 대책이 안 서더군."

"죄, 죄송합니다."

"네가 미안할 건 없고. 알아뒀으면 하는 건, 나에게 절대 정상적인 방법을 바라지는 말라는 거야. 정상적으로 꾸려 나갈 처지도 아니지만."

"각오하고 있습니다."

"그럼 내가 도착할 때까지 좀 더 세부적인 문 내 사정을 서류로 작성해 놔. 문파에서 일하는 고용 무사들의 인적 사항까지도."

"무사들까지도요?"

혈리연이 엄한 표정을 지었다.

"난 시작하면 뭐든 확실히 한다!"

"아, 알겠습니다. 그럼 편히 쉬십시오."

회양월은 밝은 미소를 남기고 돌아갔다.

혈리연이 돌아서며 흐뭇한 미소와 함께 적발에게 물었다.

"멋지지 않았나?"

"에이! 저 같으면, '난 청천문을 위해 죽고 살겠노라!' 라고 했을 텐데……."

"호오! 그거 괜찮은데?"

"헤헤, 그렇죠? 제가 감성이 좀 풍부하잖습니까!"

"그 감성은 음란 서적을 통해 얻은 거겠지?"

"헤헤헤헤헤!"

퍽—!

그날 아침.

날이 밝기가 무섭게 북경에서 전서구 한 마리가 하늘을 날아올랐다. 혈리연의 전서였다.

전서구의 도착지는 사천의 북천.

하루를 꼬빡 날아간 전서구를 전해 받은 이완은 방으로 돌아가 전서통의 내용물을 살폈다.

종이에 적힌 내용은 간단했다.

一. 계약 성립!

二. 대원들 복귀 즉시 청천문으로 파견!

三. 가장 늦는 자는 죽었다고 복창!

이완의 얼굴에 미소가 담겼다.

"이제 중원에 파란이 일겠구만!"

*   *   *

사천 서남부에 위치한 천막골에 일단의 무리가 술을 마시고 있었다. 얼마나 마셨는지는 모르겠지만 모두 혀가 꼬이는 증상은 같았다.

그중 누군가가 갑자기 생각난 듯 말했다.

"그러고 보니 주군이 올 때가 되지 않았나?"

다른 이가 고개를 끄덕였다.

"지금쯤 도착했겠네."

"가봐야 하지 않을까?"

"글쎄……."

그러자 또 다른 이가 소리쳤다.

"가보긴 뭘 가봐! 의뢰 한번 끝날 때마다 몇 달씩 쉬었으니 이번도 그렇겠지! 그보다 내일 섬서 쪽으로 구경이나 가는 건 어때?"

주군에 대한 생각은 모두 잊은 모양이다.
“오! 그거 괜찮겠군.”
“좋았어! 섬서의 아리따운 소저나 구경하자구!”
모두 고개를 끄덕이며 다시 질펀한 술판을 벌였다.

第四章

잘못된 시작

1

"이제 오시면 어쩝니까?"

회양월은 의아한 얼굴로 상대를 바라보았다. 문에 도착해 거처에서 짐을 풀자마자 찾아온 진수재(振守齋) 대주(隊主)가 다급함을 드러냈기 때문이다.

청천문에는 다른 무림 문파와 마찬가지로 무공을 익힌 집단이 있는데, 청천대(青天隊)라고 불렀다. 일대와 이대로 나누어진 청천대는 각각 백여 명의 대원이 소속되어 있었다.

진수재는 청천대를 이끄는 수장으로 이대(二隊)의 대주였다.

"무슨 일인데 그러시오?"

어린 회양월은 자못 문주다운 여유와 어투로 진수재의 경망스런 행동을 나무랐다. 하지만 이어지는 진수재의 설명엔 그도 놀랄 수밖에 없었다.

"어제 흑문(黑門)에서 사람이 왔사온데, 석 달 안으로 빌려간 돈 전액을 갚으라는 통보를 한 후 돌아갔습니다."

"석 달이라니……?"

"…그리고 이틀 전에는 청천표국에서 떠난 표물이 비적들에 의해 털렸습니다. 표물 운송을 맡긴 상단에서 손해배상을 요구하는 한편, 그 일로 인해 표국에서 일하던 무사 다섯 명과 쟁자수 십여 명이 다쳤습니다."

"그, 그럴 수가……?"

"어서 회의실로 들어가십시오. 내총관과 외총관, 그리고 집사께서 문주님이 오시길 목 빠지게 기다리고 계십니다."

"……."

회양월의 여유는 완전히 사라져 있었다. 그는 문주의 체통도 잊은 채 창백한 표정으로 달려갔다.

회의실에 들어서자 진수재의 말처럼 세 명의 사내가 자리에 앉아 있었다. 내총관 장충동(掌忠同)과 외총관 양원(襄元), 집사 나충일(那沖溢)이었다. 한 문파의 간부 회의라고는 믿을 수 없을 정도로 초라하기 짝이 없는 인원이었다.

"진 대주에게 들었습니다. 표국과 흑문에 문제가 생겼다고요?"

내총관 장충동이 어두운 표정으로 고개를 끄덕였다. 그는 외총관 양원과 함께 가장 오래된 청천문의 간부였고, 문 내에서는 가장 실력있는 무사로 통했다. 우직한 성격과 올곧은 성품의 소유자지만 그와는 정반대되는 성격의 양원 때문에 언제나 의견 충돌을 일으켜 회양월에게 고민을 안겨주었다.

"그렇습니다. 우선 표국 문제는 걱정하지 않아도 될 듯합니다."

"무슨 소리입니까?"

"문주님이 안 계신 동안 상천의 전답을 좋은 가격에 팔아 상충문의 밀린 이자를 갚았습니다. 남은 돈으로 문 내의 무사들에게 밀린 월봉의 일정량을 지급하고도 남아 표국의 보상 문제를 해결할 자금이 있습니다."

순간 회양월의 표정에 난감한 기색이 드러났다. 남은 돈으로 혈리연에게 계약금을 약간이나마 지불하려 했던 계획이 수포로 돌아갔기 때문이다.

그나마 다행인 것은 그 사정을 혈리연에게 말하지 않고 계약금 지불 기일을 미룬 것이었다.

"후!"

가슴 깊이 한숨을 내뱉은 그가 다시 물었다.

"그럼 흑문의 문제는 어찌 되었습니까?"

그러자 장충동의 얼굴에 핏기가 서렸다. 충직한 청천문의 간부인 그로서는 흑문에 대한 감정이 좋지 않을 수밖에 없었

다. 양번(襄樊)에 자리 잡은 청천문이 쫓기듯 지금의 종상(鍾
祥)으로 옮겨온 것도 그들 때문이었으니 당연했다.

잠시 분노를 삭이고 있는 장충동을 대신해 외총관 양원이
입을 열었다. 그는 평소의 습관처럼 가는 눈을 요리조리 굴리
고 있었다.

회양월은 그런 양원이 싫었다. 언제나 눈치를 살피며 딴마
음을 품고 있는 것 같은 눈빛이 마음에 들지 않았다. 뿐만 아
니라 전대 문주인 회양진이 회양월에게 문주 직을 물려주는
것을 가장 반대한 인물이기도 했다.

하지만 의외로 양원은 문의 세력이 줄어들자 하나둘씩 떠
나는 다른 간부들과는 달리 장충동과 함께 끝까지 청천문을
지켜왔다. 그런 면 때문에 무공 실력이 한참 떨어지면서도 외
총관의 자리를 잡은 그였다.

"장충동 내총관 덕에 협상의 여지조차 사라졌으니 누굴 탓
하겠습니까?"

가늘어서 더욱 간사하게 들리는 양원의 목소리 때문에 장
충동의 표정이 붉게 달아올랐다. 그는 분개한 듯 양원을 향해
외쳤다.

"그럼 외총관께서는 그런 놈들에게 머리라도 숙여야 한다
고 생각하는 것이오?! 지금 청천문의 사정이 이처럼 된 것이
도대체 누구 때문이오?! 바로 흑문이오! 그들의 간사한 공작
때문에 이 지경이 되었거늘……!"

"누가 그것을 모른다고 했습니까? 다만 현재의 사정을 타개(打開)할 수 있다면 한발 물러서는 것도 어떤 면에서는 방편이 될 수 있다는 말씀입니다."

"구걸하여 무엇을 얻으려는 것이오?"

양원의 가는 목소리도 거칠어졌다.

"말씀 가려서 하시오. 구걸이라니? 일이 이 지경이 된 것이 누구 때문인데 그러시오?"

"난 적과 아를 가렸을 뿐이오."

"누가 아고 누가 적이라는 거요? 당장 지금 해결도 안 되는 판에 우리 숨통을 틀어쥐고 있는 흑문의 사람을 그렇게 몰아붙여 쫓아낸 것이 정당했다고 말하는 거요?"

서로 간의 공방이 쉬지 않고 이어졌다.

상대를 못 잡아먹어서 안달난 듯 싸우는 그들을 보며 회양월은 속으로 한탄했다. 안 그래도 세력이 말이 아니게 줄어들고, 기존의 무사와 간부들이 모두 떠난 판에 아직도 고질적인 문제가 해결되지 않고 있었기 때문이다.

보는 바와 같이 그 문제의 원인은 장충동과 양원이었다.

청천문은 장충동과 그와 성격이 비슷해 오른팔 격으로 움직이는 청천일대 대주 홍막수(洪寞水)가 한 축을 만들고 있었고, 양원은 그가 추천해 집사가 된 나충일(那沖溢)과 청천이대 대주 진수재를 발아래 두어 또 다른 한 축을 구축하고 있었던 것이다. 그 때문에 가장 화합이 잘 이루어져야 할 무력 집단인 청천일대주와 이대주도 사이가 좋지 않았다.

"그만들 두세요!"

회양월을 외침에 회의실이 갑자기 조용해졌다. 하지만 두 노인은 아직도 상대를 험악하게 노려보고 있었다.

회양월이 말을 이었다.

"석 달 안에 원금을 갚으라는 조건은 이미 들었는데, 만약 갚지 못하면 어쩐다고 했습니까?"

이번에는 두 노인의 기세에 밀려 침묵만 지키고 있던 집사 나충일이 조심스럽게 대답했다.

"청천문 전체를 내놓으라고 했습니다."

회양월은 질책의 시선을 담아 장충동을 바라보았다. 장충동의 기분을 모르는 바는 아니지만 감정 때문에 위험 부담이 너무 크게 되었으니 그냥 넘어갈 일이 아니었다.

"이번 일은 장 내총관께서 너무 성급하셨습니다."

"하, 하지만 저는……."

"됐습니다. 어차피 벌어진 일, 해결 방안부터 찾도록 하죠. 책임 추궁은 차후에 하겠습니다."

그러자 양원이 득의한 표정이 되었다.

그는 장충동을 향해 비웃음을 보낸 후 회양월에게 말했다.

"이번 일은 제가 주도할 수 있게 맡겨주십시오."

"방법이 있습니까?"

"우선 진선대로 옆의 땅을 팔아 일부분을 해결하고, 상층

문에 밀린 이자를 갚았으니 사정을 넣어 좀 더 자금을 빌리는 것이 좋지 않을까 합니다.”

역시 장충동이 반대를 하고 나섰다.

“이제 우리 문에 남은 전답은 진선대로밖에 남지 않았소. 그것까지 팔겠다는 거요?”

“이게 누구 때문인데 그러시오?”

“…….”

장충동은 입을 다물어 버렸다. 벌여놓은 일이 있는 데다 문주가 양원의 손을 들어주었으니 더 할 말이 없었다.

회양월도 달리 떠오르는 방법이 없어 고개를 끄덕였다.

“그럼 양 외총관께서 이번 일을 맡아주세요.”

“최선을 다하겠습니다.”

고개 숙인 양원의 표정에 음침한 미소가 서렸다.

회의가 끝난 후, 회양월은 무거운 걸음을 떼며 다시 내원을 향해 걸었다. 머리가 지끈거려 아무런 생각도 할 수 없는 그였다.

그렇게 내원을 통과하여 문주가 지내는 중앙 건물로 향할 때 그나마 미소를 지을 수 있었다. 힘겨운 생활에서 유일하게 의지할 수 있는 사람이 그를 반겨주었기 때문이다.

“왔다는 소식을 들었는데, 회의실에 다녀오는 길이니?”

정원에 있는 나무 의자에 앉아 먼 허공을 응시하고 있는 묘령의 여인이 미소를 지어 보였다.

칠흑 같은 머리카락에 하얀 피부가 매력적인 외모인데, 푸르스름한 눈빛 때문에 전체적으로 부조화를 이루는 여인이었다. 상당한 미녀임에도 눈빛 때문에 조금은 괴기스런 분위기를 풍겼다.

회양월은 걸음을 돌려 그녀에게 다가갔다.

"바람이 찬데 왜 나와 계세요, 누님?"

"하루 종일 실내에만 있으면 오히려 해롭다고 그러더라."

회양월은 걱정스런 표정으로 그녀의 안색을 살폈다.

그에게는 두 명의 누이가 있는데, 앞의 여인이 그중 한 명인 회소희(回昭僖)였다. 회양월보다 세 살이 많은 그녀는 신체적인 조건 때문에 조금 내성적인 면이 있었다. 하지만 타고난 성격은 활달해서 사람을 대할 때는 편안하게 상대를 배려하곤 했다. 특히 회양월에게는 누구보다 자비롭고 어머니처럼 그를 아껴주었다.

"그래도 너무 오래 나와 계시지는 마세요. 차라리 바깥바람을 쐬고 싶으면 문 외로 나가는 건 어때요?"

그녀는 멍한 눈을 돌려 회양월에게 향했다.

"앞이 캄캄한데 어딘들 다르겠니?"

"그래도……."

잠시 분위기가 무거워졌지만 회소희가 밝은 미소를 지었다.

주변까지 환해지는 미소라 회양월도 무거웠던 마음이 그

나마 가벼워지는 것을 느꼈다. 그러나 언제나 누나인 회소희가 걱정이었다.

앞이 보이지 않는다는 단순한 신체적인 조건이 얼마나 사람을 답답하게 만드는지는 회양월도 잘 알고 있었던 것이다.

보고 있는 그조차 힘들고 답답한데 당사자는 오죽하랴.

"문이 안정되면 저와 함께 여행이라도 다녀와요."

"그러자꾸나. 그런데 문 내에 문제가 있는 건 아니니? 하녀의 말을 들어보니 요 며칠 사이에 중요한 일이 벌어진 것 같다던데……."

"해결할 수 있으니 누님은 신경 쓰지 마세요."

"네게만 부담을 안겨주는 것 같아 미안하구나. 내가 도움이 되면 좋을 텐데."

"큰일이 아니라니까요. 한데, 정아(正兒)는 어디 갔습니까?"

정아란 회소정(回昭正)을 말했다. 회양월보다 한 살 어린 여동생으로 최근 사춘기에 접어들었는지 문 내에 발을 들여놓질 않았다.

아침만 되면 친구들을 만나러 밖으로 나돌다가 저녁에 돼서야 돌아오곤 하는데, 돌아와서도 방에만 틀어박혀 있어 회양월과도 마주치는 일이 드물었다.

"소정이야 한창 호기심이 많은 나이니 네가 이해해 줘."

회양월의 표정이 찡그려졌다.

"또 나간 모양이군요?"

'내가 없을 때 누나가 좀 챙기라니까.'

생각과 함께 그가 투정하듯 말했다.

"정아의 관리에 신경 좀 써주세요. 자꾸 밖으로 나도는 버릇 들면 좋지 않아요. 혼을 낼 때는 따끔하게 혼을 내야 하는데, 누님이 너무 오냐오냐하는 바람에 그 녀석이……."

회소희가 급히 그의 말을 끊었다.

"정아의 나이 때에는 다 그러는 거야. 너는 어려서부터 문을 물려받아 성숙한 감이 있지만, 정아에게까지 그것을 강요하지는 마. 그 아이도 나름대로 힘들어하니까."

"그 말괄량이가요? 사고를 치고도 무슨 잘못을 했는지도 모르는데 힘들다뇨?"

회소희가 피식 웃었다.

"훗! 그래도 귀엽잖니. 동생이니 아껴줘야지. 그보다 나갔던 일은 잘 마무리되었니? 갑자기 네가 떠나자 내총관님이 날 찾아와서 이유를 묻더라. 아무런 설명도 없이 문을 비우겠다고만 했다면서?"

"아! 그러고 보니 회의실에서 말한다는 걸 깜빡 잊고 그냥 왔네요. 내일 말해야겠어요."

"무슨 일인데?"

"만날 사람이 있어서 사천에 다녀왔거든요."

"전에 그분이니?"

“아니요. 그분이 소개시켜 준 사람이죠. 한동안 우리 문에 들어와 저를 도와줄 무사예요.”

회소희가 의문스런 표정을 드러냈다. 그러자 회양월이 사천에 갔던 이유와 혈리연에 대해 간략히 설명했다. 확실하지 않은 일이라 그간 회소희에게조차 숨겨왔기 때문이다.

설명을 끝낸 그가 덧붙여 당부했다.

“이완이란 분의 소개로 그를 부른 것은 비밀이니 누님만 알고 계세요. 간부들에게도 저를 도와줄 분으로만 소개할 생각이니까요.”

고개를 끄덕인 회소희가 물었다.

“같이 왔니?”

“하루 늦게 출발한다고 했으니 내일쯤 도착할 거예요. 그리고 이곳 출입을 금하겠지만, 그래도 혹시 그들과 마주치게 되면 상대하지 마세요.”

“왜?”

“그런 일을 하는 사람은 믿을 수가 없잖아요.”

회소희가 미소를 지었다.

“알았다. 그리고 너도 조심해야 한다.”

“걱정 마세요.”

*　　　*　　　*

“왜 이렇게 귀가 가렵지?”

말 등에 기대어 호북성을 가로지르는 혈리연이 갑자기 귀를 팠다.

대로를 거슬러 의창(宜昌)에 도착한 그는 북쪽으로 방향을 틀어 사흘 만에 대곡리(大谷里)를 지나고 있었다.

뒤따르던 마맹상이 대꾸했다.

“누군가 주군 욕을 하나 보죠.”

“욕은 무슨……. 필시 나를 잊지 못한 수많은 소저 중 한 명이 날 그리워하며 ‘혈리연’ 이름 석 자를 읊고 있는 거겠지.”

그리움이 사무친 듯 혈리연은 아련히 눈빛으로 허공을 응시했다. 그러면서 탄성까지 발한다.

“아, 매향아! 돈만 좀 더 있었으면 너와 며칠 더 놀다 올 수 있었을 텐데……! 이럴 줄 알았으면 완노에게 돈을 좀 받아올 걸 그랬어.”

순간 그가 적발을 휙 째려보았다.

“저 술고래만 아니었어도!”

적발 때문에 술값으로 여비가 바닥이 났으니 그의 아쉬움이 클 수밖에 없었다.

그 표정을 바라보던 마맹상이 빈정거렸다.

“주군은 참 좋겠습니다?”

“왜?”

“매사에 낙천적이라서요.”

“오히려 난 자네가 더 부럽네. 어떻게 매사에 그렇게 불만이 한가득인가?”

그 말에 마맹상의 입이 서 말은 삐져 나왔다. 하지만 혈리연이 자신의 윗사람인지라 직접적으로 반박하지는 못했다. 다만 연신 투덜거릴 뿐인데, 그때 적발이 손을 들었다. 그는 앞을 가로막고 있는 산을 가리키고 있었다.

“저 산만 넘으면 종상입니다.”

돌연 혈리연이 물었다.

“어쩔까?”

“뭐가요?”

“빨리 가서 쉬는 게 좋을까, 아니면 숲에서 야숙을 할까?”

적발은 생각해 볼 필요도 없다는 듯 답했다.

“찬 곳에서 하룻밤을 지새는 게 정력에 얼마나 안 좋은데요.”

혈리연이 ‘어련하겠냐?’는 눈빛으로 적발을 바라보며 말배를 박찼다.

“그럼 달린다! 이랏!”

마맹상과 적발도 곧바로 속력을 붙였다. 하지만 그들은 숲에 들어서자마자 일단의 무리 때문에 고삐를 당겨야 했다.

“멈춰랏!”

벽력같은 호통과 함께 검은 그림자 몇 개가 혈리연의 앞을 가로막았다.

세상이 혼란하면 영웅은 나라를 세운다 했다. 웅크리고 있던 잠룡이 시끄러운 세상을 잠재우려는 듯 승천하는 것과 같은 이치이리라.

그래서 진소충(晉小蟲)은 혼란한 난세를 바랐다. 자신 같은 영웅이 움켜쥘 한 줌의 땅과 명예를 원했기 때문이다.

하지만 세상은 그를 버렸다.

그는 능력조차 거부당해야만 했다.

능히 나라를 바로 세우고 천하를 할거(割據)할 수 있는 그의 능력은 이미 안정된 천하 아래 쓸모없어져 버린 것이다. 그래서 그는 언제나 한탄했다.

"시대가 날 버리는구나!"

처음에는 이런 현실을 기피하기 위해 과거를 준비했었다. 나라를 세울 수 없다면, 아쉽지만 황제 밑에서 가슴속에 끌어오르는 웅대한 의지를 펼쳐 보는 것도 가히 나쁘지 않다고 생각했던 것이다.

하지만 어찌 된 영문인지 그 출중한 능력으로 언제나 낙방하기 일쑤였다.

그는 낙방할 때마다 이렇게 탄성했다.

"천하를 다스릴 능력이 어찌 하찮은 시문이나 고쳐 쓰는 것에 비하겠는가!"

그렇게 네 번의 낙방 끝에 결국 그는 이곳에 있게 되었다.

"장비, 챙겼지?"

"옛!"

"내가 직접 너희들을 지휘할 것이니 떨 필요 없다."

모두가 고개를 끄덕였다.

진소충은 흡족한 마음으로 자신을 동경 어린 시선으로 바라보고 있는 사내들을 마주 둘러보았다. 한 명 한 명 모두 비장 어린 눈빛으로 장비를 움켜쥐고 있었다.

진소충은 씨익 미소를 지었다. 영웅에게 맞는 수하들의 모습이었던 것이다.

'영웅은 할거할 땅을 잃으면 녹림으로 모인다!'

생각과 함께 그는 오늘도 숲길로 뛰쳐나가며 우렁차게 외쳤다.

"멈춰랏!"

끼히히힝─!

거칠게 달리던 세 필의 말이 앞발을 치켜들었다. 동시에 수하들이 포위하듯 말을 둘러쌌다.

진소충은 음충맞은 미소를 드러냈다. 조금은 놀란 세 사내의 반응이 마음에 들었기 때문이다. 그런데 선두에 선 사내의 대꾸는 조금 의외였다.

"젠장! 하마터면 칠 뻔했잖앗! 말발굽에 깔려 죽고 싶어?"

상당한 미남자였다. 약간 검붉은빛이 나는 머리칼 때문에

범상치 않아 보이는데, 불량기 가득한 눈빛만 뺀다면 영준해
보이는 약관의 사내다.

진소충은 저런 젊은이를 수하로 삼으면 딱 좋겠다는 생각
을 하며 자못 위엄 섞인 목소리로 상대의 외침을 무시했다.

"아까워하지 말고 난세를 바로잡을 자금을 내놓아라! 필시
훗날 보람된 일에 쓰였다 자랑할 수 있을 것이다!"

"뭐라는 겨?"

약관의 사내는 뒤에 있던 일행을 바라보며 대답을 요구했
다. 하지만 일행도 모르겠다는 듯 어깨를 으쓱한다.

진소충은 일장 연설의 시간을 아까워하지 않고 친절히 말
해주었다.

"내 비록 여의치 않은 사정이 있어 지금은 녹림에 몸을 담
고 있으나, 그대들에게 받은 자금은 유용한 곳에 쓸 것이니
가진 것 모두 내놓고 가라."

그러자 약관의 사내가 한마디를 내뱉어 진소충의 심기를
건드렸다.

"산적이군."

진소충이 버럭 소리쳤다.

"얕보지 마랏!"

"내가 언제 얕봤다고……. 도둑이 제 발 저는 꼴이구만."

"닥쳐라! 한낱 필부를 상대로 실력행사하기 싫으니 어서
모두 내놓아라!"

“싫다면?”

진소충이 옆에 차고 있던 무식하게 큰 도(刀)를 툭 쳤다.

“염라대왕 앞에서 절을 하게 될 게다.”

“호오, 꽤 강하게 나오는데? 그런데 이걸 어쩌나?”

“……?”

“가진 돈을 다 써버려서 빈털터리거든.”

“웃기는 소리! 그런 놈들이 말까지 타고 다닌단 말이냐? 뒤져서 나오면 동전 한 닢에 한 대씩임을 잊지 말아야 할 게다!”

“아까는 염라대왕 앞에서 절할 거라며?”

“동전 수만큼 패고 죽일 거라는 말이닷!”

그때 약관의 사내 뒤에 있던 털북숭이가 말을 몰아 앞으로 나왔다. 얼굴에 웬 털이 그리 많은지 입 주위를 완전히 덮고 있었다.

그는 약관의 사내와 말머리를 나란히 하며 말했다.

“그냥 몇 푼 쥐어주고 가죠?”

약관의 사내가 펄쩍 뛰었다.

“몇 푼이 어딨어?”

“그러지 말고 좀 쥐어주세요.”

“아무리 그래도 없어.”

“몰래 꿍쳐 놓은 거 다 압니다.”

“무, 무슨 소리야? 기루에서 전부 다 썼다는 건 자네도 잘 알잖아? 그리고 내가 왜 저놈에게 돈을 줘야 해?”

“먹고살겠다는데 불쌍하잖습니까.”

“아무리 그래도……..”

잠시 그들의 대화에 넋 놓고 있던 진소충이 몸을 부들부들 떨었다.

“이것들이 진짜……. 모두 말에서 내렷!”

약관의 사내가 심드렁하게 거부했다.

“싫다.”

“목숨이 아깝지 않은 모양인데, 애들아!”

진소충은 용기백배한 몸짓으로 두 손을 앞으로 뻗었다.

순간 포위하고 있던 십여 명의 산적이 세 사내를 향해 달려들었다. 그리고 이어지는 격타음.

퍼퍼퍼퍼퍽!

진소충은 입을 쩍 벌렸다. 가장 뒤에 서 있던 못생긴 사내가 움직이는가 싶더니 수하들을 모두 쓰러뜨렸기 때문이다.

어떻게 했는지 확인조차 불가할 정도로 빠른 움직임이라 진소충은 주춤주춤 뒤로 물러서기 시작했다. 자신은 한주먹 거리도 안 된다는 것을 본능적으로 알아차린 것이다.

그때 약관의 사내가 말에서 내려 그에게 다가왔다.

진소충이 떠듬거렸다.

“여, 영웅은… 하, 할거할 땅을 잃으면… 노, 녹림으로 모인다!”

약관의 사내가 그의 어깨를 잡았다.

"아까부터 알아들을 수 없는 소리만 하는데, 도대체 네가 하고 싶은 말이 뭐냐?"

"그, 그러니까… 전 산적이 아니라는……."

"그럼 뭔데?"

"큰 뜻을 품고 아주 잠시 산채에 의탁한 처지인데요."

약관의 사내가 눈을 가늘게 떴다.

진소충은 해맑게 웃으며 급히 고개를 숙였다.

"시간을 뺏어 죄송합니다. 어서 지나가십시오."

"죄송한 건 알고?"

"그러믄입쇼."

"그럼 그만한 대가를 지불해야 한다는 것도 알겠네?"

"……?"

영문을 모르겠다는 표정의 진소충을 향해 약관의 사내가 손을 내밀었다.

"내놔!"

"뭘요?"

"아까도 말했지만 우리가 돈이 좀 부족하거든. 산을 빠져나가면 밥이라도 사 먹게 성의를 보여봐."

진소충의 등 뒤로 식은땀이 흘렀다. 도리어 산적을 터는 행상이라니…….

하지만 거절할 수도 없어 사정했다.

"저도 드리고는 싶지만 사정이 궁핍하여……."

약관의 사내가 씨익 웃었다.

"털어서 나오면 동전 하나당 한 대씩이다?"

순간 진소충의 손이 섬전처럼 움직였다. 그 때문에 약관의 사내가 움찔하며 검집에 손을 가져갔다. 하지만 곧이어 무안한 표정을 지으며 헛기침을 했다.

"여기 있습니다요."

진소충의 손에는 막 품속을 빠져나온 따끈따끈한 가죽 주머니가 들려 있었다.

"여비에 보태 쓰시면 가문의 영광이겠습니다요."

"험험, 주머니가 꽤 묵직하니 제법 되겠군."

"벌이가 시원찮아 더 드리고 싶은데 그럴 수 없어 안타까울 따름입니다요."

약관의 사내가 진소충의 어깨를 토닥였다.

"좋아좋아, 오늘은 재수없었지만 다음에는 꼭 힘없고 돈 많은 여행객을 만나길 빌어주마."

진소충은 쓸쓸한 미소와 함께 연신 고개를 굽혔다.

"그럼 이만 갈게."

"살펴 가십시오."

약관의 사내는 말에 올라 다시 달리기 시작했다. 두 사내도 급히 그를 뒤따랐다.

그렇게 세 필의 말이 점이 되는가 싶더니 시야에서 완전히 사라지자 쓰러졌던 수하들이 정신을 차리고 일어섰다.

진소충은 그들을 한심한 듯 바라보더니 근엄하게 외쳤다.

"저들이 날 알아보지 못했다면 네놈들은 오늘 염라대왕을 만났을 게다!"

수하 중 하나가 물었다.

"무슨 말씀이십니까?"

"영웅은 영웅을 알아본다 했거늘! 그 또한 나와 같은 영웅이었노라!"

알아들을 수 없는 말을 남긴 그는 유유자적 숲 속으로 걸음을 옮겼다, 수하들이 더 캐물으면 곤란하다는 듯.

밤새 숲길을 달린 혈리연은 운 좋게 생긴 공돈으로 뜨끈한 음식을 사 먹었다. 마맹상이 코 묻은 돈까지 뺏어 쓴다고 조롱했지만 그는 신경도 쓰지 않았다.

식당에서 나온 그들은 곧장 청천문으로 향했다. 종상에서 북쪽으로 조금 떨어진 곳인데, 이내 정문에 도착한 혈리연은 끌끌 혀를 찼다.

"한때 십대명문으로 꼽혔다더니, 진짜 단단히 망했나 보군."

문파라기보다는 장원에 가까운 구조. 규모는 컸지만 허름한 건물과 낡아 빠진 정문이 그것을 증명하고 있었다.

웬만한 문파라면 자신들의 위세를 증명하고자 덩치 큰 무사들을 정문에 배치하는 것이 상식인데, 그 흔한 문지기도 없어 더욱 빈곤해 보였다.

마맹상이 걱정을 드러냈다.

"생각 이상으로 난감한 사정이면 어쩌죠?"

"어쩌긴, 물불 안 가리고 닥치는 대로 운영해야지."

말과 함께 그가 정문을 발로 찼다.

탕―!

"이리 오너라!"

하지만 한참 동안 대답이 없었다.

혈리연은 십여 번을 더 발길질을 했다. 그러자 졸린 목소리가 황급히 대답했다.

"누구요?"

"북천에서 왔수다!"

"북천이 어딘데요?"

"……!"

잠시 할 말을 잃은 혈리연은 마맹상과 적발을 돌아보았다.

"우리가 온다는 걸 아직 말하지 않은 거 아니야?"

마맹상이 어깨를 으쓱하며 대신 대꾸했다.

"사천에서 왔소! 문주님과 약속이 되어 있으니 문을 여시오!"

"문주님께서 연락이 없었으니 오후에 다시 오시오!"

혈리연의 인상이 구겨졌다.

"이거 뭐야? 그렇게 부탁해서 여기까지 왔더니……. 이놈을 그냥!"

그러면서 발을 치켜든 혈리연. 이어 문을 부술 모양으로 크게 정문을 향해 내리찍는데, 마맹상과 적발이 급히 그의 어깨를 뒤로 끌어당겼다.

헛발질을 하게 된 혈리연이 거칠게 몸부림쳤다. 그러자 마맹상이 급히 말했다.

"뭘 하시려고요?"

"이거 놔! 회양월 이놈을……!"

혈리연의 과장된 외침은 더 이상 이어지지 못했다. 문 안쪽에서 거친 일갈이 터져 나왔기 때문이다.

"이른 아침부터 왜 이리 소란스러우냐?"

"사천에서 문주님을 찾아왔다는데요?"

"사천에서? 열어라!"

명과 함께 정문이 열렸다.

백발에 고집스러움이 잔뜩 묻은 얼굴의 노인은 혈리연 등을 바라보며 위협적으로 물었다.

"사천에서 무슨 일이오?"

소란을 멈춘 혈리연이 심드렁하게 대꾸했다.

"문주를 만나러 왔소."

"지금 우리 문에 중대한 일이 생겨 함부로 외부인을 들일 수 없소. 문주님께 전할 테니 나중에 다시 오시오."

"약속이 되어 있다니까 왜 이렇게 말귀를 못 알아먹는지 모르겠군."

"문주님에게서는 아무런 언급이 없으셨소."

'이렇게 앞뒤가 꽉꽉 막혀서야!'

생각과 함께 혈리연이 짜증스럽게 말했다.

"가서 물어보면 될 거 아니오."

노인은 혈리연을 의심스런 눈빛으로 훑어보았다.

"누구라고 하면 되겠소?"

"사천에서 혈리연이 왔다고 전해주쇼."

"혈리연?"

노인이 고개를 갸웃거렸다. '혈리' 라는 복성을 들은 바 없었던 것이다. 가명이라고 생각한 그는 더욱 의심스런 표정으로 혈리연을 바라보더니 몸을 돌렸다.

"잠시만 기다리시오."

노인 장충동은 급히 내원으로 향했다. 하지만 집무실에서 아직 돌아오지 않았다는 말에 걸음을 돌렸다.

집무실에 도착한 그는 문 앞에서 회양월을 불렀다.

"문주님 계십니까?"

"들어오세요."

문을 열고 들어온 장충동을 향해 회양월이 물었다.

"아침 일찍 무슨 일이죠?"

“혹시 손님이 오기로 되어 있습니까?”

회양월이 아차 하는 표정으로 급히 일어섰다. 어제저녁부터 혈리연이 부탁한 서류를 작성하느라 신경을 쓰지 못하고 있었던 것이다.

“지금 오셨나요?”

“약속이 되어 있었던 모양이군요. 미리 말씀해 주셨다면 무례를 범하지는 않았을 텐데……. 혈리연이라는 이상한 복성을 가진 자와 그 일행입니다. 그들이 맞습니까?”

“네. 서류를 작성한 후에 말씀드리려 했는데, 생각보다 일찍 도착했군요.”

“누군지 물어봐도 되겠습니까?”

“우리를 도와주실 분이에요.”

그렇게만 대답한 회양월은 급히 방을 빠져나갔다.

잠시 후, 정문에 도착한 그는 팔짱을 끼고 구시렁거리는 혈리연을 볼 수 있었다.

회양월은 급히 포권하며 그에게 다가갔다.

“일찍 도착하셨군요. 미리 마중 나오지 못해 죄송합니다.”

반갑게 맞이하는 그를 향해 혈리연이 허물없는 친우를 대하듯 어깨동무를 했다.

“우리 사이에 무슨 그런 말을…….”

그러면서 크게 웃는다.

“하하하하! 안 본 사이에 더 미남이 됐네?”

마맹상이 게슴츠레한 눈으로 혀를 찼다.

"좀 전까지만 해도 죽일 듯하더니."

순간 혈리연의 눈빛에 불똥이 튀었다.

"누가, 도대체 어떤 놈이 그랬어?"

"뻔뻔하기는."

"맹상, 이간질을 하려면 딴 데서 알아봐. 그보다, 회 문주."

"네?"

"준비는 됐나?"

"네. 대충 서류를 정리해 두었습니다."

"아니, 그거 말고."

"그럼 무슨……?"

혈리연의 표정이 더욱 은근해졌다. 어깨동무한 팔도 더욱
밀착되는데…….

"내 수발을 들 하녀 말이야."

회양월이 움찔했다. 그것을 감지한 혈리연이 어깨동무한
손에 힘을 주고 물었다.

"설마 준비가 안 된 건 아니겠지?"

"그것이 아니라… 미처 거기까지 생각을……."

순간 혈리연의 표정이 거짓말처럼 바뀌었다. 그는 분개한
듯 소리쳤다.

"뭐야, 이거?! 사천에서 여기까지 고생고생해서 달려왔구
만, 이래도 되는 거야?"

"새, 생각보다 일찍 오셔서 준비가 안 됐다는 거지 약속을
어기지는 않을 겁니다."

다시 은근해진 혈리연이었다.

"하하, 소리쳐서 미안하네. 자, 그럼 서류부터 확인하러 가
볼까?"

회양월은 식은땀을 닦으며 고개를 끄덕였다.

"따라오십시오."

집무실에 도착한 회양월은 밤새 정리한 서류 몇 개를 혈리
연에게 넘겨주었다.

"이건 문의 빚과 담보로 잡힌 사업체 및 전답에 대한 장부
입니다. 그리고 이건 각 사업체에서 벌어들이는 수입에 대한
장부이고, 이런 문도들의 인적 사항이 적혀 있습니다. 지금
읽어보시겠습니까?"

고개를 끄덕인 혈리연이 마맹상, 적발과 함께 서류를 펼쳐
찬찬히 읽기 시작했다. 평소와 달리 군소리없이 한 시진이나
서류를 파악하고 있는 그들을 보며 회양월은 침을 꿀꺽 삼켰
다. 그렇게 다시 반 시진이 지났을 때였다.

혈리연이 서류를 탁자 위에 올려놓으며 힘 빠진 듯 의자에
등을 기댔다.

회양월이 조심스럽게 그의 눈치를 살피며 물었다.

"어떻습니까?"

"어떻긴 뭐가?"

"문을 살릴 수 있을 것 같습니까?"

"자넨 참 좋겠어?"

"……?"

회양월은 무슨 소리냐는 듯한 표정을 지었다.

혈리연이 약지로 코를 후비며 심드렁하게 말했다.

"뻔뻔스럽잖아. 이런 거지 같은 문파를 명문으로 만들어달라니……. 지금까지 버텼다는 것이 신기하군."

그러면서 장부를 다시 잡아 뒤적거렸다.

"여길 보면 빚만 다 합쳐도 삼만 냥은 넘는 것 같은데, 그것도 그냥 삼만 냥이 아니라 은으로 삼만 냥이니, 도대체 요 조그마한 문파에서 어떻게 이 많은 빚을 졌는지 궁금할 지경이야. 그리고 여기에는……."

그는 다른 서류를 집어 들었다.

"빚뿐만 아니라 문의 기반이 될 수 있는 사업체가 죄다 남에게 넘어가 버렸고, 기루 두 개와 표국 하나, 그리고 소작으로 부치는 땅이 꽤 남기는 했지만, 이걸로 도대체 뭘 하라는 건지 모르겠다. 게다가 그 사업체도 온전히 청천문 것이 아니라는 것이 문제야. 빚 때문에 대부분 담보로 잡혀 있는 상태이니 거기서 얻어지는 수익도 일정량 이자로 빠져나가 버리잖아."

이번에는 적발이 보고 있는 서류를 뺏어 펼쳤다.

"마지막으로 무사들도 그래. 이거 완전히 말만 명문정파지 제대로 된 실력자가 거의 없잖아?"

회양월이 자존심이 상한 투로 항변했다.

"그래도 한때는 무사가 사천이 넘는……."

"옛날의 금잔디를 말하고픈 게야? 내 앞에서?"

톡 쏘아보는 혈리연의 시선 때문에 회양월은 급히 고개를 숙였다.

"아닙니다."

그러자 혈리연이 결정한 듯 외쳤다.

"좋아, 그럼 이제부터 청천문 살리기에 들어간다!"

회양월이 번쩍 고개를 치켜들었다.

"그 말씀은 가능성이 있다는 겁니까?"

"확실하지는 않지만 하늘이 무너져도 솟아날 구멍은 있는 것 아니겠어?"

"다행이군요."

"하지만 속단하기는 일러. 아무튼 간부회의부터 열어. 얼굴도 익힐 겸 한 번은 만나봐야지."

"알겠습니다."

양원은 불쾌했다. 갑자기 문주가 주관하는 간부회의가 열린다 하여 회의실로 갔더니 처음 보는 애송이를 소개하지 않는가!

그것도 문주의 대리라는 영향력을 주고, 군사(軍師)라는 말도 안 되는 직책에 봉하겠다고 했을 때는 기가 막혀 말도 나오질 않았다.

한평생 청천문에 몸담은 그도 어렵게 얻은 것이 바로 외총관이라는 직책이었으니 자연 황당할 수밖에.

하지만 그것을 문제 삼을 그는 아니었다. 정작 문제는 그가 세운 계획에 차질이 생긴다는 점이었다.

모두 떠날 때 자신이 왜 청천문에 남아 있었던가!

그 이유는 여러 가지를 들 수 있지만 중요한 한 가지가 바로 출세였다.

그것은 단순한 명예를 따지는 출세가 아니었다. 명예에 당연히 따라오는 금전적인 욕심이었다.

무공 실력이 떨어지는 그가 청천문을 떠나 다른 문파로 간다고 했을 때 과연 받아줄 문파가 있을지가 의문이었고, 설사 받아준다 하더라도 외총관 자리는 언감생심 노려볼 수도 없을 것이 분명했다. 잘해야 부집사 따위나 될 것이다.

무공 능력에 비해 지나치게 야망이 컸던 그는 그래서 청천문에 남았다. 뛰어난 간부들이 모두 빠져나가고 결국 빈 요직을 그가 차지할 수밖에 없다는 판단을 했기 때문이다.

과연 그의 생각은 적중했다. 연이어 성공 가도를 달리며 승진에 승진을 거듭하더니 흑문 때문에 청천문이 종상으로 옮겨왔을 때에는 외총관이라는 그럴듯한 직책을 얻어낼 수 있었다.

이젠 청천문이 망해도 다른 문파로 가기도 쉬워졌다. 거기에 한 문파의 외총관쯤 되는 자라면 문을 옮기더라도 상당히 좋은 대접을 받을 수 있을 것이다.

하지만 그는 그것으로 만족하지 않았다. 외총관이라면 문외의 일, 그러니까 각종 이권에 개입하는 것이 통상 하는 일인데, 그런 일에는 떨어지는 것이 많았기 때문이다.

참새가 방앗간을 그냥 못 지나치듯 그도 그랬다.

문의 사정까지 상세히 파악하고 관리할 수 있어 마음만 먹으면 막대한 자금도 남몰래 뒤로 빼돌릴 수 있는데, 그것을 마다할 필요가 없었던 것이다. 그래서 그는 나충일을 집사로 추천해 자기 사람으로 만들었고, 청천이대주 또한 포섭했다. 일을 하려면 확실하게 하고자 함이었다.

이후, 그들은 손발을 맞추어 끊임없이 돈을 빼돌렸고, 상당한 목돈을 만들 수 있었다.

이제 청천문이 망하는 길만 남았다.

그는 그것을 기다렸다. 문이 운영되는 상태보다 망하면서 생기는 구멍이 큰 법이기 때문이다. 이미 나충일과 계획까지 짜놓고 이제나저제나 기다리고 있는 상태가 지금이었다.

한데, 혈리연이라는 괴상한 녀석을 불러들였으니…….

사실 혈리연이라는 애송이가 문을 다시 살려준다면 양원으로서도 손해 보는 장사는 아니었다. 이미 외총관이라는 문주 다음가는 직책을 얻었으니 그가 속한 문파의 힘이 커진다면 그의 입지 또한 커질 것이 아닌가.

문제는 애송이가 문을 살려낼 것이라는 생각이 전혀 안 든다는 것에 있었다. 오히려 문을 살핀다고 경영에 참여해 자세한 내부 파악을 하고자 들면 돈을 빼돌리려는 계획에 차질만 생길 뿐이다.

양원은 지금 그것을 우려했다. 마지막 큰 한탕을 할 수 없게 되어버리는 것이 싫었다. 또한 외총관인 자신에게 일언반구도 없이 사람을 초빙해 온 문주에 대한 배신감도 그를 불쾌하게 만들고 있었다.

"무슨 말씀이십니까?"

양원의 물음에 회양월이 재차 확인시켜 주었다.

"말 그대로입니다. 혈리 대협을 청천문의 군사로 명하고, 문 내에서 일어나는 모든 일을 주도할 권한을 맡길 생각이니 따라주세요."

"도대체 저자가 누구이기에 그런 큰일을 맡긴단 말씀이십니까?"

"믿을 만한 분이니 염려하지 마세요. 청천문의 문주로서 보증하겠습니다."

양원은 똥 씹은 표정이 되었다. 많이 봐줘도 이십대 초반 정도의 애송이를 뭘 믿고 보증한다는 건지 모를 일이었다. 하지만 문주가 저렇게 완고하게 나오니 더 이상 반대만 할 수도 없었다.

그는 나충일 집사를 바라보았다. 무슨 말이라도 해보라는 뜻이었는데, 짜증나게도 나충일은 묵묵부답이었다.

'돈 빼돌리는 재주나 있었지, 아무짝에도 쓸모 없는 놈!'

둘만 있었다면 호통이라도 치고 싶은 양원이었다.

그때 장충동이 나섰다. 양원으로서는 뜻밖의 전개라 할 수 있었다. 고지식하면서 사사건건 자신의 일에 토를 다는 장충동이 그의 편을 들어주었던 것이다.

"문주님, 이번 일은 너무 성급하십니다. 문주님이 보증하신다니 저로서는 달리 드릴 말씀이 없지만, 적어도 우리와 상의라도 하신 후에 결정해야 할 일이지 않습니까. 저희도 문을 이끄는 청천문의 간부입니다. 어찌 저희의 의사는 물어보지도 않으시고 독단으로 결정을 하십니까?"

서운함이 잔뜩 묻어 있는 말투였다.

회양월도 잘못을 순순히 인정했다.

"저도 죄송하게 생각합니다. 다만 확실하지 않은 일이었기에 말을 꺼내지 못했던 것이니 내총관께서 이해해 주세요."

"그래도 이번 일은 단순히 결정될 사항이 아닌 줄로 압니다. 문의 사활을 건 만큼 회의실에 있는 모든 간부들이 인정할 만한 능력을 증명해야 하지 않겠습니까?"

마음이 흔들린 회양월이 슬며시 혈리연을 바라보았다. 의중을 물어보려는 것인데, 혈리연의 얼굴을 대하는 순간 그럴 수는 없었다. 험악하게 구겨진 혈리연의 얼굴에는 '나에게 귀찮은 일까지 시키지 마!', 혹은 '내가 그런 것까지 증명해야 돼?'라는 노골적인 표정이 담겨 있었던 것이다.

'어쩜 저런 표정을 지을 수 있을까?'라는 생각을 하며 회양월은 다시 간부들을 설득했다.

"우리를 돕고자 오신 분들입니다. 믿지 못하고 시험을 치르게 하는 것은 예가 아닌 줄로 압니다. 저를 믿고 따라주세요."

"하지만……."

"이번 한 번만 저를 믿어주세요."

"……!"

회의실에 잠시 침묵이 감돌았다. 기회를 틈탄 양원이 다시 끼어들었다.

"그럼 한 가지 물어도 되겠습니까?"

"말씀하세요."

"문의 경영을 맡긴다고 하셨는데, 어느 선까지 관여한다는 것인지 명확히 짚고 넘어갔으면 합니다."

"모든 일입니다. 말했듯이 혈리 대협은 제 대리인, 그러니까 대리 문주라고 보서도 무방합니다."

"그럼 사업 정책이나 금전 관리까지도?"

고개를 끄덕인 회양월을 향해 양원이 재차 물었다.

"무사들의 일에도 개입합니까?"

"그렇게 될 겁니다."

양원은 한숨을 쉬었다. 계획에 차질이 생겨도 단단히 생길 것 같았다.

그는 곧이어 혈리연을 뚫어져라 바라보았다. 상대를 우선 파악해 둘 필요를 느꼈던 것이다. 차라리 어설픈 놈이라면 구 워삶아 같은 편으로 만들 생각까지 한 양원이었다.

그런데…….

먼저 들어온 것은 검붉은색을 띠는 머리카락이었다. 그리 고 앳된 얼굴과 까만 눈동자, 갸름한 턱 선이 제법 부티 나게 생겨 보이기는 했다.

하지만 문제는 눈빛이었다.

저 반항기 가득한 눈은 뭔가!

'나, 건들지 마. 귀찮아질 거야' 라는 뜻이 가득 담겨 있는 불량기와 불만이 얼굴 전체에 덕지덕지 배어 있지 않은가 말 이다.

양원은 사람 보는 눈이 있었다. 그래서 그는 한눈에 알 수 있었다, 문주 옆에 앉아 있는 혈리연이 포섭하기 가장 까다로 운 족속이라는 것을. 하나, 살다 보면 생김새와 다른 경우도 있는지라 그가 물었다. 성격부터 파악하는 것이 우선일 것 같 아서였다.

"나이가 어떻게 되시오?"

가늘게 늘어지는 그의 목소리에 혈리연이 심드렁하게 대 꾸했다.

“그건 알아서 뭐 하시려고?”

“무공은 익히셨소?”

“그게 중요하오?”

“…….”

한 방 먹은 듯 양원은 입을 다물어 버렸다. 그 두 번의 대답으로 자신의 사람 살핌이 틀리지 않음을 확신할 수 있었다. 돈도 명예도 다 필요 없다는, 마음 내키는 대로 행동하는 날건달 같은 놈임이 분명했다.

그래서 미심쩍은 부분이 생겼다. 그것은 어떻게 문주를 구워삶았을까 하는 점이었다. 문주가 바보가 아닌 이상 아무런 능력도 없는 시건방진 놈을 무턱대고 데려오지는 않았을 터.

‘뭔가 특기가 있기는 할 텐데…….’

게다가 나이 많은 두 사내를 제치고 가장 어려 보이는 애송이가 대장이라는 것도 마음에 걸렸다.

그는 이번엔 혈리연의 옆에 앉아 있는 두 사내를 살폈다. 털북숭이에 메기까지…….

‘산채로 들어가면 딱 어울릴 놈들이군.’

아직은 종잡을 수 없는 놈들이라는 것이 양원의 마지막 판단이었다.

이럴 경우 좀 더 지켜보는 수밖에 달리 방법이 없다. 당연히 그동안은 뒷돈을 챙기는 일은 못하겠지만, 얼마간 기다리는 정도야 상관없다는 게 그의 생각이었다. 하지만 혈리연이 제시한 첫 경영 방법에는 혀를 찰 수밖에 없었다.

혈리연의 퉁명스런 대답 때문에 잠시 회의실이 조용해지자 회양월이 말했다.

"갑작스런 결정에 모두 놀랐으리라 생각합니다만, 동요하지 마시고 본연의 임무에 충실해 주셨으면 합니다."

말과 함께 그는 혈리연을 바라보았다.

"하실 말씀이 있으면 하세요."

혈리연이 귀를 후비며 심드렁하게 입을 열었다. 그 건방진 행동 때문에 회양월을 제외한 실내의 인물 모두가 인상을 찌푸렸지만 혈리연은 신경 쓰지 않았다.

"문주가 대충 설명했으니 따로 내 소개를 할 필요는 없을 것 같고, 우선 지금까지와 경영 방법이 달라질 테니 잘 따라와 주길 바라는 바요. 제가 제시하는 방침은 하나이니 머릿속에 잘 각인시켜 두시길."

"……?"

"공격적인 투자! 그것이 내가 청천문을 경영할 방향이자 목적이오."

장충동이 물었다.

"정확한 의미를 모르겠소만?"

"지금처럼 경영해 봤자 어차피 망하기밖에 더하겠소? 그러니 다른 일에 투자를 하겠다는 기요. 좀 더 생산적인 일에 뛰어들 것이란 말이지."

"하지만 지금 청천문에는 다른 일에 투자할 자금이 없소. 그 사정을 알고서 하는 소리요?"

"없으면 만들어야지. 진선대로의 땅이 아직 담보로 잡혀 있지 않던데, 그걸 팔아서 자금 조달을 할 생각이니 그렇게들 알고 좋은 조건에 팔 수 있도록 힘 좀 써주시오."

양원의 표정이 심하게 구겨졌다.

"그 일은 이미 내가 맡은 상태이니 자네… 아니, 군사는 다른 방법을 찾으시오."

혈리연이 무슨 소리를 하느냐는 듯 회양월을 보았다.

회양월이 얼굴을 붉히며 조심스럽게 말했다.

"사실 수삼 일 전에 문제가 조금 생겼습니다. 흑문 때문인데, 그들에게 급히 갚아야 할 돈이 있어서 진선대로의 땅을 팔기로 한 상태입니다."

"내가 본 서류상으로는 문제가 없던데?"

"그곳에 내는 이자가 밀리지 않아 겉으로는 그렇습니다만, 사실 원금 지급 기일을 이미 넘긴 상태인지라……. 그간 흑문에서 독촉을 하지 않아 혈리 대협이 본 장부에는 누락되었습니다."

"그래도 이상하군. 원금 지급 기일이 지났는데도 꼬박꼬박 이자를 받아 챙기던 녀석들이 왜 갑자기 돈을 달라는 거야? 이자만 해도 월마다 받는 수입이 짭짤할 텐데. 그래서 지금까지 군소리없었던 것 아닌가?"

그 물음에 대해서는 장충동이 답했다. 흑문에 대한 이야기만 나오면 화를 누르지 못하는 그였다.

"우리 청천문과 그에 속한 세력권을 완전히 삼키려는 수작이오. 그들은 그런 식으로 지금까지 우리를 계속해서 잠식해 왔소."

그러면서 예전에 있었던 일을 설명했다.

흑문은 사파 계열의 무림 세력으로 양번 인근에 뿌리를 두고 있었다. 예전 청천문이 양번에 있었으니 같은 곳에서 활동했음은 당연했다. 하지만 청천문의 전대 문주가 벌인 무리한 일들이 잘못되어 세력이 감소하자 흑문에서 은근히 욕심을 드러내기 시작했다.

거기다 엎친 데 덮친 격이랄까.

때마침 문주까지 죽게 되자 그들의 야욕은 본격적으로 실체화되었다. 전대 문주에게 빌려주었던 큰돈을 빌미로 청천문을 압박하는 것은 물론이요, 음모를 꾸며 여러 가지 일을 방해하고 나선 것이다.

그렇게 청천문을 벼랑으로 몰아놓고 제안해 온 것이 양번에 있는 청천문의 세력을 전부 넘기라는 것. 뿌리를 내놓으라는 말과 진배없으니, 청천문은 백방으로 다른 곳에서 다시 돈을 빌려 흑문을 막으려 했다.

하지만 흑문이 그런 청천문의 행동을 사선에 막아버렸고, 소문을 흘려 청천문의 신용에 문제가 있음을 알렸다. 뿐만 아니라, 당시 청천문이 운영하고 있던 여러 가지 사업에까지 타격을 주었다.

결국 참지 못한 청천문은 금전 관계와는 상관없이 흑문과 전쟁을 벌이게 되었다. 정사의 대립으로 볼 수도 있겠지만 경제적인 면과 이해 관계에 의해서 격돌한 셈이니 다른 문파라고 도와줄 리 없었다. 강호에서는 문파끼리의 이해, 혹은 은원 관계로 말미암아 싸움이 일어나는 일은 다반사였다.

결과는 예상한 대로였다.

한창 세력이 급부상하고 있던 흑문과의 전투에서 먼저 공격을 감행한 청천문은 패했다. 많은 무사가 피를 흘렸고, 손해 또한 막심했다.

바로 흑문이 바란 대로 된 것이었다.

흑문은 청천문이 패배를 시인하자 그 죄까지 물었다. 전투 때문에 흑문에서 입은 피해 보상까지 요구했던 것이다.

청천문은 그들의 요구를 들어줄 수밖에 없었다. 결국 양번의 본문을 넘겨주고 그 세력권까지 흑문에 싼값에 처분할 수밖에 없었다. 물론 세력권에 물린 빚의 상당량은 흑문에서 대신 갚았지만, 그 때문에 양번의 세력권을 모두 넘겨주고도 빚이 더 남게 되었다.

"그런데 지금 그들이 종양의 세력권까지 같은 방법으로 뺏어가려 한다는 것이오."

장충동의 마지막 말이었다.

“흐음!”

잠시 생각하던 혈리연이 회양월에게 물었다.

“얼만데?”

“은으로 오천 냥입니다.”

“캬, 많구만! 그런데 당장 갚아야 하는 건 아니겠지?”

“석 달이라는 기간이 있기는 하지만 액수가 너무 커서……. 그 땅으로 투자 자금을 만들기에는 무리가 있습니다.”

하지만 혈리연의 생각은 다른 모양이었다.

“땅을 팔아봐야 천 냥 정도밖에 안 될 텐데, 어차피 못 갚는 건 사실 아니야? 남은 사천 냥은 다른 데서 빌리겠다는 심산이라면 난 반대다.”

양원이 외쳤다.

“어쩔 수 없소이다!”

“어쩔 수 없긴, 왜 그렇게 아등바등 사는지 모르겠네?”

“그럼 어쩌란 말이오? 그대는 방법이 있다는 것이오?”

“팔아서 투자를 할 생각이유.”

“말도 안 되는 소리! 석 달 안에 무슨 수로 천 냥으로 오천 냥을 만든다는 말이오?”

“그건 두고 보면 알 일.”

그러면서 혈리연은 양원과는 대화하기 싫다는 듯 회양월에게 시선을 주었다. 어차피 결정은 문주가 할 것이니 신경 쓰기도 싫다는 느낌을 팍팍 풍겨댔다.

양원이 씩씩거렸지만 혈리연은 그조차 관심없는 듯했다.

"어쩔 거야?"

"갚을 자신은 있으십니까?"

"그거야 알아봐야지."

확답이 없다면 회양월로서도 결정하기 난감했다.

고심하는 표정으로 한참 동안 침묵만 지키고 있는데, 혈리연이 짜증스럽게 말했다.

"평생 고민만 하고 살 팔자군. 고민한다고 하늘에서 돈이 떨어지기라도 한대? 빌려서 흑문의 일을 해결하고 나면 남는 게 뭔데? 또 그 많은 돈을 누가 선뜻 빌려주겠어?"

"그, 그래도 이번 일은 좀 더 신중을 기해서……."

"사정사정하기에 계약을 했건만 더 볼 필요도 없군. 맹상, 적발, 짐 챙겨라."

"여기까지 와서요?"

"여행한 셈 치면 되지."

그러면서 혈리연이 자리에서 일어났다. 그는 회양월뿐만 아니라 모두에게 들으라는 듯 중얼거렸다.

"차라리 전대 문주가 살아 있었다면 이야기가 더 잘 통했을 거야. 모험을 할 용기도 없는 놈이 문을 살리겠다니 지나가는 개가 웃겠군."

순간 장충동 등이 살기를 드러냈다.

"감히 문주님께 무슨 망발인가!"

"혼잣말이니 신경 쓰지 마슈."

혈리연은 손을 휘휘 저으며 그대로 걸음을 옮겼다. 그때 회양월이 외쳤다.

"하겠습니다! 혈리 대협의 말대로 할 테니 도와주십시오!"

혈리연이 씨익 미소 지었다.

그는 다시 자리에 앉으며 대견하다는 듯 회양월의 어깨를 툭 쳤다.

"진작에 그럴 것이지. 아무튼 결정 잘한 거야. 행운도 노력하는 자에게 떨어지는 거지, 고민만 하는 자에게는 오질 않으니까."

"그런데 혹시 잘못되면……."

"그럼 망하는 거지."

"……!"

모두 할 말을 잃은 듯 멍한 표정이 되었다. 분위기가 썰렁해지자 혈리연이 멋쩍은 표정을 지으며 크게 웃었다.

"하하하! 농담이요, 농담! 무서워서 농담도 못하겠네!"

그때, 처음으로 집사 나충일이 궁금증을 드러냈다.

"하면, 무슨 사업을 할 생각이십니까?"

"이제부터 알아봐야 하지 않겠소?"

양원이 잘 걸렸다는 듯 바로 말했다.

"생각한 바도 없이 일을 추진하자는 말이오?"

“하겠다는 강한 의지가 중요한 거 아니겠소?”

“그대도 알겠지만 시간이 촉박하다는 것이 문제란 말이오.”

“어차피 땅을 팔아 자금을 마련하려면 시간이 걸릴 텐데, 뭘 그렇게 조급해하시오?”

“그래도 뭔가 방책이 세워져 있던가 해야지, 이렇게 무턱대고……”

혈리연이 말을 끊었다. 그는 이번에도 양원을 무시하고 회양월에게 말했다.

“그래서 말인데, 이번에 땅을 파는 일은 이 녀석에게 맡길 생각이야.”

“마맹상 대협께요?”

“그런 일은 잘 처리하거든. 아마 시세보다 좋은 가격에 충분히 팔 수 있을 거야.”

“그럼 혈리 대협께서는 무엇을 할 생각입니까?”

“난 호북을 좀 돌아볼 생각이다. 세상이 어떻게 돌아가는지 지켜보고, 어떻게 사람들이 돈을 만지는지 등, 자금 유동(流動)에 대해서 조사해 파악을 해야 앞으로의 경영에 한 치의 오차도 없지 않겠어?”

아니나 다를까, 마맹상이 불만을 가득 드러냈다.

“이 일은 적발을 시키십시오.”

“왜?”

“전 주군을 따라가렵니다.”

혈리연의 눈이 가늘어졌다.

“적발이 그런 일을 할 수나 있을 것 같아? 게다가 넌 땅을 넘기는 것 외에 청천문 사정을 파악하고 새롭게 체계를 짜놔야 해.”

“그건 적발도 할 수 있습니다.”

“적발이?”

“제 부관이 아닙니까. 충분히 해낼 수 있을 겁니다.”

혈리연이 미덥지 못한 얼굴로 적발을 보았다.

“적발, 할 수 있겠어?”

“언감생심, 어찌 총관님의 일을 제가 할 수 있겠습니까요.”

마맹상의 표정이 더욱 구겨졌다.

“적발, 내 너를 부총관으로 추천했거늘, 어찌 이렇게 뒤통수를…….”

하지만 적발은 그를 무시해 버렸다. 못 들은 척 혈리연에게 묻는다.

“주군, 처음 목적지는 어디입니까? 장강삼협의 경치가 수려하다던데 그곳으로 가시죠?”

“호오, 그래? 그보다 무한이 좋지 않겠어?”

“무한도 볼거리가 많다는 소리는 들었습니다만……. 하기야 사람들이 많이 몰리는 곳이 경제 파악을 하는 데는 더없이 좋겠죠.

마맹상은 몸을 부르르 떨었다. 자신은 문에 남아 정신없이 머리를 굴려야 하는데, 혈리연과 적발은 경제 파악을 핑계로 유람이나 다닐 생각을 하니 짜증이 날 수밖에 없었다.

그가 항변하려는 듯 입을 열었다. 하지만 혈리연이 조금 더 빨랐다.

"그럼 그렇게 결정한 걸로 하고 회의를 마칩시다."

회의는 그렇게 흐지부지 끝이 났다. 간부들의 불만을 키우고, 거기에 더해 마맹상의 불만까지 만들어낸 회의였다.

다음날 아침, 혈리연은 적발과 함께 예정대로 청천문을 떠날 채비를 했다. 그러면서도 마맹상에게 몇 가지 지시를 내렸는데, 중간중간 약올리는 것을 잊지 않았다.

그렇게 준비가 끝나자 정문으로 향하던 혈리연을 향해 회양월이 작은 주머니 하나를 건넸다.

"받으세요."

"뭐야?"

"떠나 계시는 동안 여비에 쓰시라고 조금 챙겼습니다."

"그 정도는 나도 있는데……."

말과 달리 혈리연의 손은 섬전과 같이 주머니를 낚아챘다.

순간 혈리연의 표정이 심드렁해졌다. 주머니의 무게를 감지한 것이다.

"에계, 진짜 조금이네."

“죄, 죄송합니다.”

“뭐, 네가 죄송할 건 없고. 그보다……”

막 정문을 빠져나온 혈리연이 회양월에게 엄포를 놓았다.

“내가 올 동안 마맹상을 빡시게 굴려. 안 그러면 머리끝까지 기어오르는 놈이야.”

회양월은 어색한 미소를 지었다.

“언제쯤 돌아오실 생각입니까?”

“한 달 정도 걸릴 거야. 그동안 확실한 사업 계획 하나 마련해 올 테니까 밥 잘 챙겨 먹고, 문단속 잘하고, 어디 갈 때는 꼭 마맹상에게 말하는 거 잊지 말고. 혹시 길이라도 잃어버리면……”

과할 정도의 친절에 회양월은 비지땀을 흘렸다.

“제, 제가 어린앱니까?”

“얼마나 걱정되면 이런 말까지 할까. 아무튼 내가 널 이 정도로 아낀다고나 알고 있어. 그러니 내가 다녀올 동안 꼭 내 수발을 들 어여쁜 하녀를 구해놔야 해.”

‘결국 그것 때문이군.’

회양월은 이제야 마맹상을 조금 이해할 수 있을 것 같았다. 혈리연을 주군이라는 극존칭으로 부르면서도 항상 불만과 짜증을 표시하는 게 평소 이해가 가지 않았던 것이다.

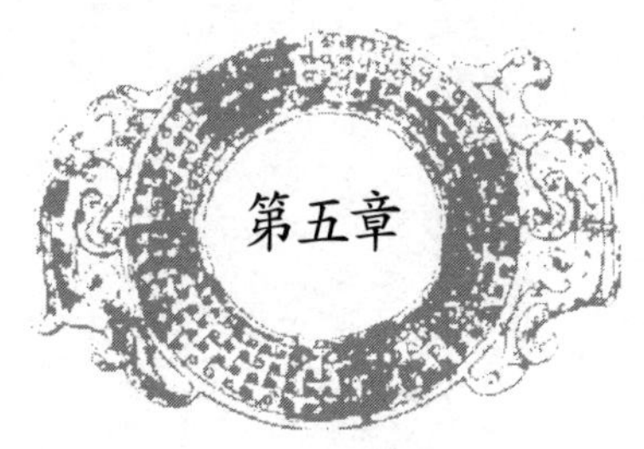

第五章

호북 유랑

1

　마맹상의 원망은 날이 갈수록 커져만 가고 있었다. 당연한 말이지만 그의 원망을 한 몸에 받고 있는 것은 혈리연이었다. 그 때문에 하루를 억겁(億劫)처럼 보내야 했으니…….

　혈리연이 청천문을 떠나고 난 후, 마맹상은 청천문 내부 사정을 파악하기 위해 그동안 쌓였던 장부를 빠짐없이 읽어야 했다.

　뿐이랴.

　틈틈이 하인과 하녀들을 만나 돌아가는 분위기를 익혔고, 청천문이 가진 사업체의 연간 가계서를 파악하느라 머리가 지끈거릴 지경이었다.

하지만 정작 문제는 문의 파악이 아니라 파악한 사정을 다시 장부로 정리해야 한다는 것에 있었다. 여러 개의 장부를 뒤적거리며 다른 종이에 다시 쓰는데, 웬만한 일에는 끄떡도 하지 않는 팔이 저릴 정도였다. 그러나 그것도 다음 문제에 비하면 태산의 티끌이었다.

저녁마다 하인의 안내를 받으며 청천문에 있는 창고를 돌아 물품 정리를 도맡았고, 물품의 출납과 문에 속한 문도들의 소비 품목을 정확하게 짜 맞추는 일은 머리에 경련을 불러왔다.

그 모든 일을 닷새 만에 해낸 그는 다음으로 외총관 양원을 찾아가 종상과 인근에 있는 큰 장사꾼이나 부호들을 파악하기 시작했다. 이유는 진선대로에 있는 땅을 팔기 위해서인데, 본래의 가격보다 더 좋게 받기 위해 가격 경쟁을 붙일 생각이었기 때문이다.

양원이 아는 사람을 통해 팔 것이라며 반대를 했지만, 마맹상은 그보다 백 냥 이상은 더 받아낼 수 있다는 이유를 들어 그의 의견을 묵살해 버렸다.

아는 사람을 통해 뒷돈을 챙기려 했던 양원으로서는 불만일 수밖에 없는 일. 하나 마맹상은 신경 쓰지 않았다. 그리고 바로 진선대로에 있는 땅을 면밀히 살핀 후, 호북의 토지관련법에 대한 조사를 시작했다. 현재 황실에서 정한 토지관련법이 있기는 하지만 그것도 지방마다 달라 잘만 이용하면 토지를 팔며 감수해야 할 세금을 상당수 줄일 수 있었기 때문이다.

한편, 그는 내총관 장충동 또한 찾아가 문 내에 있는 무사들의 관리에 대해서도 정리했고, 인적 사항을 정확히 파악해 각자 능력에 맞게 일을 배정하는 작업도 병행하였다.

그렇게 열흘째가 되던 날이었다. 늦은 시간, 이미 달이 기울어질 무렵까지 집무실에서 서류를 정리하고 있던 마맹상이 갑자기 소리쳤다.

"빌어먹을! 누군 팔자 좋게 유람이나 하고 있을 텐데 난 이게 뭔가!"

지금쯤이면 기루에서 기녀를 끼고 술이나 퍼마시고 있을 혈리연과 적발을 생각하자 머리끝까지 화가 치밀어 올랐다. 그때였다.

"들어가도 되겠소?"

문밖에서 들리는 갑작스런 기척에 마맹상이 붓을 놀리던 손을 멈췄다.

다시 낮은 목소리가 들려왔다.

"내총관 장충동이오."

"들어오십시오."

문을 열고 들어온 장충동을 향해 마맹상이 의아한 시선을 던졌다. 시간은 벌써 자시(子時)를 넘어 축시(丑時)에 이르러 있었던 것이다.

"일이 끝났는지 알아보고자 왔소."

"아직 좀 남았는데, 따로 할 말씀이라도 있습니까?"

장충동은 미소로 답했다. 우직한 그가 미소를 짓자 상당히 어색해 보였지만 마맹상은 그것도 그것대로 어울린다고 생각했다.

잠시 침묵이 감돈 후, 장충동이 은근한 어투로 말했다.

"그럼 끝날 때까지 기다릴 테니 하던 일 계속하시오."

계속 일을 하라니 하는 수밖에. 하지만 책상 앞에 서서 빤히 쳐다보는 장충동 때문에 거북할 수밖에 없었다.

마맹상이 고개를 들어 물었다.

"하실 말씀 있으면 하십시오."

"제가 방해되는 모양이군요. 그럼 내원에 있는 문주님의 처소에서 기다릴 테니 끝나면 그리로 오시오."

"거기는 왜요?"

"문주께서 조촐한 술자리를 마련해 놓으셨소."

마맹상이 머리를 긁적였다. 왜 자신을 부르는 건지 모를 일이었기 때문이다. 하지만 술 생각이 간절하던 참이라 잘된 일이라 생각했다.

입속에 고인 침을 꿀꺽 삼킨 마맹상이 갑자기 결연한 표정을 지었다.

그는 낮게, 하지만 강한 어조로 대답했다.

"일각만 기다리시라고 전해주십시오."

　말과 함께 그는 성난 표정으로 일에 매진했다. 보이지도 않을 정도로 빠르게 움직이는 손은 지렁이 담 넘어가는 필체를 구사하고 있었다.

　"왜 같이 오지 않았습니까?"
　홀로 걸어오는 장충동을 향해 회양월이 물었다.
　"아직 일이 끝나지 않아 마무리 짓고 오라 했습니다."
　"잘하셨어요. 그보다 다시 음식을 준비해야 하는 건 아닌지 모르겠군요."
　회양월이 식어가는 음식을 바라보며 말했다. 그러자 장충동이 고개를 저었다.
　"조금 있으면 온다고 했습니다. 그보다 문주님께 사죄드립니다."
　회양월이 의아한 시선을 던졌다.
　"무슨 말씀입니까?"
　"처음 저들을 데리고 왔을 때, 문주님께 서운한 마음이 조금 있었습니다."
　진정이 담긴 말투에 회양월이 슬쩍 미소를 지었다. 그는 장충동을 이래서 좋아했다. 양원과 달리 고지식한 면이 있기는 하지만, 또한 양원과 달라서 솔직 담백한 성격이었던 것이다.
　청천문의 간부 중에 속내까지 터놓고 말할 수 있는 유일한 자가 바로 장충동이었다.

“당연합니다. 저 또한 내총관과 상의 한마디 없이 일을 처리해 미안했으니 신경 쓰지 마세요.”

“그리 말씀해 주시니 감사할 따름입니다. 여하튼 마 대협의 일을 처리하는 능력을 보니 이제야 문주님의 뜻을 알 것 같습니다. 막힘없이 일을 풀어가는데, 곁에서 보고 있는 제가 신기할 정도더라니까요.”

“혹시 불만은 없습니까? 무리하게 일을 하려 한다면 제게 말씀해 주세요.”

“무사들의 임무 재배정 때는 약간의 불만이 있었습니다만, 배정이 끝나고 그대로 시행해 보니 오히려 전보다 훨씬 능률이 올라간 것을 확인할 수 있었습니다. 불필요한 이동을 없애고, 적재적소의 근무 투입 조율로 인해 무사들도 모두 만족해하고 있습니다.”

“다행이군요. 사실 저도 조금 걱정을 하고 있었거든요.”

“그런데, 한 가지 여쭤봐도 되겠습니까?”

“말씀하세요.”

“도대체 저자들은 누구입니까? 문주님이 만나시는 분들이야 제가 다 알고 있으니 전에 알던 자들은 아닐 테고, 어떻게 만나셨는지 궁금하군요.”

“어떤 분의 소개로 알게 되었습니다.”

“어떤 분이라면, 제가 알고 있는 사람입니까?”

회양월은 고개를 저으며 두루뭉술하게 대답했다.

“그들의 신분에 대해서는 저도 정확히 알지 못합니다. 때가 되면 알게 되겠죠.”

“그러면 어떤 일을 하던 사람들인지도 모르십니까?”

“지금과 같은 일을 했다고 알고 있습니다.”

“문파를 대리 경영해 주는 일을 말씀하시는 겁니까?”

“네.”

“흐음……!”

장충동은 곰곰이 생각에 잠겼다. 하지만 아무리 떠올려 보아도 문파를 대리 경영해 준다는 소리는 들어본 적이 없었다. 그런 직업이 있다는 자체가 의문스러울 지경이었다.

그때, 하인의 안내를 받은 마맹상이 문을 열고 정원에 모습을 비쳤다.

그는 정원 한쪽에 위치한 정자로 걸어가며 벌어지려는 입을 꾹 눌러 참았다. 생각 이상으로 성대한 주안상이 마련되어 있어 내심 기분이 좋았던 것이다.

웃음을 참는다는 것도 힘든 일이라 생각한 마맹상은 정자로 올라와 문주에게 포권을 했다.

“술자리에 초대해 주셔서 감사합니다. 그런데 다른 분들은 어디 계십니까?”

그는 다시 정자 안을 돌아보았다. 하지만 자리는 세 개뿐. 그중 두 자리는 문주와 내총관이 이미 차지하고 있으니 초대된 것은 마맹상 그뿐이었다.

회양월이 멋쩍은 얼굴로 대답했다.

"여러 사람을 부르면 부담스러워할 것 같아 따로 보자고 한 것입니다. 그간 수고해 주신 보답이라 생각하시고 마음껏 드십시오."

"고생이랄 것까지야……. 아무튼 생각해 주셔서 감사합니다."

마맹상은 자리에 앉으며 젓가락을 들었다. 그러면서도 회양월과 장충동이 풍기는 분위기를 살피며 이유를 짐작했다.

짧은 시간이었지만, 그는 그간 문 내의 분위기를 대충 파악한 참이다. 그중 뚜렷하게 보이는 것이 바로 내총관 장충동과 외총관 양원으로 나뉜 세력 구도였다.

이 조그마한 문파에 두 세력이 알력 다툼을 벌인다는 것이 웃기는 일이었지만, 사람 사는 곳이라면 당연히 있는 일이니 신경 쓰지 않고 넘겼던 것이다. 하지만 지금 상황을 보자 또 다른 한 가지 사실을 알 수 있었다. 문주인 회양월이 외총관보단 내총관을 더 신임하고 있다는 사실이었다.

'하긴, 외총관이야 문을 떠나간 간부들 때문에 급부상한 인물이니……. 내가 신경 쓸 바는 아니지.'

생각을 끝으로 술잔을 들어 회양월이 직접 따라주는 술을 받은 마맹상이었다. 그런 그를 향해 술을 따르던 회양월이 물었다.

"그런데 혈리 대협의 수발을 들 하녀는 어찌해야 하겠습니까?"

순간 마맹상의 얼굴이 보이지 않게 꿈틀거렸다. 이어 내심 쾌재를 부르며 말했다.

"문주께서는 주군의 취향을 모르시지 않습니까? 제가 알아서 주군이 좋아할 만한 하녀를 구해놓겠으니 맡겨주십시오."

약간이지만 그 문제 때문에 고민했던 회양월이 다행이라는 듯 미소를 지었다.

"그래 주시면 감사하겠습니다."

"감사는요, 뭘."

그러면서 음흉하게 웃는 마맹상이었다. 복수의 칼이 그의 손에 쥐어진 셈이다.

'두고 보자!'

그는 혈리연에게 이를 갈았다.

한편, 마맹상이 팔자 좋게 복수의 칼을 갈고 있을 때, 그의 생각과는 달리 혈리연과 적발은 꽤 귀찮은 일에 빠져들고 있었다. 이유는 호북의 상계 사정을 파악하고 다닌 때문이었다.

청천문을 떠나온 지 며칠도 되지 않아 여비를 기루에 바치듯 대부분을 써버린 혈리연과 적발이라 숙비를 아끼기 위해 야밤에 산을 타고 있을 때였다.

호북을 돌며 가는 곳마다 관아의 움직임과 번화가의 형편, 무림 세력의 경제 사정을 세세히 살핀 그들은 지강(枝江)의 인근 야산에서 일단의 무리에게 포위되어 있었다.

갑작스럽게 숲길의 앞뒤를 막아선 십여 명의 괴한을 향해 적발이 물었다.

"어? 댁들은 뉘시오?"

앞을 막고 있던 다섯 명의 인물 중 하나가 두어 걸음 걸어 나오며 으르렁거렸다. 그가 괴한들의 우두머리인 모양이었다.

"내가 묻고 싶은 바다."

"무슨 소리요?"

"네놈들은 누군데 우리 문파의 뒤를 캐고 다닌 것이냐? 누가 우리 문파의 뒤를 캐라고 시켰는지 바른 대로 고해라. 소정문(素情門)이냐?"

낮에 지강에 있는 문파와 그들이 운영하는 사업장을 돌며 사람들에게 이것저것 묻고 다녔던 것이 화근이 된 모양이었다. 어떤 문파인지는 모르겠지만 앞의 인물들은 혈리연과 적발을 경쟁 문파의 첩자로 오해한 것이 분명했다.

적발이 머리를 긁적였다.

"이거 난감하군."

괴한의 우두머리가 낮게 협박했다.

"말을 하면 곱게 보내줄 것이니 잔머리 굴리지 않는 것이 좋을 거다."

그러면서 예리한 칼날을 뽑아냈다. 그것을 신호로 앞뒤를 막고 있는 나머지 괴한들도 각자 무기를 뽑아내어 살벌한 분위기를 만들었다.

적발이 고개를 돌려 혈리연을 보았다.

"어쩌죠?"

그러자 혈리연이 말을 몰아 괴한들의 우두머리에게 다가갔다.

대답도 없이 괴한들에게 다가가는 그를 적발은 침을 꿀꺽 삼키며 바라보았다.

'설마 실력행사를?

적발은 그가 무엇을 하려는지 몰라 의문스런 눈빛이 되었다. 분위기는 다른 때와 달리 상당히 무겁게 내려앉고 있는데…….

참지 못한 적발이 혈리연의 옷깃을 잡으려 손을 뻗었다.

"주군이 나설 필요까지야……."

하지만 그는 귀찮음을 무릅쓰고 뻗은 손을 되돌렸다. 도중에 혈리연의 황당한 목소리가 이어졌기 때문이다.

"정말 사실을 말하면 보내줄 거요?"

적발의 표정이 게슴츠레해졌다. 혈리연이 무엇을 하려는지 대충 짐작이 갔던 것이다.

그의 짐작대로 대화가 이어지고 있었다.

괴사내의 두목이 고개를 끄덕였다.

"하나 사실이 아닐 시에는 각오를 해야 할 것이다."

혈리연의 낮은, 그래서 은밀한 목소리가 따랐다.

"좋소. 하지만 우리가 말했다는 것은 비밀로 해주시오. 밝혀지면 목숨이 위태로운지라……."

역시 괴사내가 고개를 끄덕였다. 조금 전과 달리 그도 긴장한 표정을 드러내고 있었다.

"네놈들의 신병은 보장하마. 누구냐? 소정문이냐?"

"그렇소. 소정문주께서 지강에 있는 문파의 사정을 면밀히 살펴오라고 하셨소."

괴한의 인상이 심하게 구겨졌다.

"감히 소정문 따위가! 그래, 목적이 무엇이냐?"

혈리연은 표정 하나 바뀌지 않고 진지하게 말을 이어나갔다.

"조만간 지강에 분타를 낼 것이라 하셨는데, 그러기 위해서는 인근의 문파 사정을 알아야 한다면서 우리에게 비밀리에 파악해 오라고 하더이다. 훗날에는 분타를 기점으로 지강을 전부 지배할 것이라고도 들은 듯……."

"소정문주 이놈잇!"

괴한은 분개한 듯 몸을 부들부들 떨었다.

"다른 것은? 혹 달리 아는 바는 없느냐?"

"아, 그러고 보니 또 한 가지."

"무엇이냐?"

"지강에 있는 문파는 죄다 허술하기 짝이 없다는 소리도

들은 듯하오. 그게 다요.”

결국 괴한이 노성을 터뜨렸다.

“내 이놈들을! 아버님께 말해 당장 쓸어버릴 것이다!”

그러면서 급히 물었다.

“그대들은 누구인가? 소정문도인가?”

“그럴 리가요. 그저 우리 아버지가 소정문에 조금의 친분이 있는데, 얼굴이 팔리지 않았다 하여 조사 좀 해오라고 보내신 거죠.”

“한 치의 거짓도 없는 거겠지?”

혈리연이 어깨를 으쓱하며 분위기를 더욱 은밀하게 만들었다.

“결코 우리 신분을 알리시면 안 됩니다. 문주님의 귀에 들어가면 줄초상 나니까요.”

괴한에게선 대답이 없었다. 그는 마지막 말은 못 들은 듯 남은 괴한들에게 외쳤다.

“빨리 문으로 돌아가 사실을 알려야겠다!”

순간 그가 신형을 띄우며 경공술을 발휘했다. 그 뒤로 남아 있던 괴한들도 그를 따라 자리를 벗어났다.

적발이 심드렁한 얼굴로 물었다.

“싸움을 붙이는 게 재밌다 해도 그렇지 아무 상관도 없는 문파를 그렇게 벌집 쑤시듯 해버리면 어쩝니까?”

“누가 믿을 줄 알았남? 그냥 무료한 강호에 재밌는 일이 벌어졌으면 하는 바람이었지.”

“그 작은 소망 때문에 저쪽은 줄초상 나게 생겼는데요?”

“믿은 놈들이 바보지. 순진한 건지, 아니면 멍청한 건지.”

“그렇게 진지하게 말하면 저라도 믿겠습니다. 너무 쉽게 믿어 황당하기는 했습니다만…….”

“원래 무림인들이 더 순진한 구석이 있지. 명예나 자존심이 걸린 일이라면 오히려 어린아이보다 해맑아진다니까. 귀여운 녀석들.”

그러면서 혈리연이 고삐를 잡았다.

“아무튼 빨리 가자. 여비를 아끼려면 쉬지 않고 달리는 게 최고지.”

그들은 다시 속력에 박차를 가했다. 돈 때문에 의창을 들르려 했던 예정을 바꿔 곧바로 무한과 그 인근만 돌아볼 계획을 세운 그들이었다. 그렇게 최대한 여비를 아껴가며 길을 재촉한 덕분에 나흘 만에 무한에 도착할 수 있었다.

혈리연과 적발은 무한에서 약속 장소를 잡은 후 갈라졌다. 같이 돌아다니는 것보단 따로 나뉘어 무한을 살피는 것이 훨씬 시간을 아낄 수 있었기 때문이다.

"뭐라 했느냐?"

호북 의도(宜都)에 있는 이름없는 객잔에서 살기 서린 물음이 떨어졌다.

허름한 객잔의 방 안은 대낮임에도 창가를 천으로 가려 짙은 어둠에 물들어 있었다.

침상에 가부좌를 틀고 앉은 흑의노인을 향해 기립해 있던 복면인이 난감한 듯 대답했다.

"지강의 정지문(整地門)과 괴흥문(傀興門) 등이 이미 우리 계획을 알아차린 듯했습니다. 소정문의 사업장으로 쳐들어와 상당한 손실을 입히고 문주에게 경고를 전하고 돌아갔답니다.”

“경고의 내용은?”

“소정문도는 지강에 발조차 들이지 말라는 것입니다.”

노인은 실소를 흘렸다. 하지만 그 미소 속에 담긴 살기는 여전했기에 기립해 있던 복면인은 감당하기 어려운 듯 온몸에 힘을 주었다.

노인이 다시 물었다.

“소정문주는 만나보았느냐?”

“그렇습니다. 어찌해야 할지 장로님께 여쭤달라고 했습니다.”

“그보다⋯ 지강의 문파들이 소정문 뒤에 우리가 있다는 사실은 알고 있더냐?”

“그건 아닙니다. 소정문의 단독 행동으로만 알고 있는 듯했습니다.”

“그나마 다행이나, 그들이 이미 소정문을 견제하기 시작했다면 당장 계획을 실행하는 것은 무리다. 그런데⋯ 누군가?”

“⋯⋯?”

“우리 계획을 알아차리고 발설한 자를 묻는 것이다.”

“그것이⋯⋯.”

복면인이 난감한 표정을 지었다.

노인의 살기는 더욱 짙어졌다. 실내는 이내 숨 막힐 듯한 답답함으로 가득 차기 시작했다.

"내부에 배신자가 있던가? 이 일을 알고 있는 자는 우리와 소정문주밖에 없을 텐데?"

당사자인 소정문주가 배신할 리는 없었다. 알려지면 가장 피해를 볼 자가 그였으니 말이다. 그래서 복면인은 소스라치게 놀랐다. 앞의 노인은 우리 중에 배신자가 있다고 말하고 있는 것이다.

우리란 마교, 정확히 호북성에 진출할 교두보를 만들고자 은밀히 천마신교에서 파견된 노인과 기립해 있는 복면인 자신, 그리고 그들을 따르는 대원들이었다. 노인은 우리 중 누군가를 의심하고 있음이 분명했다.

복면인이 무릎을 꿇으며 고개를 저었다.

"아닙니다. 알아본 바로는 신분을 알 수 없는 사내 둘이었다고 합니다."

"알 수 없는 사내 둘?"

"약관 정도의 젊은 녀석과 삼십대 중반 정도의 사내라는 정보가 있습니다."

"확실한가?"

"은밀히 확인한 바에 의하면……."

복면인은 급히 고개를 조아렸다.

그는 식은땀으로 젖고 있었다. 마교의 십대장로 중 한 명이며 교 내에서도 오대고수로 손꼽히는 제삼장로 흑영만마(黑影萬魔)가 여전히 의심스런 눈초리를 지우지 않고 있었기 때문이다.

복면인이 시선을 들어 단호히 대답했다.

"확실합니다. 정지문주의 자식인 곽정(郭整)에게서 나온 말입니다."

"흐음, 알 수 없는 놈이라……."

노인은 틀고 있던 가부좌를 풀고 일어섰다. 그는 창가로 다가가 천을 걷어내었다.

눈부신 햇살 때문에 잠시 인상을 찌푸린 그가 조용히 입을 열었다.

"그를 찾았느냐?"

"가는 방향을 파악했기에 대원 두 명을 따로 빼어 추격하게 했습니다. 조만간 찾을 수 있을 겁니다."

"계획을 떠벌린 것으로 보아 본 교에 적개심을 품은 놈일 터. 몇 명을 더 파견하라. 그가 누구인지, 또 어떤 사유로 우리 계획을 알고 있는지 파악하는 것이 우선이다."

"이후의 처리는……."

"본 교의 율법에 따라!"

"존명!"

*　　　*　　　*

"팔십!"

“육십!”

“칠십!”

“구십!”

휘적휘적 무한 동쪽에 위치한 동호(東湖)를 향해 걷는 두 사내가 있었다. 그들은 끊임없이 아옹다옹하며 수를 읊어댔다.

혈리연과 적발이었다.

적발이 다시 낮게 외쳤다.

“칠십오.”

혈리연은 고개를 저었다.

“구십!”

적발의 인상이 구겨졌다.

“저 소저가 어찌 구십이나 됩니까?”

“몸매가 죽이잖아!”

“몸매로 따지자면야 차라리 조금 전에 지나친 소저가 더 죽이죠.”

“그 소저는 얼굴이 너무 아니었어.”

“그 정도면 최상급이죠. 눈도 낮으신 분이 이럴 때는 왜 그렇게 박해요?”

“점수 매기는 데 인심 쓸 필요가 뭐가 있남?”

그들은 동호에 도착할 때까지 그렇게 계속 다투었다. 여자 문제에 있어서는 적발도 혈리연에게 지지 않아 다툼은 절정에 달했다.

그렇게 동호 주위로 펼쳐진 번화가에 들어서자 그들은 다시 시장 조사에 나섰다.

무한에 도착한 지 이틀 동안 인근에 있는 문파의 사정은 대략 파악했으니 유람을 핑계로 번화가를 구경하고 있는 그들이었던 것이다.

무한이 상당히 큰 대도시인 데다 관광 명소 또한 많아 사람들이 몰리는 번화가도 꽤 많았다. 붐비는 사람들 틈에서 적발이 두 눈을 번뜩였다.

"발 디딜 틈도 없는데 저곳으로 들어가죠?"

그는 대로를 중심으로 나열된 틈에서 이어지는 골목을 가리켰다. 그곳에도 수많은 잡화점과 노점상이 늘어져 있긴 마찬가지였다.

혈리연이 고개를 저었다.

"저기에 뭐 볼 게 있다고."

"오히려 저런 곳에서 정보가 많이 떠돌죠. 어차피 차기 사업 계획은 아직 정하지 못하셨잖습니까. 의외로 저런 곳에서 거래가 이뤄지는 물건들이 기발하다니까요."

"저런 구석진 골목이?"

"그럼요!"

혈리연이 가는 눈으로 적발을 훑었다.

"음란 서적 같은 걸 구경하려는 건 아니고?"

“무, 무슨 그런 말씀을…….”

“딱 보니까 거리가 음침한 것이 그런 유의 물건만 팔겠구만.”

“결코. 단지 저는 정보를 수집하자는 순수한 차원으로다가 드린 말씀입니다요.”

혈리연이 적발의 머리를 콕콕 찔렀다.

“이봐, 그렇게 눈알 굴리면서 말하니까 더욱 못 믿겠잖아.”

“제가 언제……. 아무튼 여기서 사람들에게 치이는 것보단 낫겠습니다. 따라오십시오.”

그러면서 적발이 먼저 골목길로 들어섰다. 혈리연도 어쩔 수 없이 그의 뒤를 따랐다.

골목이라지만 그 끝이 보이지 않을 정도로 길었다. 잡화상이 줄줄이 늘어서 있어 복잡했고, 대로만큼은 아니지만 그래도 사람들이 북적여 호황을 이루는 거리임이 분명했다.

적발의 말대로 대로에 있는 상점보다 규모는 작지만 신기한 물건들이 꽤 많았다.

그들은 가장 먼저 보이는 상점부터 차례로 찾아 들어가 물건을 구경하며 주인과 이런저런 이야기를 나누기 시작했다. 언제나처럼 경기나 물품 취급에 대해서 화제를 잡았는데, 그렇게 이십여 상점을 돌아봤을 때 적발이 혈리연의 팔을 잡아 끌었다.

“이제 저곳부터 차례로 들어가죠.”

혈리연이 '그럼 그렇지' 하는 표정을 지었다. 적발이 가려는 곳은 주로 서적을 파는 상점들이 들어선 곳이었기 때문이다. 허름한 상점들 상태로 보아 적발이 좋아하는 서적이 잔뜩 쌓여 있을 것이 분명했다.

'차라리 마맹상을 데리고 올 걸.'

하지만 후회는 이미 늦었다. 게다가 기대를 한가득 물고 있는 적발의 표정을 보자 반대할 수도 없었다.

"정말 이럴 땐 무섭다니까."

"네?"

"아무것도 아니야."

말과 함께 잡화점으로 들어선 혈리연은 주위를 훑었다. 오른쪽 벽면과 정문 맞은편이 전부 책으로 쌓여 있었다. 왼쪽에는 신기한 물건들이 진열대에 나열되어 있었고, 중앙에도 책이었다. 그리고 거기에 네 명의 사내가 있었다. 계산대 위에 팔을 괴고 조는 중년인과 물건을 구경하는 손님이 셋이었다.

적발은 냉큼 책이 쌓인 곳으로 달려들었다. 혈리연도 구경하듯 문 쪽에 있는 책들을 잠시 뒤적거리다가 맞은편 책장이 있는 곳으로 걸음을 옮겼다. 세 명의 손님 중 한 명에게였다.

혈리연이 손님의 머리를 툭 쳤다.

"아얏!"

손님이 인상을 쓰며 혈리연을 돌아보았다. 많이 보아줘도 열대여섯 정도의 나이. 인상 쓰는 꼬락서니가 꼭 뒷골목의 건

달패 저리 가라였다. 한참 반항기 가득한 소년들이 지을 법한
눈빛의 소년이 거칠게 외쳤다.

"뭐야?!"

"어쭈, 머리에 피도 안 마른 게 뭘 훔쳐봐?"

"남이야 뭘 보든 무슨 상관이야? 보태준 거 있어?"

"요것 봐라?"

팍!

빠르게 꿀밤을 먹인 혈리연을 향해 소년이 으르렁거렸다.
기세 싸움이라도 하자는 듯 뚫어져라 혈리연을 노려보며 자
신이 지을 수 있는 가장 험악한 표정을 지어 보이고 있었다.

과연 연습을 많이 했는지 보통 사람이라면 조금은 움찔할
만했으나 혈리연의 표정 또한 험악하기 이를 데 없었다. 그
또한 질 수 없다는 듯 한껏 인상을 쓰며 바닥에 찍 침을 뱉었
다. 그러면서 한마디.

"죽고 싶어?"

그제야 소년이 찔끔한 듯 눈을 깔았다..

혈리연이 손짓했다.

"가서 당과나 사 처먹어!"

소년은 슬금슬금 입구로 걸음을 옮기더니 도망치듯 상점
을 빠져나갔다. 그때 적발이 혈리연에게 다가와 물었다.

"뭐 하십니까?"

"짜식이 개기잖아!"

“요즘 아이들이 얼마나 무서운데. 웬만하면 시비 걸지 마세요.”

“누가 시비를 걸었다고 그래? 아무튼 커서 뭐가 되려고 이런 데서…….”

“저처럼 되겠죠.”

“……?”

적발은 아무렇지도 않다는 듯 툭 내뱉고는 다시 자리로 돌아가 책을 뽑아 살피기 시작했다. 혈리연이 고개를 절레절레 저었다.

“아무튼 특이한 놈이야. 지가 지 욕을 하다니……. 아니지. 저놈은 욕이 아니라고 생각할지도 모르겠군.”

열심히 음란 서적을 탐독하고 있는 적발을 노려본 혈리연은 곧이어 왼쪽 진열대를 구경했다. 한데, 죄다 알 수 없는 물건들 투성이었다. 그는 대충 물건들을 만져 보다가 계산대로 향했다.

“주인장!”

졸고 있던 주인이 깜짝 놀라 혈리연을 바라보았다.

“왜요?”

“요즘 경기 어때요?”

주인이 무슨 뚱딴지같은 소리하냐는 듯 물었다.

“뉘시유?”

“그냥 살 만한 물건이 있을까 해서 들러본 사람이오. 장사는 잘되시오?"

혈리연을 유심히 살피던 주인이 손을 휘휘 저었다.

"뭘 하든 다 그렇지."

"그럼 차라리 다른 장사를 하지 왜 이런 골목에서 요상한 물건을 파시는 거요?"

"모르는 소리. 그래도 이런 장사라도 하니까 먹고살지, 다른 거 하면 호객 활동하랴 물품에 신경 쓰랴, 얼마나 힘든데."

"벌이가 꽤 괜찮은가 보오?"

"젊은 양반이라 뭘 잘 모르는 모양이군."

"무슨 소리요?"

"이런 장사는 큰 호황을 누리지는 못하지만 그렇다고 망하지도 않지. 왜냐?"

그는 슬며시 목소리를 깔며 웃었다.

"술장사와 같거든. 아무리 세상이 어려워도 어디 술장사가 안 되는 것 봤나?"

"그건 그렇죠."

"이것 또한 그래. 오히려 이런 장사는 밑천도 크게 들지 않을뿐더러, 다른 장사보다 훨씬 이문이 좋지. 경기를 타지 않으니 갑자기 수입이 줄어들지도 않고. 아쉬운 것은, 경기가 좋을 때 남들이 집 살 돈을 벌었다느니 한 달 만에 큰돈을 만졌다느니 그런 소리를 할 때지만."

"흐음. 장사하기도 편하고, 경기에 상관없이 고정 수입이 일정해 편하다?"

"같은 돈으로 상점을 여는 것보다 많이 남지."

'음란 서적이 그렇게 잘 팔리나?'

혈리연은 책이 꽂힌 곳을 슬쩍 바라보았다. 거기에 적발이 책을 하나 펼쳐 들고 있는데, 재밌는 점은 이미 들어와 있는 손님 하나와 뭔가 이야기를 주고받으며 키득거리고 있다는 것이었다.

'끼리끼리 논다더니……. 저놈과 죽이 맞는 놈이 또 있네 그려.'

생각과 함께 그는 다시 주인에게 물었다.

"책 하나 팔아서 얼마나 남소?"

"그냥저냥 남지."

"한 달에 얼마나 벌어요?"

"예끼! 젊은 양반이 왜 남의 알몸을 벗기려고 그래?"

"그러지 말고 가르쳐 주쇼. 수지타산 맞으면 이런 장사 한 번 해보려하니."

"진짜? 설마 이곳에서 하려는 건 아니지?"

주인은 경쟁자가 늘어나는 것이 싫은지 은근히 경계의 빛을 드러냈다.

"종상에서 할 거요. 그러니까 좀 가르쳐 줘봐요."

잠시 생각하던 주인이 고개를 끄덕였다.

"한 달에 은으로 두 냥 정도 떨어진다고 봐야지."

"호오! 엄청 버네. 그렇게 책이 잘 팔린단 말이오? 손님도 별로 없구만."

"모르는 소리. 손님이 없어도 들어온 손님의 팔 할은 책을 사서 가니 남지 않을 수가 있겠나? 다른 장사야 실컷 손님 붙들어놓고 아부하며 설명해 줘도 그냥 나가는 것이 태반이잖나."

"그렇긴 하지."

"하지만 이런 장사는 오기 전에 미리 작정한 손님들뿐이라 들어왔다 하면 사 가는 게 정상이야. 손님의 수가 문제가 아니라 사 가는 손님이 얼마냐가 중요한 거란 말이지."

"흐음."

혈리연은 고개를 끄덕였다. 그러자 주인의 목소리가 더욱 은근해졌다.

"그리고 책도 책이지만 가끔 와서 저런 것들을 사가는 손님들이 봉이야."

주인은 왼쪽 진열대를 가리켰다.

"저건 비싸면서도 책보다 훨씬 많이 남거든."

"최근 가장 잘나가는 게 뭐요?"

주인이 씨익 웃으며 진열대에서 뭔가를 가지고 왔다.

주인의 손에 들린 것은 반지처럼 생기긴 물건이었다. 반지보다는 큰데, 재질을 무엇으로 만들었는지 질기면서도 물렁물렁했다. 어떻게 보면 머리를 묶을 때 쓰는 물건 같기도 했

다. 하지만 원 한쪽에 반원 모양의 긴 돌출이 있어 꼭 그런 것
같지는 않았다.

"그게 뭐요?"

"요즘 잘나가는 거지."

그러면서 주인이 더욱 낮은 목소리로 말했다.

"남자의 자존심에 끼우는 걸세."

"자존심?"

"거기 말일세."

혈리연이 고개를 갸웃거렸다. '거기'가 무엇을 말하는지
는 알고 있지만 그 용도를 아직도 파악 못한 것이다.

"이 작은 걸 어떻게 끼운단 말이오?"

주인이 설명했다.

"이봐, 늘어나잖아. 신축성이 강해서 끼우면 힘이 생기지.
오래간다는 말이야."

"호오라! 그런데 이 돌출은 뭐요?"

주인은 '순진하긴' 하는 얼굴로 혈리연을 바라보았다.

"자네, 경험이 없군?"

혈리연이 강하게 반발했다.

"무슨 소리요? 천하의 난봉꾼이 나요!"

주인의 표정이 이번에는 '그것도 자랑이냐?'는 식이 되었
다.

"아무튼 이걸 거기에 끼우게 되면 앞쪽으로 이 돌출이 튀

어나오겠지?"

"그렇겠죠."

"그 상태에서 여인과 관계를 맺는다고 생각해 보게. 이 돌출 부위가 어디에 닿을 것 같나?"

잠시 생각하던 혈리연이 두 눈에 불을 뿜었다.

"과연!"

그는 탄성을 질렀다.

"조임이 강해 그곳에 힘도 주고, 오랫동안 유지하게 하면서도 여인네들을 즐겁게 해주는 모든 것이 갖춰진 거로군."

"이제 알겠나? 요즘 이게 잘나가는 이유야. 멋모르고 왔다가 물어보고는 하나씩 사 가지고 가는데, 나중에 꼭 다시 와서 두어 개 더 사가지."

"그렇게 많이 사서 뭐에 쓴데요?"

"선물용이겠지. 여인들도 가끔씩 와서 두어 개씩 사 가지. 친분이 있는 사람에게 선물용으로 줄 거라고 하더군. 써보고 기가 막혔던 게지."

"얼마에 파는 거요?"

"이백 문."

혈리연이 놀라 물었다.

"뭘 그리 비싸게 받소? 얼마에 들어오는데?"

"이건 비밀인데… 이쪽 계통으로 장사를 한다니 말해주지."

주인은 혈리연의 귀에 입을 가져갔다.

"원가는 오십 문이야."

"뭘 그리 많이 남겨먹소?"

"그만큼 잘나가니까 그런 거지. 말했잖나, 봉이라고. 진기한 물건이라 원가의 몇 배는 하는 걸세."

"근데 이름이 뭐요?"

"환희옥지(幻戲玉指)!"

"이름 한번 거창하네."

혈리연은 환희옥지를 만지작거렸다. 그 모습을 보고 주인이 음침한 미소를 흘렸다.

"탐나나?"

혈리연이 불쾌한 표정을 지었다.

"내 나이가 몇인데…… 난 아직도 팔팔하오."

하지만 말과는 달리 그의 표정은 진지했다.

그는 힐끔 적발을 돌아보았다.

적발은 무슨 재밌는 이야기를 그리하는지 아직도 손님 한 명과 대화 중에 있었다. 이제는 아예 책 하나를 펼쳐 놓고 뭔가를 논의하는 것 같았다.

적발을 일별한 혈리연이 주인을 보며 손가락 두 개를 펼쳤다.

"두 개만 주시오."

그러면서 으르렁거린다.

“원가를 다 아니까 싸게 주셔야 하오.”

주인이 그럴 줄 알았다는 듯 역시 두 개의 손가락을 펼쳤다.

“이백 문만 주게.”

“누굴 호구로 아시오? 두 개면 원가가 백 문인데, 어딜 두 배나 받으려고?”

“그럼 백오십 문만 주게. 더 이상은 안 돼.”

“원가에 주면…….”

주인이 환희옥지를 다시 진열대에 가져다 놓으려 하자 혈리연이 급히 그의 팔을 잡았다.

“급하긴…….”

말과 함께 그는 다시 적발을 눈치를 살피며 몰래 돈을 꺼내 주인에게 건넸다. 그리고 헛기침.

“힘힘! 아무튼 장사 수완이 대단하시오.”

환희옥지 두 개는 이미 그의 품속으로 사라진 후였다.

이후 혈리연은 대화를 다시 본래대로 돌렸다.

“요즘 잘나가는 책은 어떤 거요?”

“잠시만 기다려 봐.”

주인은 정문 맞은편 쪽문으로 들어가더니 십여 권의 책을 들고 나왔다.

“최고의 책들이지. 요놈들 덕택에 산다니까.”

혈리연은 하나하나 책 제목을 훑었다. 예상대로 은밀함을 담고 있는 제목들이었다.

"얼마나 팔리오?"

"여기 있는 건 죄다 오십 부 정도씩은 나간 책이지. 특히 이것은 나온 지 두 달밖에 안 됐는데, 벌써 우리 상점에서만 백여 권이 팔렸다니까."

"백여 권이나?"

혈리연은 다시 책을 들어 살폈다.

여인야담(女人夜談)이라는 제목이 굵은 필체로 적혀 있었다. 주인이 설명하길, 대부분의 서적은 남자들이 주인공인데 이것은 여성들이 주인공이 되어 펼쳐지는 이야기라 애독자들의 상당한 호평을 받고 있다고 한다.

"이거 작자가 이 바닥에서 유명한데, 전작 월야청청(月夜淸淸)라는 책도 엄청난 인기를 얻었지. 최근 급부상하는 작자야. 들리는 소문으로 다음 작 계약 때문에 문통(文桶)과 문제가 생겼다던데……."

"문통이 뭐요?"

"책을 만드는 곳인데, 이 바닥의 은어일세."

"문통의 영역이 어느 정도 되는지 알고 있소?"

"이런 책이야 뭐, 팔리는 곳이 한정적이지. 각 지방마다 영역이 있거든. 정말 잘 팔리면 지방마다 상당한 판권료를 받고 넘기는 경우도 있다고 들었네."

"이 여인야담은 어느 곳에서 유통되오?"

"이곳 무한하고 악주(鄂州), 황강(黃岡), 단풍(團風), 그리고
그 일대의 크고 작은 마을에 풀리지. 다른 지역에는 또 다른
책들이 나올 거고. 요게 그런 책일세."

주인은 장군지애(將軍之愛)라는 책을 들어 보였다.

"이건 형주(荊州), 지강(枝江), 사시(沙市), 의도(宜都)에서
유통되는 책이었거든. 그런데 이게 몇 달 전 그 일대에서 최
고였다더군. 너무 잘 팔려서 이쪽 문통에서 판권을 사서 이곳
에도 풀었는데, 여기서도 반응이 상당했지."

"문통이라……. 아까 삼십오 문에 들여온다고 했잖소."

"그랬지."

"그럼 문통에서는 종이 값과 필사(筆寫) 비용을 제외한 남
은 돈을 다 먹는다는 말이오?"

"문통이 서적을 만드는 곳이라면, 유통을 책임지는 곳은
문창(文倉)이지. 문통에서 문창에 책을 넘기고 문창에서 관할
영역, 그러니까 내가 운영하는 상점 같은 곳에 책을 다시 넘
기는 걸세."

"중간 유통?"

"말하자면 그 비슷한 거야. 듣기로는 문통에서 삼십 문을
남기고 문창에서 다섯 문을 남긴다나 어쩐다나. 사실 이쪽에
도 문통은 여러 개가 있어. 그런데 문창은 하나밖에 없는데,
하오문(下午門)에서 관리한다고 들었네. 하나밖에 없으니 문
통과는 달리 문창은 절대 망할 리가 없다는 거지."

"책 하나 인기를 끌면 대체로 몇 부나 나가는 거요?"

"영역마다 상점 수가 다 다르기는 하지만, 이곳을 기준으로 들면 족히 이백여 개의 상점이 있지. 그러니까 몇 달 안에 상점당 오십 부는 족히 나가니까 대충 만 부? 진짜 제대로 터지면 다른 곳에도 판권을 넘겨 팔 수가 있으니까 그 몇 배는 팔린다고 봐야지."

"백 부 이상씩 나가는 제대로 된 책이면 문통에서 떨어지는 이익은 엄청나겠네요. 게다가 판권까지 더해진다면……."

"말해 뭐 해? 그러니 문통 주인은 거부 소리 듣는 거지. 나도 돈만 좀 있음 위험하기는 하지만 문통을 차리는 건데."

"차라리 문창을 차리지 그러시오? 안 망한다면서?"

"말도 안 되는 소리지. 유통은 하오문이 꽉 쥐고 있어. 문통 쪽에서도 어깨 패들이 꽤 관련되어 있다고 들었는데, 하오문이야 오죽할까. 그놈들 밥줄 건드렸다간 목숨이 몇 개라도 모자라지."

"유통 구조에 대해서 좀 더 자세히 말 좀 해주시오."

주인이 고개를 갸웃거렸다.

"그런 것까지 알아서 뭘 하려고?"

"혹시 아우? 내가 차리게 될지."

주인이 피식 웃었다.

"아서게. 돈 있다고 아무나 차리면 너도나도 다 뛰어들게?"

"주인장도 차리고 싶다고 했잖소?"

"말이 그렇다는 거지. 얼마나 머리 아픈 일인 줄 아나? 필
사장이들 대량으로 확보해야지, 잘 쓰는 작자들 다른 문통에
서 빼와야지, 문통에서 일하는 직원들 관리해야지, 또 하오문
과도 은밀히 친분을 쌓아야지. 거기다 문통을 운영하는 데 드
는 돈이 얼마나 많은데?"

"제대로 터지면 몇 달 안에 열 배는 남겨먹는다면서요. 그
렇게 많이 남으면야 그깟 머리 굴리는 것쯤이야 못하겠소?"

"젊은 양반 마음대로 하시구려."

"그러지 말고 자세히 좀 말해주시오."

"아는 게 있어야 가르쳐 주지. 정 알고 싶거든 문통에 일하
는 사람을 구워삶아 보던가. 무한에도 상정통이라는 문통이
있으니 거기서 일하는 사람에게 물어봐."

혈리연은 입맛을 다셨다. 하지만 심드렁한 표정과는 달리
머릿속은 빠르게 회전하는 중이었다. 그간 호북을 돌며 몇 가
지 사업 방안을 계획하기는 했으나 자금이 꽤 들어가는 일들
로 대부분 장기적으로 봐야 할 것들이었다. 하지만 이쪽 일은
잘만 잡으면 단기간에 큰 이문을 남길 수 있을 것 같으니 솔
깃할 수밖에 없었다.

'문통이라……'

무한에 하루만 더 머물고 돌아갈 생각이었던 그는 문통에
대해 세밀한 조사를 해야겠다고 다짐했다. 그러자 마음이 급

해졌다.

혈리연은 급히 적발에게 다가갔다. 문통에 대해서 알아보려면 바삐 움직여야 했다. 그런데 그때까지도 적발은 손님과 심도(?)있는 대화 중에 있었다. 너무 진지하게 이야기가 오가고 있어 어떤 내용인 줄 뻔히 알고 있는 혈리연으로서도 선뜻 끼어들지 못했다.

손님이 놀랍다는 듯 말했다.

"호오! 그 생각, 정말 기발하군요."

적발이 받아쳤다.

"그렇죠? 내가 수천 권의 서적을 봐왔지만 대부분 뻔한 이야기라는 말이지. 전에 요부에서 팔리는 책을 몇 개를 구해서 읽어봤는데, 그곳 소설들이 조금 묘했소. 내용 자체가 아주 신선했거든. 자고로 한쪽으로 치우친 글이라도 그 선에서는 튀어야지. 사람들에게 회자되려면 그런 정도의 파격은 들어가 줘야 성공할 수 있지 않겠소?"

"그럼 이런 내용이라면 어떤 파격을 줘야 하겠소?"

물음과 함께 손님이 구구절절 이야기 보따리를 풀었다.

듣고 있던 적발이 고개를 저었다.

"그건 내용적인 파격보다 시점을 바꿔주는 게 좋겠소. 주인공이 보는 것이 아니라 제삼자가 훔쳐보는 시선으로 하면 확실히 간드러지지 않겠소? 보일 듯 말 듯, 그 행위를 하는 사람들의 마음을 알 듯 말 듯. 게다가 그런 식의 전개면 개연성이라는 면에서도 확실히 문제가 되지 않을 거요."

"그거 괜찮군요. 그리고……."

이야기는 끊임이 없었다. 언제까지 대화가 이어질지 몰라 혈리연이 끼어들었다.

"저기……."

적발이 손을 저어 말을 끊었다.

"잠깐만요."

그리고는 다시 손님과의 대화.

자연히 혈리연의 인상이 구겨졌다. 그는 슬며시 손을 들어 올렸다.

'꼭 매를 버는구만.'

그러나 생각과 달리 그는 적발의 머리를 때릴 수 없었다. 세 명의 장한이 상점으로 들어왔기 때문이다.

"여기 있었구나!"

순간, 적발과 대화 중인 손님이 화들짝 돌라며 뒤로 물러섰다.

"어떻게……."

주인과 혈리연, 그리고 적발과 다른 한 명의 손님도 놀라 장한들을 돌아보았다. 험악하게 생긴 건장한 사내들이 입구를 막고 적발과 대화 중이던 손님을 향해 천천히 움직이고 있었다.

그들이 가까워질수록 그 손님은 뒤로 물러났지만 좁은 상점 안에서 물러나 봐야 갈 곳이 없었다.

혈리연이 적발의 등을 툭 쳤다.

"우린 이만 가자."

적발이 불만 가득한 표정을 지었다.

"저자는 어쩌고요?"

"우리가 상관할 바 아니잖아?"

"친구 하기로 했는데요?"

"끼리끼리 논다는 이 말이냐?"

"아무튼 도와줘야겠습니다."

그때였다.

콰당!

장한 하나가 거칠게 뒤로 넘어졌다. 손님에게 지척까지 다가갔다가 불의의 기습을 당한 것이다.

갑자기 장한을 밀친 손님은 대형이 흐트러진 사이를 비집고 입구 쪽으로 달려나갔다. 뒤이어 방심했던 장한 둘이 뒤따랐고, 넘어진 녀석도 급히 일어나 밖으로 달렸다.

문제는 적발이었다. 적발이 몸을 날리려 하자 혈리연이 급히 그의 어깨를 잡았다.

"나는 안중에도 없나, 보고도 없이 가게?"

"잠시만 여기서 기다려요."

"이놈이!"

잠시 실랑이가 벌어졌다. 그러자 적발이 거칠게 혈리연을 밀쳤다.

“에이씨, 배 째!”

그러면서 밖으로 튀어나가 버렸다.

혈리연은 멍해져 그 모습을 바라보다 머리를 긁적였다.

“어째서 수하라는 놈들이 죄다 저 모양인지…….”

한동안 투덜투덜거린 그도 밖으로 뛰어나갔다. 하지만 어디로 사라졌는지 그들은 이미 보이지 않았고, 적발도 없었다. 괜스레 급히 나갔다가 지나가는 사람과 부딪치고만 그는 다시 상점으로 들어와 주인에게 말했다.

“저기 대로에 선영주루가 있던데, 아까 그놈이 오면 내가 거기 있을 거라고 전해주시오.”

“그, 그러지.”

“그럼 수고하쇼.”

말과 함께 혈리연은 몸을 돌렸다. 그런데 입구에서 갑자기 걸음을 멈췄다.

그는 급히 품을 뒤졌다.

“가만, 어디 뒀지?”

뭔가 기분이 이상해 품속을 살폈는데 없었다.

순간 혈리연의 눈에서 불똥이 튀었다.

의아해하며 주인이 물었다.

“왜?”

“없… 어…….”

“뭐가 없다는 말인가?”

혈리연이 버럭 소리쳤다.

“내 환희옥지!”

그는 재빨리 밖으로 달려나가며 조금 전 부딪쳤던 행인의 용모를 떠올렸다. 떨어뜨렸을 리는 없으니 주범은 분명히 그라고 생각했던 것이다.

밖으로 튀어나가자 저 멀리 대로로 방향을 꺾는 행인을 볼 수 있었다.

“멈춰랏!”

벽력같은 호통 소리에 행인이 혈리연을 슬쩍 돌아보더니 대로로 사라져 버렸다. 혈리연은 놓칠 수 없다는 듯 몸을 날렸다.

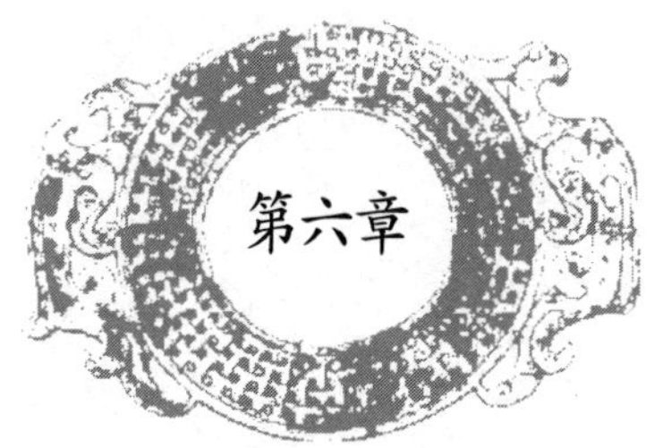

第六章

환희옥지

1

팍!

크게 땅을 박찬 혈리연은 골목과 대로 사이에 낀 건물로 뛰어올랐다. 한 번의 도약으로 삼층 난간에 올라선 그는 다시 난간을 차고 반대편 건물 지붕 위로 몸을 날렸다.

그리고 급히 주위를 두리번거렸다.

"빌어먹을!"

사람이 너무 많았다. 물 반 고기 반이라는 말이 어울릴 정도로 거리는 장사치와 구경꾼들의 머리로 새까맣게만 보였다.

"자갈밭이 따로 없구만. 그런데 이 녀석을 어디서 찾지?"

저 많은 사람 중에서 작정하고 도망친 소매치기를 찾는다는 것은 어려워 보였다. 하지만 환희옥지에 대한 혈리연의 소유욕은 그런 모든 것을 뛰어넘었다.

"잡히기만 해봐!"

그는 급히 소매치기가 사라진 왼쪽으로 달렸다. 건물과 건물 사이사이를 넘나들며 사람들을 쭉 훑어가며 그렇게 일각을 달린 후 뚝 멈췄다.

'아무리 빨라도 여기까지 왔을 리는 없지.'

생각과 함께 건물 아래로 내려와 왔던 길을 다시 거슬러 올라갔다. 그러면서 사람들 틈을 비집으며 지나치는 행인들의 면면을 전부 확인하기 시작하는데…….

혈리연이 아무리 눈썰미가 좋다고 해도 눈 깜짝할 사이에 수십 명의 행인이 주위를 지나치니 제대로 보일 리가 없었다.

순간 그는 울먹였다.

"빌어먹을 새끼! 그게 얼마짜린데……."

그때 아주 좁은 골목길이 눈에 들어왔다. 혹시 그곳으로 갔을지도 모른다고 생각한 그는 급히 발길을 돌렸다. 하지만 어느 정도를 달리자 거미줄처럼 촘촘히 늘어진 골목 때문에 당최 방향을 잡을 수가 없었다.

결국 그는 눈물을 머금고 환희옥지를 포기하고 말았다.

그때 문득 의문이 들었다.

'도대체 어떻게 내 품에서 소매치기를 할 수 있었지?

웬만한 기술로는 오감이 발달한 무인들의 품속을 뒤진다는 것은 쉬운 일이 아니기에 혈리연으로서는 신기할 따름이었다. 아무리 적발 때문에 경황이 없었고 상대가 의도적으로 부딪친 것이 아니라 혈리연이 상점을 나오며 부딪쳤던 탓에 의심을 못했다지만, 새삼 대단한 녀석이란 생각이 들었다.

"나조차 속일 정도의 소매치기라니……. 그 신기한 손 기술을 봐서 포기한다. 잘 먹고 잘살아랏!"

그러다 문득 고개를 갸웃거렸다.

"그런데 내가 어디로 왔지?"

그제야 길을 잃어버렸다는 것을 알아차렸다.

그는 기억을 되짚어 골목길을 누비기 시작했다.

그렇게 일각 정도를 헤맸을까?

골목을 빠져나온 그는 한숨을 쉬었다. 처음 들어왔던 대로가 아니라 드넓게 펼쳐진 강이 보였기 때문이다.

어떻게 하다 보니 동호까지 온 것이다.

"이렇게 된 거 황학루(黃鶴樓)나 구경하고 가지, 뭐."

동호에 왔으니 천하의 삼대명루 중 한 곳을 그냥 지나칠 수 없다고 생각한 그는 곧바로 주위를 둘러보았다. 무한에서 유명한 명승지여서인지 동호로 뻗어 있는 번화가보다 오히려 사람이 더 많았다.

혈리연은 황학루를 중심으로 펼쳐진 노점상을 구경하며 천천히 걸음을 옮겼다. 그런데 이런 경우도 있나?

그렇게 찾을 때는 눈 씻고 봐도 없더니 포기하자마자 선명히 눈에 들어오는 것은 왜일까?

"저, 저놈은……?"

회색 경장에 작은 키, 그리고 날씬한 몸매. 비록 뒷모습이지만 확실했다.

머리카락을 뒤로 넘겨 묶은 누런 천 때문에 혈리연의 확신은 더욱 짙어졌다.

'네 이노옴!'

크게 소리치려다 자신도 모르게 입을 다물어 버렸다. 같은 실수를 하지 않기 위해서였다.

회색 경장의 사내는 혈리연과 마찬가지로 황학루 쪽으로 걸어가고 있었다.

혈리연은 조심스럽게 그 뒤를 미행하기 시작했다.

*　　　*　　　*

"어라, 어딜 가셨지?"

선영주루에 들어온 적발은 고개를 갸웃거렸다. 분명히 상점 주인의 말로는 혈리연이 선영주루에서 기다린다고 했는데, 도착해 보니 그와 비슷해 보이는 사람도 없었던 것이다.

적발은 점소이에게 다가가 혈리연의 용모를 설명하며 물었다.

점소이가 머리를 긁적였다.

"그런 손님은 안 오셨는데요."

"정말이야?"

"네."

"거참, 이상하네. 분명히 여기가 맞는데……."

"사정이 생기셨나 보죠. 우선 앉아서 기다리시죠."

"그럴까?"

마침 시장하던 차라 적발은 거절하지 않고 창가로 가서 앉았다. 그리고 주문.

"소면 하나랑 죽엽청 한 병!"

'언젠간 오겠지' 라는 안일한 생각으로 혈리연에 대해서 잊은 그였다.

＊　　　＊　　　＊

뚜벅! 뚜벅!

소매치기는 아직 누가 미행하고 있다는 사실을 모르는 모양이었다. 일정한 보폭으로 느긋하게 걷고 있었다.

역시 목적지는 황학루였다.

황학루 입구로 걸음을 옮기는 소매치기를 보며 혈리연은 간격을 유지해 계속 미행했다. 그런데 갑자기 돌발 사태가 벌어졌다.

휘릭!

황학루 입구에서 소매치기가 갑자기 몸을 날린 것이다. 순식간에 그는 담 너머로 사라져 버렸다.

'눈치 채고 있었구나.'

순간 담장 때문에 소매치기를 놓친 혈리연은 급히 몸을 날려 그를 뒤쫓았다. 하지만 황학루 안에도 만만찮은 사람들이 있었다.

잠시 시야에서 놓쳤을 뿐인데, 그 많은 사람 틈에서 소매치기를 찾기란 쉽지 않았다.

혈리연은 이러저리 두리번거리며 방심한 자신을 탓했다. 하지만 범인이 황학루 안에 있다는 사실 하나만으로도 포기는 불가했다. 그는 눈에 불을 켜고 사람들을 지켜보았다.

그렇게 일각쯤 지났을 때였다.

번뜩!

혈리연의 눈에 힘이 들어갔다. 황학루 안으로 들어가자 연못이 하나 나왔는데, 그 연못가를 지나는 여인이 그의 눈을 자극했기 때문이다.

"저, 저……."

혈리연은 그녀에게서 눈을 떼지 못했다. 비록 소매치기의 뒷모습밖에 보지 못했지만 아직도 기억 속에 명확히 남아 있었다. 그런데 그 분위기와 체형이 여인과 흡사하지 않은가!

단지 흡사하다는 것뿐만이 아니었다. 감이라는 것이 혈리연의 머리를 극도로 자극하고 있었다.

'하지만 여자잖아!'

혈리연은 그것이 걸렸지만 여인이 몸을 돌려 오층으로 된 황학루로 걸어가는 뒷모습을 보자 확신할 수 있었다. 머리를 묶고 있는 누런 천을 확인했기 때문이다.

"어이, 소저!"

지척까지 다가간 혈리연의 목소리에 여인이 흠칫 몸을 떨었다. 갑자기 누군가가 불렀다는 것에 놀란 것처럼 보였지만 혈리연은 도둑이 제 발을 저린 것이라 확신했다.

그는 여인의 뒤를 졸졸 따라다니며 계속 말을 걸었다.

"불렀는데 대답도 안 하면 섭섭하지."

여인은 고개도 돌리지 않고 말했다.

"저를 부르신 건가요?"

"그럼 누굴 부르겠어?"

"용건이 뭐죠?"

"용건은 무슨……. 날 모른다고 하진 못할 텐데?"

그제야 막 이층으로 올라가는 계단을 밟던 여인이 고개를 돌렸다. 그녀는 혈리연을 유심히 바라보더니 능청스럽게 고개를 갸웃거렸다.

"모르겠는데요?"

"뭐얏?"

혈리연의 얼굴이 험악해졌다. '너, 잘못 걸렸어' 라는 노골

적인 협박용 표정이었다. 하지만 가까이서 확인한 여인의 수
려한 외모 때문에 그의 구겨진 얼굴은 순식간에 사라질 수밖
에 없었다.

잠시 넋이 나간 그는 헛기침을 하며 미소를 지었다.

"우리 구면이잖소."

여인이 계단을 올라가며 말했다.

"처음 봐요."

"아까 골목에서 나와 부딪쳤는데?"

"사람 잘못 본 모양이군요. 죄송하지만 전 아니에요."

예쁘면 모든 것이 용서된다는 것이 평소 혈리연의 생각이
라지만 그것은 환희옥지에 대한 소유욕에 의해 사라지기 시
작했다. 훔쳤던 물건을 돌려주면 용서하려 했던 마음이 조금
씩 변하고 있었다.

하지만 상대의 봐줄 만한 외모 때문에 아직은 미소를 잃지
않고 있었다.

그는 오히려 장난기 가득한 목소리로 입을 열었다.

"어여쁜 소저가 거짓말하면 못쓰지."

"거짓말이 아니라 정말 처음 봐요."

"자꾸 그러면 오빠에게 혼나!"

여인이 팩 인상을 썼다.

"여자를 꼬시려면 좀 더 그럴듯한 핑계를 대시죠? 별 시답
잖은 말을 하시니까 짜증나네요."

"이거 왜 이래? 분명히 나랑 부딪쳤잖아."

그제야 혈리연의 미소도 사라지고 있었다.

"그런 적 없다고 말씀드렸는데요."

"거짓말도 적당히 해야 애교로 봐주지."

"웃기는 소리 말아요. 제가 왜 댁에게 애교를 부려요?"

"예뻐서 봐주려고 했건만, 자꾸 그렇게 나오면 나도 성격 나오는 수가 있어."

"딴 데 가서 알아보세요. 엄한 사람 붙잡고 왜 이래요?"

그들은 끊임없이 공방을 주고받았다. 그러는 동안 이미 오층에 도착해 있었고, 여인이 마지막이라는 듯 말했다.

"황학루가 삼대명루인 건 아시죠? 구경 잘하고 가세요."

말과 함께 그녀는 사람들 틈으로 섞여 전망이 좋은 곳으로 향했다.

혈리연은 다시 처음의 험악한 얼굴이 되었다. 그는 지기 싫다는 듯 그녀의 뒤를 따랐다. 그리고 난간에서 탁 트인 동호의 정경(情景)을 구경하던 그녀의 팔을 낚아챘다.

"들키지 않으려고 옷을 갈아입은 것은 좋은데, 누굴 바보로 알아? 머리에 묶은 천이 그대로잖아. 좋은 말로 할 때 내놓으면 용서해 주지."

"자꾸 이러면 소리를 지를 거예요."

"어디 질러봐! 그런다고 내가 쫄 줄 알아?"

그러자 그녀가 정말 소리쳤다.

“꺄악! 치한이야!”

순간 수많은 시선이 혈리연과 그녀에게로 향했다.

“치한이래?”

“요즘 세상에 대놓고 저런 몹쓸 짓을 하는 놈이 있군!”

“말세야, 말세. 백주에 무슨 짓이람?”

여기저기에서 혈리연을 두고 수군거리기 시작했다.

혈리연은 비지땀을 흘렸다. 순식간에 치한이 되어버린 그는 버럭 소리쳤다.

“다 들리니까 소곤거리지 맛! 그리고 난 도둑년을 잡았을 뿐이야! 나같이 잘난 놈이 뭐가 아쉬워서 이런 호박에게 수작을 걸겠어!”

당당한 말투에 사람들이 동요하기 시작했다. 하지만 여인이 불쌍한 표정을 짓자 그들은 다시 여인의 편을 들어주었다.

“저런 처자가 설마 도둑질을 했을라고.”

“딱 보니 치한같이 생겼구만.”

이내 혈리연의 얼굴이 붉게 상기되었다. 그는 부들부들 떨며 으르렁거렸다.

“사람을 어떻게 보고……. 좋아, 그럼 이년의 품을 뒤져서 내 물건이 나오면 확실해지는 거겠지?”

여인이 말도 안 된다는 듯 항변했다.

“미쳤어요? 사람들 보는 앞에서 무슨 짓을 하려는 거예요?”

"왜, 들킬 것 같으니까 불안하냐?"

그러면서 그는 정말 여인의 몸을 뒤지려 했다. 그때 사람들 틈에서 누군가가 나섰다.

"보자 보자 하니까 안하무인이 따로 없군."

돌연한 목소리에 장내의 시선이 그에게 몰렸다. 자연히 혈리연과 여인도 시선을 돌려 상대를 확인했다.

훤칠한 키에 깎아놓은 듯한 얼굴의 미청년이었다. 수려한 비단 장포에 곱게 틀어 올린 상투, 그리고 상투에는 작은 관을 쓰고 금으로 만든 비취를 꽂고 있었다.

허리에는 보석이 주렁주렁 달린 검이 걸려 있었으며, 한 손에는 큰 부채를 들고 있다. 또한 호위인 듯한 무사 열 명이 그의 뒤를 따르고 있으니, 한눈에도 대단한 집안의 자제임을 알 수 있었다.

이십대 초, 중반 정도의 청년이 끼어들자 일순 주위가 환해졌다. 그 때문에 황학루에 있는 많은 여인이 얼굴에 홍조를 띠었다. 이어 그를 알아본 사람들이 웅성거렸다.

"백리정(百里貞) 아니야?"

"백리세가의 기대주라는 그 백리정?"

"백리세가 복장의 무사들이 호위하고 있는 것으로 보아 분명하군."

사람들의 대화에 답하듯 청년이 고개를 약간 까딱거렸다. 그는 살랑살랑 부채를 부치며 혈리연을 향해 근엄한 표정을 지었다.

"연약한 소저를 괴롭히는 것이 부끄럽지 않은가?"

혈리연이 심드렁하게 대꾸했다.

"전혀."

"……."

일순 조용해진 장내. 잠시 당황한 백리정이 침묵을 비집고 다시 입을 열었다.

"상종 못할 쓰레기구나!"

"남이야 여자를 괴롭히든 말든 상관 말고 가쇼."

"내 어찌 약자가 당하는 것을 보고 그냥 지나친단 말인가? 하물며 그 약자가 아리따운 여인임에야……. 그것은 내 얼굴에 먹칠을 하는 것이요, 더 나아가 우리 가문에 먹칠을 하는 것이니, 조용히 그 손을 놓고 가던 길을 가면 용서할 것이다."

"거참, 젊으신 분이 말은 환갑을 넘은 노인이시네. 댁이 누군지는 모르겠지만……."

하지만 그의 말은 이어지지 못했다. 백리정이 급히 끼어들었던 것이다. 흡사 기다렸다는 듯.

"나로 말할 것 같으면, 호북사성(湖北四星) 중의 한 명이자 뛰어난 무공과 수려한 외모로 청심공자(淸心公子)라 불리며, 백리세가의 기대를 한 몸에 받고 있는 백리 아무개라고 한다. 이름을 말하지 않은 것은 나 자신이 드러나는 것을 원치 않은 바이니, 이 일을 조용히 해결하고 싶구나."

혈리연은 인상을 구겼다.

'개뿔! 드러내고 싶어 안달난 놈 같구만.'

생각과 함께 그가 말했다.

"백리정!"

순간 백리정이 놀란 표정을 짓더니 이내 부끄럽다는 듯 허탈한 웃음을 흘렸다.

"자네 같은 시정잡배에게도 내 이름이 알려졌던가? 하하하, 유명한 것도 이럴 때는 부담스럽군."

몰려 있던 수많은 사람들이 백리정이라는 이름을 입에 올렸건만, 정작 백리정이 그 소리를 못 들었을까.

혈리연은 저 뻔뻔스러운 청년의 성격을 단박에 파악했다.

"아무튼 나름의 사정이 있으니까 끼어들 생각은 않는 게 좋을 거다."

"당연하다."

백리정은 의외로 순순히 허락했다. 하지만 그 의미는 조금 달랐다.

"너 같은 녀석을 상대하기 위해 고귀한 이 몸께서 끼어들 수는 없지. 현웅, 저 소저를 구해주어라."

그러자 기다렸다는 듯 백리정의 뒤에 서 있던 무사 한 명이 앞으로 걸어나왔다. 그 또한 상당한 미남자인데, 미모만큼이나 강한 기도를 내뿜고 있었다.

백리정이 우려의 목소리를 높였다.

“살살 해야 해.”

“알겠습니다.”

그 모습을 보며 혈리연이 한숨을 푹 쉬었다. 그는 짜증스러운 듯 여인을 힐끔 바라보았다.

“이게 다 너 때문이야.”

하지만 그와는 반대로 여인은 여유만만한 표정으로 웃고 있었다.

“그보다 몸 걱정부터 하는 건 어때요?”

“웃기고 있네. 저놈들을 처리한 후에 그 수고까지 더한 대가를 치를 줄 알아.”

“네?”

여인이 신기한 물건을 본다는 듯 혈리연을 바라봤다.

‘이 녀석, 제정신인가?’

백리세가라면 호북에서도 정사를 통틀어 다섯 손가락 안에 드는 막강한 무림 세력이었다. 특히 앞의 백리정은 겉멋을 잔뜩 부리는 팔불출이지만, 그 실력만큼은 무림도 경악할 신기의 소유자로 통했다.

우선 경력이 그것을 뒷받침한다. 열다섯의 어린 나이에 소림사 속가제자의 마지막 관문이라 할 수 있는 나한대전을 통과해 무림을 떠들썩하게 만들었고, 세가로 돌아와서는 제자를 받지 않겠다는 백리세가의 전대 가주 백리홍(百里洪)이 의지를 꺾고 자신의 진전을 이어줄 정도였던 것이다.

그뿐만 아니라 그의 안전을 생각해 현 가주가 호위대까지 붙여주었다. 그것은 백리세가의 차기 가주로 백리정을 점찍어놨다는 의미와 진배없었다.

백리정이 직접 심혈을 기울여 뽑았다는 호위대가 바로 지금의 무사임이 분명했다. 그런데 이 날건달은 끝나고 보자는 식이니…….

'한심한 놈!'

소매치기 곽진해(郭鎭海)는 실소를 흘렸다. 날걸달의 허리에 허름한 검이 달려 있는 것으로 보아 무림인인 것 같은데, 백리세가도 모르는 삼류잡배임이 분명했다.

무늬만 무림인인, 즉 어딜 가나 제 한목숨 부지 못하는 무책임한 무인인 것이다.

그래서 내심 미안한 마음이 들었다. 어디에 쓰이는지 알 수도 없는 하찮은 물건 때문에 멀쩡한 사내가 묵사발이 되게 생겼으니 양심이란 놈이 가슴을 콕 찔러왔다. 물론 지금까지 자신에게 무례를 범한 죄는 용서할 수 없었지만.

그때 백리세가의 무사가 혈리연의 코앞까지 다가와 어깨를 잡았다.

'어쩔 수 없지. 재수가 없었다고 생각해라.'

생각과 함께 곽진해는 슬며시 혈리연에게서 멀어졌다. 그리고는 구경꾼들 틈으로 섞였다. 결과와는 상관없이 이곳을 빠져나가야 했다. 백리세가와 관련되어 좋을 것이 없는 그녀였기 때문이다.

사람들의 관심이 무사와 날건달에게로 쏠려 있으니 그녀가 몸을 빼는 것은 어려운 일이 아니었다. 그녀는 급히 계단으로 몸을 옮겨 황학루를 내려왔다. 그런데 예상치 못한 일이 벌어져 그녀를 당황스럽게 만들었다.

미안한 마음에 연못가를 지나며 슬쩍 황학루 오층을 바라봤는데, 뭔가가 떨어지고 있는 것이 아닌가!

그녀는 떨어지는 무언가가 혈리연이라는 사실을 확인하고는 기겁했다. 백리세가의 무사에 의해 떨어진 것이라 생각했던 것이다.

말이 오층이라지만 실제로 황학루의 내부는 구층 구조로 되어 있었다. 그만큼 높이가 높다는 말. 경공술이 상당한 경지의 무인이 아니라면 황학루 꼭대기에서 떨어져 무사할 사람은 없었다.

곽진해는 찰나지간 상당한 고민을 해야 했다.

'구해? 말아?'

반복에 반복을 더한 양자택일은 혈리연이 사층을 지나 삼층으로 떨어질 때까지 계속되었다. 하지만 이층까지 떨어질 때쯤 구할 필요가 없다는 사실을 알 수 있었다. 혈리연의 우렁찬 외침 때문이었다.

"잡히면 죽어!"

이층에서 갑자기 회전을 하며 바닥으로 사뿐히 내려서는

혈리연을 보며 그녀는 더욱 당황했다. 경공술에 있어서는 웬만큼 실력을 갖춘 상대. 그렇다면 평범한 방법으로는 도망칠 수는 없는 일이었다.

팟!

그녀는 땅을 박차며 숨겨왔던 경공술을 발휘했다. 그렇게 섬전과 같은 속도로 황학루를 유유히 벗어나는데, 그 뒤로 혈리연이 잡히면 죽는다는 외침을 연신 쏟아내며 쫓아왔다. 그리고 그 혈리연을 백리세가의 무사들이 역시 황학루에서 뛰어내려 추격했고, 의미 모를 한 사내가 다시 황학루 밖으로 몸을 날렸다.

일은 순식간에 벌어졌다. 백리세가의 현웅이라는 무사가 방심한 틈을 타 팔을 꺾어버린 혈리연이 다시 복부를 가격하고, 목 뒤를 팔꿈치로 찍어버렸던 것이다.

그리고 소매치기를 찾는데, 없었다.

그는 재빨리 황학루 밖을 바라보았다. 생각대로 소매치기는 이미 발을 뺀 상태였다. 황학루를 빠져나가 연못가를 지나고 있었던 것이다.

혈리연은 생각할 필요도 없다는 듯 현웅을 백리정에게 밀어버리고 급히 난간을 밟아 뛰어내렸다. 놀란 백리정이 뭐라고 외쳤지만 듣지도 않았다.

여기저기에서 사람들이 경탄을 발했다.

혈리연이 황학루에서 뛰어내리고, 백리정과 그의 호위들도 그를 추격하기 위해 급히 경공술을 발휘하는 모습은 놀랄 만한 광경이었다. 게다가 그 높이에서 뛰어내리고도 아무도 다치지 않았으니 놀랄밖에.

그 신기 들린 경공술에 혀를 내두르고 있을 때, 그 사이에서 사내 하나가 두 눈을 번뜩였다. 검은 장삼을 입은 날카로운 분위기의 사내였다.

그는 품속에서 종이 한 장을 꺼내 펼쳤다.

종이는 두 사람의 얼굴이 그려진 용모파기였는데, 그중 한 명이 혈리연과 흡사했다.

흑의사내는 급히 용모파기를 품속으로 집어넣으며 백리세가의 무사들과 같이 황학루에서 몸을 날렸다.

다시 사람들의 탄성이 터져 나왔다.

사건은 그렇게 시작되었다.

*   *   *

'도대체 언제까지 쫓아올 거야?'

곽진해는 숨이 턱까지 차서 미칠 지경이었다. 걸려도 된통 걸렸다는 생각뿐이었다.

그나마 경공술이 상당한 경지였기에 망정이지, 아니면 벌써 잡히고도 남았을 것이다.

그녀는 힐끔 뒤를 바라보았다.

순간 날건달과 눈이 마주쳤다.

붉게 충혈된 그의 눈빛에는 기필코 잡고야 말겠다는 결의가 무럭무럭 자라고 있는 듯했다. 그래서 곽진해는 더욱 멈출 수가 없었다.

"거기 안 서?"

잡히면 죽는다는데 누가 설까.

하지만 그녀는 점점 기가 질리고 있었다. 무공에 큰 성과를 거두지는 못했지만 기연으로 얻은 경공 비급 하나로 비슷한 내공을 가진 사람보다 몇 배는 빨리 달릴 수 있게 된 그녀였다. 달리는 속도만큼은 자신있다는 말.

한데 그런 자신이 숨이 찰 정도인데 반해, 저놈의 날건달은 지친 기색도 없이 쫓아오고 있었다. 그것도 끊임없이 욕설을 쏟아내고 있어 생각 같아서는 어떻게 생겨먹은 놈인지 알아보고 싶을 지경이었다.

이제 그녀에게는 두 가지 방법밖에 없었다.

하나는 백리세가의 무사들이 저 날건달을 잡아주었으면 하는 것이다. 하지만 그것은 시간이 지날수록 불가능하게만 느껴졌다. 처음에는 십여 명 정도가 추격해 왔으나, 이제는 거리가 더 벌어지고 있었기 때문이다. 그나마 간격을 유지하고 있는 쪽은 백리정밖에 없었다.

'어쩔 수 없지.'

생각과 함께 그녀는 급히 품속으로 손을 집어넣었다. 마지막 하나 남은 방법을 택하기로 마음먹었기 때문이다.

품속을 빠져나온 손에는 원형의 물체 두 개가 들려 있었다.

그녀는 그것을 바라보았다.

'도대체 무슨 물건이기에 저렇게 거품을 무는 거지?

아무리 보아도 그 용도를 짐작하기 어려운 물건이었다.

고리같이 생겼기에 어찌 보면 머리를 묶을 때 쓰는 것 같기도 한데, 꼭 그렇게만 볼 수도 없는 것이 툭 튀어나온 돌출 부분 때문이었다.

'상관없지.'

생각대로 무엇에 쓰는 물건이든 그녀와는 상관이 없었다. 돈이 될 만한 것처럼 보이지도 않았고, 굳이 쓰임새가 있어 보이지도 않았다.

그녀는 그 물체를 손가락에 끼운 후 쫓아오는 날건달이 볼 수 있게 흔들었다.

"더 이상 따라오면 이걸 버릴 거야."

날건달의 대꾸가 우렁찼다.

"버릴 데가 어딨어? 한번 버려봐! 한 대 맞을 거 두 대 맞게 될 테니까!"

'도대체 저 녀석, 뭐야?

그녀는 속으로 울기 시작했다. 조금만 더 달리다가는 뱃속에 있는 것까지 넘어올 판이었다. 그리고 날건달의 말대로 훔친 물건을 버릴 곳도 없었다. 바짝 뒤쫓으며 자신의 행동을 훤히 보고 있으니 버려봐야 줍고 나서 다시 쫓아올 것이 뻔했다. 오히려 버렸다간 인질(?)이 없어지는 셈이었다.

‘더는 안 되겠어.’

그녀는 속도를 줄였다. 이제 한계에 부딪치고 있었다. 빨리 달리는 것에는 일가견이 있어도 그것을 오래 지속하기에는 내공이 많이 부족했던 탓이다.

그녀의 속도가 현저히 떨어지자 혈리연의 얼굴에 득의한 미소가 서렸다.

‘그럴 줄 알았지.’

그는 속도를 더욱 빨리 했다. 그렇게 삽시간에 여인과 일장 거리까지 좁혔고, 뒷덜미를 낚아채기 위해 손을 뻗었다. 그러자 곽진해가 재빨리 두 개의 고리를 입속에 넣어버렸다.

그녀는 발악하듯 외쳤다.

“움직이지 마! 안 그러면 이대로 삼켜 버릴 거야!”

순간 거짓말 같은 일이 벌어졌다.

그렇게 거품을 물고 쫓아오던 날건달이 속도를 줄이기 시작했던 것이다.

곽진해는 그제야 안도의 한숨을 쉬었다.

그녀는 동작을 멈추고 거친 숨을 골랐다. 행여나 상대가 달려들까 걱정되어 언제든지 삼킬 준비를 하고 있었다.

그때, 혈리연을 쫓아왔던 백리정도 지척까지 다가와 경공을 멈췄다. 이어서 백리정의 호위 십여 명도 도착해 포위하듯 둘러쌌다.

백리정이 한 걸음을 옮겨 곽진해와 혈리연의 사이에 끼어들었다. 그렇게 달렸으면 숨이 차기도 하련만, 그의 호흡은 혈리연과 마찬가지로 고르기만 했다.

오히려 그는 흐트러진 옷매무시를 가다듬기 시작했다. 겉모습이 흐트러지는 것을 못 참는다는 듯 상당히 신중하게 자신을 살폈다. 그리고 몇 번 기침을 하더니 입을 연다.

"오랜만에 이렇게 달려봐서 상쾌하기는 하지만, 그 때문에 비싼 옷이 먼지로 얼룩졌으니 그 대가로……."

말을 하던 백리정이 곽진해를 바라보았다.

"소저는 나와 차 한잔하면서 남녀 간의 관계에 대해 허심탄회하게 대화를 나눴으면 좋겠고."

이번에는 혈리연을 바라본다.

"네놈은 눅신하게 맞고 뻗어줘야겠다. 감히 백리세가의 무사를, 그것도 실력이 아니라 기습을 해서 제압하다니 간이 배 밖으로 나왔구나."

혈리연이 손을 휘휘 저었다.

"아, 그건 나중에 따로 해결하도록 하고……."

그는 곽진해를 노려보았다.

"그게 뭔 줄 알고 삼켜? 빨랑 내놔!"

"그러잖아도 궁금했는데, 뭐죠? 도대체 뭔데 이렇게 쫓아온 거예요?"

잠시 움찔한 혈리연이 헛기침을 했다.

"험험! 몸에 좋은 거야! 그렇게만 알아!"

"몸에 좋은 것?"

그녀는 말을 하며 입속에 넣었던 물건을 다시 꺼냈다.

"어떤 용도로 쓰이는 건데요? 먹는 것 같지는 않은데……."

"남녀 간의 사랑을 돈독히 할 수 있는, 아니, 지금 내가 무슨 소릴 하는 거지?"

그는 다시 험악하게 인상을 썼다.

"빨리 내놔라."

"주면 안 쫓아올 거죠?"

"지금까지 받은 심적인 고통을 생각하면 찢어 죽여도 시원찮겠지만, 덤으로 백오십 냥까지 보상해 주면 없었던 일로 하지."

"백오십 냥?"

왜 백오십 냥인지 모르겠지만 그냥 넘어가 준다니 곽진해로서는 밑지는 장사가 아니었다. 오늘 하루 재수없었다고 생각해 버리면 그만이었으니까.

백리정을 이용하면 쉽게 넘어갈 수 있다는 얄팍한 계산도 있었지만, 역시 백리세가와 관계되는 일은 피하고 싶은 그녀였다.

그녀는 환희옥지를 왼손에 옮겨 쥐고 오른손으로 가죽 주머니 하나를 꺼냈다. 그것을 지켜보던 백리정이 다시 끼어들었다.

"아리따운 소저께서 정말 저놈의 물건을 훔쳤다는 겁니까?"

혈리연이 버럭 소리쳤다.

"보고도 몰라?"

하지만 백리정은 훔쳤다는 사실에 신경 쓰지 않았다. 그는 오히려 동정 어린 눈빛으로 곽진해를 바라보았다.

"얼마나 힘들었으면……. 그런데 저게 무슨 물건이지?"

이상하게 생긴 원형의 물체를 그는 호기심 서린 눈빛으로 바라보았다. 하지만 아무리 보아도 그 용도를 모를 물건이었다. 그는 호위들에게 대답을 요구했다.

"저게 뭔지 아는 사람?"

호위들도 고개를 갸웃거렸다. 그런데 그중 한 명이 아는 모양이었다. 그는 슬며시 백리정에게 다가가 귓속말로 뭔가를 중얼거리기 시작했다.

순간 백리정이 두 눈을 번뜩였다.

"정말이야?"

"그렇습니다."

"넌 그걸 어찌 아는데?"

호위는 얼굴을 붉힐 뿐 대답을 하지 않았다.

　백리정이 묘한 표정으로 그를 바라보더니, 그 표정 그대로 곽진해 쪽으로 시선을 돌렸다.

　"휴! 어찌 그런 걸 훔칠 생각을 했는지……. 하긴, 여인의 몸으로 그걸 직접 살 수는 없으니 훔칠 수밖에. 그래도 실망이오."

　"무슨 소리죠?"

　"소저같이 아름다운 분이 그런 쪽으로 밝히실 줄은 몰랐소."

　곽진해가 어안이 벙벙한 얼굴이 되어 물었다.

　"무슨 말씀이에요?"

　"아아, 창피하시다면 모른 척하셔도 좋소."

　곽진해의 표정이 구겨지기 시작했다.

　"도대체 이게 어디에 쓰는 물건인데 그러는 거예요?"

　백리정이 키득거렸다.

　"큭큭, 그걸 입에다 넣다니……. 어지간히 급했나 봐?"

　"도대체 무슨 말씀이에요? 당신이 말해봐요. 이게 뭐죠?"

　그녀는 혈리연을 바라보며 물었다.

　"몸에 좋은 거라고 했잖아. 뭘 들은 거야?"

　"정확한 용도를 묻는 거예요."

　다시 백리정이 나섰다.

　"하하하, 순진한 척하시긴……. 다 이해하니까 그렇게 발뺌할 필요 없소, 소저."

그때 혈리연이 화제를 원점으로 돌렸다.

"아무튼 넌 내 물건과 돈을 내놓고, 백리세가의 무사들께
서는 사정을 알았으니 빠지시오."

"그럴 수야 없지. 시작과 원인이 어떻든 간에 이 몸이 창피
를 당한 것과 내 호위가 비겁한 수에 당한 사실은 변함이 없
지 않은가."

혈리연의 눈이 가늘어졌다.

"그래서 어쩌자는 건데?"

"몇 대만 맞아줘. 내가 때리면 죽을 수도 있으니 내 수하들
이 조금 손봐주는 정도로 끝낼 거다."

"싫다면?"

백리정이 활짝 미소를 보였다.

"몇 군데 부러질 거야."

혈리연도 마주 미소를 지었다.

"이거 무서워서 후달리는걸?"

이어 조롱하듯 말했다.

"역시 무림인이란 개똥 같은 자존심 하나로 자기 목도 내
놓는 녀석들이라니까."

말과 함께 그는 귀를 후비적거렸다.

"결국 네놈도 무림인이라 그거냐?"

"넌 무림인이 아니라는 것처럼 말하는구나? 검을 들고 경
공술까지 펼치는 놈이."

“적어도 알량한 자존심과 체면 따위를 목숨하고 바꿀 바보
는 아니지.”

“바보는 아니라지만, 분위기 파악 못하는 걸 보니 눈치가
없는 건 확실하구나. 애들아, 살짝 주물러 줘라!”

그러자 호위들이 천천히 혈리연을 향해 거리를 좁혔다. 하
지만 의외의 인물들이 등장해 상황을 바꾸었다.

“우리 허락 없이 그자에게 손댈 수는 없다.”

목소리는 나무 위에서 들렸다.

백리정을 비롯해 모두가 하늘을 바라보았다. 울창한 나뭇
가지 사이로 다섯 명의 흑색 장삼을 입고 있는 자들이 매달려
있었다.

얼굴을 알아볼 수 없도록 복면을 쓰고 있는데, 풍기는 기운
이 예사롭지 않았다.

백리정이 혈리연을 바라보았다.

“너, 의외로 거물급인가 보구나? 호위까지 있었네?”

“괴물이란 소리는 종종 들어봤지만, 저 녀석들은 나도 모
르는 놈들인걸?”

“몰라?”

백리정은 다시 나무 위로 시선을 주었다.

“댁들은 누구시오?”

“알 필요 없다. 다만, 백리세가와 문제를 일으키기 싫으니
조용히 물러났으면 좋겠구나.”

"그래도 누구인지 알아야……."

"두 번 말하지 않겠다. 조용히 물러나라."

"……!"

잠시 침묵이 감돌았다.

백리정이 실소를 흘리며 침묵을 깼다.

"이거야 원, 그렇게 말하면 물러나지 말라는 것과 다름없잖소. 호북사성 중 일인이자 청심공자로 통하는……."

복면인의 목소리에 살기가 담겼다.

"같이 처리하도록 하지. 원망 말아라!"

순간 다섯 명의 복면인이 아래로 떨어져 내렸다. 그에 따라 백리정의 몸에서 막강한 기운이 방사되었고, 그의 호위들은 복면인들과는 반대로 위로 솟구쳤다. 그 틈을 타 두 남녀가 몰래 그곳을 벗어나고 있다는 사실도 모른 채…….

"이제 그만 놔요, 도망치지 않을 테니까."

곽진해는 혈리연의 팔을 거칠게 뿌리쳤다. 백리세가와 의문의 사내들이 싸우는 사이 그들은 이미 멀리 빠져나와 있었다.

혈리연이 으르렁거렸다.

"생각해서 데리고 나왔구만. 예쁘게 낳아주신 부모님께 감사드려."

"또 도망칠까 봐 그런 건 아니고요?"

“네가 못생겼으면 환희옥지랑 돈만 빼앗은 후 혼자 빠져나
왔을 수도 있어. 사람을 뭘로 보고…….”

곽진해의 눈이 가늘어졌다.

“여자 밝히는 남자로 보죠.”

“잘 아네. 아무튼 내놔.”

그녀는 실소를 흘리며 들고 있던 환희옥지와 가죽 주머니
에서 정확히 백오십 냥을 꺼내주었다.

“그런데 정말 이렇게 빠져나와도 괜찮아요?”

“뭐가?”

“당신들의 동료가 백리세가와 싸우고 있잖아요. 그리고 그
중에 백리정이 있다고요. 그는 겉멋만 잔뜩 든 팔불출처럼 보
여도 무공 실력이 엄청난 사람이에요.”

“그놈이 그렇게 대단한 줄 몰랐군.”

“무림인 맞아요? 백리정에 대한 소문은 호북에 있는 사람
이라면 대부분 알아요. 아마 지금쯤 당신의 동료들은 곤욕을
치르고 있을 거예요. 어쩌면 백리세가로 끌려갔을지도 모르
죠.”

“내 앞가림도 하기 힘든데 남의 일까지 신경 써서 뭘 해?
그리고 다시 말하지만 난 그놈들을 몰라.”

“정말이요? 하면 왜 당신을 도운 거죠?”

혈리연이 어깨를 으쓱했다.

“난들 아나. 그보다 이것도 인연인데 하나만 가르쳐 줘.”

“……?”

“혹시 상정통이라는 곳이 어딨는지 알아?”

“상정통?”

“거 왜 있잖아. 서적을 만드는 곳.”

“아, 문통?”

“그래. 무한에 있다고 들었는데, 알아?”

“알죠. 그런데 문통은 왜요?”

“알아볼 것이 있거든.”

잠시 생각하던 그녀가 고개를 끄덕였다.

“제가 안내해 드리죠. 대신 저도 한 가지만 물어볼게요.”

“뭔데?”

“조금 전에 드렸던 물건이요.”

“환희옥지?”

“네. 그게 정확히 뭐죠?”

“진짜 알고 싶어?”

“그러니까 묻는 거잖아요. 빨리 말해봐요.”

순간 혈리연이 묘한 표정을 지었다. 그것을 확인한 곽진해
는 왠지 불안해지는 마음을 추스르며 재촉했다.

“마, 말해봐요.”

“호호호!”

혈리연은 음충맞게 웃으며 누가 들으면 안 되는 비밀이라
는 듯 그녀의 귀에 입을 가져다 댔다.

잠시 후, 터지는 비명.

"꺄아악!"

곽진해는 잘 익은 홍시마냥 얼굴을 붉게 물들이며 외쳤다.

"저질!"

혈리연이 무슨 소릴 하느냐는 듯 말했다.

"저질이라니, 난 그걸 입에 넣고 즐기는 사람도 봤는데."

"누, 누가 즐겼다는 거예용?"

혈리연은 대답없이 그녀의 어깨를 툭 쳤다.

"안내나 해."

第七章

괴물 출현

1

혈리연은 곽진해를 따라 도심 한가운데를 가로질렀다. 그렇게 번화가 두 개를 지나 인적이 드문 수로에 도착했을 때, 그가 걸음을 멈췄다.

"아!"

그는 뭔가 생각난 듯 말했다.

"그러고 보니 적발을 잊었군."

"일행이 있었나요?"

"내가 데리고 있는 녀석이 있긴 하지. 선영주루에 있을 테니 들렀다 가는 게 좋겠어."

"선영주루라면 우리가 처음 만난?"

"이젠 부정하지 않는구만. 황학루에서는 처음 본다며 딱 잡아떼더니."

곽진해가 톡 쏘아붙였다.

"쳇! 그럼 거기서 내가 소매치기라고 말할 줄 알았어요? 아무튼 지름길을 아니까 따라와요."

말과 함께 그녀가 먼저 걸음을 돌렸다. 하지만 채 다섯 걸음을 떼기도 전에 우렁우렁한 음성이 그녀의 발길을 잡았다.

"갈 필요 없다!"

곽진해는 고개를 들어 골목길을 바라보았다. 그리고 경악으로 물들어가는 눈.

그녀는 믿을 수 없다는 듯 입을 벌렸다. 목소리의 주인이 숲 속에서 본 복면인이었던 것이다.

"설마……."

음침한 기운을 풍기는 복면인은 다섯 명 그대로였다. 그것이 곽진해를 가장 놀라게 한 원인이었다. 한 명도 다치지 않고 백리세가의 무사들과 백리정을 제압했다는 뜻이니 믿어지지 않을 수밖에 없었다.

"눈빛을 보니 놀란 모양이다만, 지금은 네놈들 몸이나 걱정하는 것이 좋을 거다. 곧 있으면 백리세가의 애송이들처럼 될 테니까."

그러면서 혈리연을 가리켰다.

"물론 저 녀석 하기에 따라 달라질 수도 있지."

지목된 혈리연이 앞으로 나섰다.

"나에게 볼일이 있었나? 하긴, 나 때문에 그놈들하고 싸운 것 같기는 했지만……. 그런데 무슨 일이지? 난 복면 따위를 쓰고 다니는 놈과 친분을 쌓은 적이 없는데."

"몇 가지 물어볼 말이 있다."

"뭔데?"

"그전에 묻는 말에 한 치의 거짓 없이 고해야 한다는 사실을 알려주마. 만약 거짓이라 생각됐을 시엔 목숨을 부지할 수 없을 거다."

말하는 어투가 영 마음에 들지 않았던 혈리연이 콧방귀를 뀌었다.

"쳇. 사람이 부탁을 하려면 곱게 해야지, 그렇게 협박 식으로 나오면 말하기 싫어지잖아."

그러자 곽진해가 혈리연의 옆구리를 쿡 찔렀다.

그녀는 인상을 쓰며 낮게 읊조렸다.

"저치들의 성질 돋우지 말세요."

"말하는 품새가 영 싸가지가 없잖아."

"잊었어요? 백리정도 저들에게 당했다고요. 괜히 목숨 날리지 말고 시키는 대로 해요. 난 당신 때문에 죽고 싶지 않아요."

"쩝!"

입맛을 다신 혈리연이 고개를 끄덕였다.

“물어보슈. 알고 싶은 게 뭐요?”

“지강에서의 일을 기억하느냐?”

“지강?”

눈을 치켜뜨며 곰곰이 생각에 잠긴 혈리연. 하지만 이내 머리를 긁었다.

“글쎄… 특별히 기억나는 일은 없는데?”

“소정문의 일을 모른다 하겠느냐?”

하지만 그는 여전히 머리만 긁적였다.

“전혀 모르겠소.”

복면인의 눈빛에 살기가 감돌았다.

“말로 해서 될 놈이 아니구나.”

“아니, 모르는 걸 모른다고 했을 뿐인데 뭐가 문제요?”

“내가 기억나게 해주마.”

말과 함께 그가 다른 복면인들을 향해 고개를 까딱거렸다. 그러자 네 명의 복면인이 혈리연을 중심으로 동서남북 네 방향을 점했다.

처음의 복면인이 다시 입을 열었다.

“기억이 났다면 어서 말하는 것이 좋지 않을까?”

곽진해가 다시 혈리연의 옆구리를 찔렀다.

“빨리 말해요.”

혈리연이 버럭 소리쳤다.

“진짜 모른다니까!”

복면인의 짧은 명이 떨어졌다.

"우선 저 여인의 팔 하나를 잘라라."

"왜 하필 저예요? 전 이 사람을 오늘 처음 만났다구요."

"재수없다고 생각하려무나."

그러면서 혈리연을 바라보았다.

"여인의 사지가 모두 잘린 후에는 네놈 차례다. 네 번의 기회가 있을 것인즉, 그간 잘 생각해 보거라."

말을 하는 사이 복면인 하나가 곽진해의 팔을 잡아 비틀었다. 기습적이면서 쾌속한 동작이라 그녀는 피할 생각조차 하지 못했다. 이어 복면인이 예리한 단검 하나를 다리춤에서 뽑아내어 그녀의 팔에 대었다.

곽진해는 하얗게 질릴 수밖에 없었다.

그녀가 다급히 혈리연에게 호소했다.

"빨리 말해요!"

그런데 황당하게도 혈리연은 내 알 바 아니라는 표정이다.

"모르는 걸 어떡해?"

"그럼 모른다는 걸 확실히 알아듣게 말해줘요."

혈리연이 복면인을 바라보았다.

"들었소? 확실히 모르오."

곽진해가 다시 소리쳤다. 조금 전보다 더욱 긴박한 목소리였다.

"그렇게 말하면 나라도 못 믿겠다!"

"어쩌라는 건데?"

"좀 더 진심을 담은 표정으로 말하란 말이에요!"

"연기까지 하라고?"

"누가 연기를 하랬어요? 사실을 말하라고요!"

그러자 복면인이 낮게 으르렁거렸다.

"둘 다 가관이구나!"

하지만 조금은 흔들린 모양인지 복면인이 화제를 원점으로 돌렸다.

"지강에 온 적이 있나?"

"얼마 전에 그곳에 잠시 머물기는 했지."

"일행이 있었겠지?"

"적발하고 같이 있었지."

복면인의 손에 종이 하나가 펼쳐졌다.

"이자가 확실한가?"

종이에는 적발과 유사한 얼굴이 그려져 있었다.

"메기수염 하나만큼은 확실하군."

복면인의 눈빛이 처음과 같이 차갑게 변했다.

"이런데도 발뺌을 할 생각인가?"

"당최 무슨 소리를 하는지 모르겠지만 우선 적발하고 만나서 이야기해 봅시다. 그 녀석이 나 몰래 지강에서 뭔가 사고를 친 모양인데, 이런 건 당사자끼리 해결 봐야 하는 것 아니겠소?"

"너에겐 결정할 권한이 없다."

혈리연이 어깨를 으쓱했다.

"그럼 나도 할 말 없수다."

"과연 그럴까?"

복면인은 곽진해의 팔을 잡고 있던 동료를 힐끔 보며 말했다.

"잘라라!"

그러자 명을 받은 복면인이 단검을 움직였다. 하지만 그때 혈리연의 발이 섬전과 같이 움직였다.

퍽!

발은 정확히 복면인의 앞면을 가격했다.

"으윽!"

충격에 못 이긴 복면인이 단검을 떨어뜨리며 비틀거렸다. 때를 놓치지 않고 곽진해가 팔꿈치를 뒤로 움직여 복면인의 복부를 가격했고, 그 때문에 앞으로 몸이 숙여진 복면인을 향해 혈리연이 달려들어 목을 틀어쥐었다.

곽진해는 떨어진 단검을 주워 복면인의 관자놀이에 대었다.

혈리연이 씨익 웃었다.

"우리, 손발이 꽤 잘 맞는데?"

찰나지간에 벌어진 일이라 복면인들이 조금 당황한 몸짓을 보였다. 하지만 그 또한 찰나지간일 뿐, 복면인들은 곧 평정심을 되찾았다. 오히려 그들은 음침한 웃음소리를 흘리기 시작했다. 그중 처음의 복면인이 가소롭다는 듯 입을 열었다.

"죽음을 자초하는구나."

혈리연이 고개를 갸웃거렸다.

"동료가 인질이 되었는 데도 전혀 동요하지 않는군. 이 녀석이 죽어도 상관없다는 거냐?"

그는 인질로 잡은 복면인의 목을 더욱 거칠게 틀어쥐었다. 하지만 복면인들은 여전히 요지부동이었다.

"어디 죽여보아라!"

"거참, 알다가도 모를 족속들일세. 좋아, 그럼 원하는 대로 하지. 찔러!"

그는 망설임없이 곽진해에게 명했다. 강하게 나갈 생각이었던 것이다. 죽일 생각까지는 하지 않았지만 상대를 자극할 정도의 상처를 남길 계획이었다.

그러나 곽진해가 그의 생각대로 따라주지 않았다.

"무슨 소리를 하는 거예요?"

그녀는 인상을 구겼다. 유일한 방패막이인 인질을 찌르면 그다음은 불을 보듯 뻔한 상황이 되지 않겠는가. 백리정도 제압한 복면인들에게 무슨 짓을 당할지 모를 일이었다.

주춤거리는 그녀를 향해 혈리연이 짜증스럽게 소리쳤다.

"찌르라니까!"

"싫어요."

“찔러!”

“싫어!”

“찌르려고 단검을 주워 든 것 아니야?”

“아니에요.”

“미치겠군.”

혈리연이 못 말리겠다는 듯 머리를 벅벅 긁었다. 그런데 돌발 상황이 벌어졌다.

쉬익!

인질로 잡혀 있던 복면인이 단검을 들고 있던 곽진해의 팔을 잡았다. 그리고 그 팔을 자신 쪽으로 깊숙이 당겨 버렸다.

순간 스으윽거리며 예리한 칼날이 사람의 관자놀이를 관통하는 떨림이 곽진해의 손으로 전해졌다.

놀란 곽진해가 소스라치게 놀라며 단검을 놓아버렸다.

혈리연도 마찬가지.

그도 스스로 자해를 해버린 복면인을 향해 불쾌한 시선을 보내며 목을 놓아버렸다.

털썩!

복면인이 힘없이 바닥에 쓰러졌다.

“뭐, 뭐야, 이거?”

더러운 물건이라도 잡았다는 듯, 일변 말을 하며 일변 손을 허리춤에 비벼 닦는 혈리연이었다. 그러나 더욱 놀라운 일은 다음이었다.

곽진해가 입을 쩍 벌렸다. 확대된 두 눈은 더 이상 커질 수 없을 정도다. 쓰러진 복면인이 다시 일어서고 있었기 때문이다, 그것도 관자놀이에 단검 하나가 박힌 모습으로.

하지만 그녀의 놀람은 그것으로 끝나지 않았다. 그녀는 비명도 지르지 못하고 복면인의 괴행동을 생생하게 목격해야 했다.

쓰윽!

복면인이 관자놀이에 박혀 있던 단검을 천천히 뽑아내기 시작했던 것이다.

보기만 해도 소름 돋는 장면에 그녀는 자리에 털썩 주저앉아 버렸다.

처음의 복면인이 비소를 머금으며 말했다.

"다시 시작해 보지."

혈리연은 자조적인 미소를 흘렸다.

"뼈와 살을 재생하는 자라……."

그의 말대로 단검을 뽑아낸 상흔이 천천히, 하지만 눈에 확연히 보일 정도의 빠르기로 아물고 있었다.

혈리연이 검을 잡으며 말했다.

"이젠 아는 걸 말해도 살려준다는 소리는 안 하겠군."

복면인의 눈빛이 꿈틀거렸다.

"우리의 신분을 눈치 챘나?"

"그런 괴공을 사용하는 무인이 중원에 얼마나 될까? 그리고 그런 무공을 익힌 자들이 단체로 행동하는 곳이라면, 내가 알기엔 몇 안 돼지. 너희가 내가 짐작하는 곳에 소속된 자들이라면 원하는 정보를 말해줘도 날 곱게 돌려보내지는 않을 거다.”

스르릉!

말을 끝으로 혈리연의 검이 뽑혔다. 어디에서나 살 수 있는 흔한 싸구려 검. 그 검을 보고 복면인들이 비웃음 섞어 물었다.

“무엇을 하려는 거냐?”

혈리연은 대답하지 않았다. 오히려 되물었다.

“너희가 살 수 있는 방법을 가르쳐 줄까?”

“……!”

“적발이 무사하길 하늘에 비는 일이다.”

이번에는 복면인이 장난치듯 어깨를 으쓱했다.

“이걸 어쩌지? 그 적발이란 놈에게 내 수하 중 최고의 셋을 보냈는데. 알고 있는 바를 말하지 않았다면 이미 땅속에 잠들어 있겠지.”

이어 그의 눈빛이 붉게 충혈되기 시작했다.

“이젠 네놈 차례다. 말한다면 고통없이 죽여주겠지만 그렇지 않으면 지옥과 같은 고통을 뼛속 깊이 느껴야 할 것이다.”

“그럼 없네.”

“……?”

"너희는 일말의 희망마저 사라졌다."

"재밌구나. 그럼 우선 팔 한쪽을 자르고 시작해 볼까?"

순간 다섯 개의 인영이 혈리연을 향해 달려들었다.

쉬이익!

첫 공격은 혈리연의 뒤였다.

복면인 하나가 혈리연의 머리를 향해 장력을 날린 것이다. 하지만 장력은 혈리연의 지척에서 무엇엔가 막힌 듯 터져 버렸다.

쾅!

장력이 터지며 그 여파로 공간이 굴절되어 원형으로 퍼져 나갔다. 그 때문에 혈리연의 머릿결이 나부끼고, 그것을 신호로 그의 검이 움직였다.

쉬잉!

횡으로 긋는 단순한 동작이었다.

너무 느려 보여 지루한 느낌이 주위를 동화시킬 정도다. 그러나 그 지루한 느낌이 가져다주는 결과는 복면인들을 경악시켰다.

파팟!

복면인 두 명의 머리가 잘려 나갔다.

두부를 썰어놓은 듯 깨끗하게 잘려 나가 더욱 잔인한 광경이 연출되었다.

바닥으로 떨어져 내린 두 개의 머리가 피를 뿜어내고……

놀란 복면인들이 지독한 살기를 드러내며 혈리연의 낭심과 머리, 마지막으로 옆구리를 노렸다.

그러나 그 또한 제대로 먹혀들지 않았다. 그것은 혈리연의 소매 속에서 쏟아져 나온 작은 물건들 때문이었다. 갑자기 혈리연의 소매에서 번뜩이는 무언가가 쏟아져 나오더니, 그에게 들어오는 복면인들의 주먹과 장을 가로막아 버렸던 것이다.

파파팟!

공격했던 복면인들의 팔에서 공기가 가득 든 가죽 주머니가 터지는 듯한 소리가 흘러나왔다. 소리를 증명하듯 복면인들의 팔은 피떡이 되어 있었다.

복면인들도 대단했다. 그들은 팔 전체가 뼈가 드러날 정도로 너덜거리는 데도 신음 한 번 내지 않았다, 오직 혈리연을 향해 믿을 수 없다는 눈빛만 보낼 뿐.

복면인 중 한 명이 입을 열었다. 하지만 입만 연 채로 두 눈을 부릅떴다. 그들의 공격을 막은 물체를 확인했기 때문이다.

'침?'

그의 생각대로 혈리연의 방어 무기는 침이었다. 작은 침 여러 개가 아직도 빛을 뿌리며 혈리연을 중심으로 허공에 떠 있었다.

흡사 살아 있는 벌새 같다고나 할까?

둥실둥실 허공에 떠서 언제든지 복면인들을 쏘려는 듯 노려보는 듯한 모습을 보이고 있었다.

"너, 너는 누구냐?"

물음과 다른 혈리연의 차가운 대답이 이어졌다.

"염라대왕께 안부나 전해."

순간 혈리연의 신형이 그를 덮쳐들었다.

저벅! 저벅!

곽진해는 앞서면서도 뒤따라오는 혈리연의 발걸음 소리가 이상하게 거슬렸다.

왜 그렇게 크게 들리는지…….

아마 예민해진 신경 탓일 게다.

그녀는 조금 전에 벌어졌던 격전을 다시 한 번 떠올렸다.

복면인들의 사이한 기운과 괴이한 육체술, 생각할수록 놀라웠다. 그리고 그것으로 그들이 말로만 들었던 마공을 익힌 무인들이란 것을 짐작할 수 있었다. 그런 마공을 상당한 경지까지 익힌 자들이 단체로 몰려다닌다는 것만으로도 그들의 대략적인 신분도 유추할 수 있었다. 마교의 고수들일 가능성이 높았다.

마교와 버금가는 마공과 고수들을 보유한 수라교라는 세력도 있지만, 그들은 이미 수십 년 동안 대외적으로 활동을 하지 않고 있으니…….

하지만 복면인들이 마교라면 이 날건달은 누굴까?

강력한 마공의 고수를 삽시간에 제압해 버리는 그 빠른 몸놀림은 아직도 그녀의 머릿속에서 지워지지 않고 있었다.

그뿐만이 아니다.

그녀는 분명히 보았다, 날건달의 소매에서 쏟아져 나온 침을.

그리고 그 침이 살아 있는 듯 날건달의 몸 주위를 떠다니고 있는 것도 생생하게 머릿속에 남아 있었다. 흡사 극강의 고수들이 펼치는 능공섭물(凌空攝物)의 절기 같았다고나 할까?

하지만 꼭 그렇게 생각할 수만도 없는 것이, 침의 민활한 움직임 때문이었다.

능공섭물의 경우 내력을 몸 밖으로 퍼뜨린 후 그것을 이용해 손을 대지 않고 원하는 사물을 움직일 수 있는 무공이었다. 그렇기에 사물의 세밀한 조정은 힘들다고 알려져 있다.

그녀는 뒤를 돌아 혈리연을 힐끔 보았다.

심드렁한 눈빛에 불량기 가득한 얼굴.

삐딱하게 걷는 모습은 영락없는 뒷골목 건달의 그것과 다름없다.

'설마…….'

곽진해는 고개를 절레절레 저었다. 설마는 설마일 뿐이란 생각이었다. 이기어검(以氣馭劍)을 저런 날건달이 사용했다고는 결코 생각할 수 없었다.

허공섭물이 내공을 이용해 물체를 움직인다면, 이기어검은 물건에 내공을 주입하여 움직이는 절기였으니 말 그대로 허공을 격해 물건에 내공을 전달한 후, 자유롭게 움직일 수 있는 몰아일체의 경지에 올라서야 하는 신기인 것이다.

웬만한 무사들은 평생 내공 수련을 해도 엄두를 못 낼 무공이 바로 이기어검이다. 신검합일로 이뤄지는 어검술(御劍術)보다 위에 놓인 경지를 저런 녀석이 익혔다고는 상상도 할 수 없었다.

"저기……."

궁금증을 참지 못한 그녀가 입을 열었다. 머리를 쥐어짜 봐야 해답은 나오지 않는다.

혈리연이 뚱한 표정으로 물었다.

"할 말 있어?"

그녀는 걸음을 늦춰 혈리연과 어깨를 나란히 했다.

"이름을 알 수 있을까요?"

혹시 잘 알려진 고수일지도 모른다는 생각에서 던진 질문이었다. 하지만 '혈리연'이라는 대답을 들었을 때는 고개를 갸웃거릴 수밖에 없었다.

"그럼 어느 문파 소속이죠?"

"왜 그런 걸 물어?"

"궁금해서요."

혈리연이 씨익 웃었다.

"혹시 나에게 반한 거 아냐?"

곽진해가 팩 인상을 썼다.

"절대 아니에요."

"아니면 아니지, 그렇게 강조까지 하니까 더 수상한걸."

"됐어요. 물어본 내가 바보지."

"사람은 솔직할 때가 가장 아름다운 법이야."

"전 싫으니까 혼자 아름다워지세요."

말을 하는 사이 그들은 선영주루 앞에 도착해 있었다.

곽진해가 화제를 바꿔 물었다.

"과연 여기에 일행이 있을까요? 복면인들의 말이 사실이라면 이미……."

"그런 놈들에게 당할 녀석이라면 달고 다니지도 않지."

말과 함께 혈리연이 먼저 선영주루로 들어갔다. 그러나 곽진해는 놓치지 않았다, 혈리연의 얼굴에 잠시나마 불안함이 스쳐 지나갔다는 것을.

혈리연이 주루로 들어가자 곽진해도 급히 그를 따라 들어갔다.

실내는 조용했다. 대낮이라 술을 마시는 손님도 없었고, 음식을 먹고 있는 몇몇만 탁자를 차지하고 있을 뿐이었다.

혈리연은 그중 창가 쪽에 앉아 있는 왜소한 사내에게 성큼성큼 다가갔다.

곽진해는 왜소한 사내의 외모를 보고 복면인들이 가지고 있던 용모파기와 흡사하다는 것을 알 수 있었다.

그녀의 짐작대로 혈리연이 그에게 다가가 탁 소리 나게 머리를 때렸다. 여기에서 곽진해는 다시 한 번 놀랄 수밖에 없었다.

"윽, 주군!"

메기처럼 생긴 사내는 혈리연을 주군이라 칭했다.

'주군?'

곽진해는 다시 혼란스러움을 느꼈다. 주군이란 웬만한 상급자에게 부르는 존칭이 아니었기 때문이다. 어떤 일이든 복종하겠다는, 모든 것을 바칠 수 있는 주인에게나 주어지는 호칭이 바로 주군이란 단어였다.

'황제의 인척이라도 되나?'

왕이라면 부리는 수하에게 그런 호칭을 들을 만하다. 하지만 황실의 법도를 익혔다면 저렇게 품위없이 행동하지는 않을 것이 아닌가!

잠깐이라지만 그간 지켜본 혈리연의 언행을 따져 보았을 때, 결코 황실의 사람은 아니었다.

그녀는 혈리연에 대해서 조금 더 호감을 느낄 수 있었다. 물론 남자로서가 아닌 신분에 대한 궁금증으로 인한 호감이었다. 말도 안 되는 강력한 무공 실력과 이제 약관 정도의 나이에 주군이라는 극칭을 받고 있으니 그녀 정도의 신분이라면 충분히 궁금할 수밖에 없었다.

그때 적발이 놀란 표정으로 곽진해를 가리켰다.

"호오! 주군도 꽤 하십니다? 어디서 이런 소저를……."

혈리연이 콧방귀를 뀌었다.

"쳇, 꼬시긴. 이 녀석 때문에 고생한 걸 생각하면……."

"누군데요?"

곽진해가 재빨리 대답했다.

"곽진해라고 해요."

혈리연이 덧붙였다.

"내 물건을 소매치기하더라고."

"주군의 물건을 훔쳤다고요?"

적발이 두 눈을 크게 부릅떴다.

그는 신기한 듯 곽진해의 전신을 뜯어보았다. 그리고 머리를 긁적이며 의외라는 듯 입을 연다.

"멀쩡하네. 하긴, 소저는 부모님께 감사해야 할 거요."

곽진해가 실소를 머금었다.

"혈리 소협과 똑같은 말씀을 하시네요."

"끼리끼리 다니는 거니까."

순간 혈리연의 손이 움직였다.

탁!

“윽! 왜 때려요?”

“너와 내가 죽이 잘 맞는다는 듯 들리는구나.”

“아니었습니까?”

싸늘한 혈리연의 눈빛을 확인한 적발이 급히 얼버무렸다.

“당연히 아니죠. 감히 누구와……. 헤헤헤!”

“아무튼, 누가 찾아오지 않았나?”

“이상한 녀석들 세 명이 왔었죠. 한데 어찌 아셨습니까? 주군께도 찾아갔습니까?”

“다섯 명이 왔더라고.”

“왜요?”

“네가 알지 내가 알겠어?”

하지만 적발도 고개를 갸웃거렸다.

“저도 모르겠는데요. 이상한 소리를 하면서 자꾸 뭘 말하라는데, 알아야 말을 하죠.”

“그래서 어떻게 했어?”

“점혈한 후 이층에 방 하나를 얻어서 처박아놨습죠.”

순간 곽진해가 경악한 표정을 지었다.

‘점혈을 해 처박아놨다고?’

그녀는 메기사내를 뜯어보았다.

멀쩡했다. 검상이나 하물며 긁힌 흔적도 보이지 않는다.

그렇다면 혈리연과 마찬가지로 전혀 손해 보지 않고 순식간에 복면인들을 제압했다는 이야기인데…….

그녀는 혈리연과 적발을 번갈아 보며 도대체 무슨 일을 하는 놈들인지 궁금증에 허덕였다.

그사이 혈리연이 눈빛을 붉게 물들이고 있었다. 그는 배신당한 기분을 느끼며 협박하듯 물었다.

"방 얻을 돈이 있었어?"

"제가 돈이 어딨습니까? 그놈들 품을 뒤져서 방 값을 지불한 거죠."

"어째 하는 짓이……"

'나와 같냐?'는 말은 곽진해 때문에 하지 않았다.

혈리연은 그녀의 눈치를 보며 화제를 돌렸다.

"갔던 일은 어떻게 됐어?"

"아, 장영(掌怜)이요? 그 친구를 따라다니던 녀석들 손 좀 봐주고, 장영은 숙소까지 바래다 줬죠."

"벌써 친구로 삼았군."

"마음이 통하면 찰나지간도 십년지기와 같은 거 아니겠습니까? 아, 그보다 그 녀석과 친구 먹기로 하고 들은 사실인데, 그 친구가 누구인 줄 아십니까?"

"내가 어찌 알아?"

"놀라지 마십시오."

"……?"

적발이 목소리를 낮췄다.

"혹시 여인야담이라고 아십니까?"

"여인야담?"

고개를 갸웃거린 혈리연. 하지만 음란 서적을 팔던 상점 주인이 언급했던 서적이라는 것을 기억해 냈다. 최근 가장 잘 팔리는 서적이라고 하지 않았던가!

적발이 다시 입을 열었다.

"월야청청은 들어보셨습니까?"

혈리연은 고개를 끄덕였다.

적발이 씨익 웃었다. 그는 대단한 친구를 뒀다는 득의한 미소와 함께 말했다.

"장영이 그 작자랍니다. 하하하, 듣고 엄청 놀랐지 뭡니까."

"그자가?"

"네. 그 외에도 이십여 권의 서적을 썼는데, 이쪽 계통에서는 꽤 알아주는 모양이던데요?"

"그럼 그쪽 바닥에 발도 넓고 문통에 대해서도 잘 알겠네."

"그렇겠죠."

"한데, 그런 자가 왜 쫓겨다녀?"

"이번에 문통을 바꿔서 계약할 생각으로 예전 문통에서 몰래 빠져나왔는데, 그게 문제가 된 모양입니다. 예전의 문통이 의리 운운하며 쫓아다닌다던데요?"

순간 혈리연이 눈을 번뜩였다. 상점 주인에게 그런 비슷한 말을 들은 바 있다, 문통과 문제가 생겼다는 인기 작자라고. 한데 그런 복덩이가 제 발로 굴러들어 왔으니…….

그가 급히 물었다.

"상정통과 계약하기 위해 무한에 온 거라더냐?"

"어? 어찌 아셨습니까?"

"아직 계약은 안 했겠지?"

"기회를 봐서 할 생각이라던데요. 그런데……."

끝을 흐린 적발이 자랑 섞어 말을 이었다.

"저보고 글을 보는 눈이 엄청나다고 같이 일해볼 생각 없냐고 하던데요? 하하하하. 달인은 달인을 알아본다더니, 그 녀석이 그 짝이 아니겠습니까?"

평소 같았으면 한 대 쥐어박았을 혈리연이었지만 이번엔 그러지 않았다. 오히려 애가 탄 듯 물었다.

"지금 어딨어?"

"왜요?"

"이유는 가면서 말할 테니까 우선 안내부터 해."

그러자 적발의 표정이 묘하게 뒤틀렸다.

"설마……?"

"잘만 되면 이번 일의 책임은 너에게 맡기마."

입이 귀에 걸린 적발.

그는 급히 자리를 박차고 일어섰다.

"따라오십시오."

그때 상념에서 깬 곽진해가 급히 말했다. 그녀는 다소 어이 없다는 표정으로 혈리연을 바라보았다. 목숨을 노린 자객들을 잡아놨는데, 당사자들은 신경도 쓰지 않는 것 같잖은가!

"복면인들은요?"

하지만 대답이 가관이었다.

"몇 시진 후면 점혈이 풀리겠지."

"그, 그게 아니라… 무엇 때문에 당신들을 공격했는지 알아보지 않을 거예요?"

"관심없어. 중요한 일이면 또 찾아오겠지. 아, 그리고 상정통에 갈 필요는 없을 것 같다."

그러면서 적발과 함께 횡하니 주루를 빠져나가 버렸다.

"뭐 저런 사람들이 다 있어?"

목숨을 노린 자들에게 관심이 없다니 그녀로서는 이해가 가질 않았다. 하지만 그래서 더 호기심이 일어나는지도 모르겠다. 수상쩍은 냄새가 코끝을 자극하는 것 같았다.

'따라가 보자.'

그녀는 급히 주루를 빠져나갔다. 그렇게 혈리연과 적발의 뒤를 이각 정도를 따랐을 때였다. 번화가에서 꽤 떨어져 있는 큰 객잔 앞에서 적발이 말했다.

"여깁니다."

고개를 끄덕인 혈리연이 곽진해를 돌아보았다.

"그런데 너는 왜 졸졸 따라와?"

"그냥… 호, 혹시 길을 잃을까 해서요."

혈리연이 의심스런 표정을 짓더니 손을 휘휘 저었다. 가보라는 뜻이었다.

그녀는 주춤했다. 이들의 행적이 궁금하기는 한데, 따라다닐 구실이 없으니 난감하다고나 해야 할까.

이러지도 저러지도 못하고 있는데 혈리연이 객잔으로 들어가 버렸다.

남아 있던 적발이 그녀에게 다가갔다.

그는 음흉한 미소와 함께 곽진해를 향해 속삭였다.

"혹시 우리 주군께 관심있소?"

"무, 무슨 말씀이세요?"

곽진해가 기분 나쁘다는 표정을 노골적으로 드러냈다. 하지만 적발은 개의치 않았다.

"주군은 아직 애송이오. 남자라면 적어도 나 정도는 돼야지."

"……?"

"생각있으면 오늘 밤……."

곽진해가 주먹을 꽉 쥐었다. 그녀는 부들부들 떨며 극도로 분노한 표정을 지었다.

"정말 그런 거 아니거든요?"

"아니면 말지, 그럼 오해하기 딱 좋게 왜 따라다닙니까? 기분 심란하게스리.”

“그, 그냥 호기심 때문에 따라왔을 뿐이에요.”

“쳇!”

실망한 듯 콧방귀를 뀐 적발도 객잔으로 걸음을 옮겼다. 그런데 갑자기 그가 다시 몸을 돌려 곽진해에게 왔다. 그는 조금 전보다 더욱 낮게 말했다.

“충고 한마디 하겠는데, 호기심은 다른 데 가서 알아보슈.”

“그건 댁이 상관할 바가……!”

불쾌한 듯 외치던 그녀가 입을 꾹 다물었다. 살기로 번뜩이는 적발의 눈빛을 보았기 때문이다.

순식간에 사라지기는 했지만 찰나지간에 보았던 적발의 눈빛은 지독한 살기로 물들어 있었다.

망연자실한 그녀를 놔두고 적발은 객잔으로 사라져 버렸다. 그리고 그가 들어간 후에도 곽진해는 한참 동안이나 그 자리에 얼어 있었다.

눈빛 하나로 사람을 굳게 만드는 사람.

곽진해는 생각할수록 오금이 저렸다.

그리고 그런 고수에게 주군이라 불리는 자.

순간 그녀의 머릿속에 한 가지가 떠올랐다.

‘위험하다.’

무엇이 위험한 것인지 그 정체를 알 수는 없었다. 하지만 분명히 저들과 관련되면 위험해질 거라는 여자 특유의 직감이 머릿속을 휘감고 있었다.

잠시 후 그녀는 천천히 몸을 돌렸다. 아쉬움이 남았지만 호기심도 지나치면 화가 된다는 것을 아는 그녀였다. 그때, 웬 사내가 그녀의 앞으로 다가왔다. 날카로운 눈빛의 사내였다.

그녀는 인상을 찌푸렸다.

"무슨 일이지?"

사내가 고개를 꾸뻑 숙였다.

"총타주님께서 부르십니다."

"총타주님이?"

"네. 호북 총본으로 오시랍니다."

"지금?"

"그렇습니다. 저보고 모시고 오라 하셨습니다."

그녀는 잠시 객잔을 바라보며 물었다.

"총타주님께서는 여전하시겠지?"

"건강하십니다."

대답하던 사내가 약간 쑥스러운 표정을 지어 보였다. 그것을 본 곽진해가 피식 웃었다. '건강하다' 라는 의미가 무엇을 뜻하는지 사내도 그녀도 잘 알고 있었던 것이다.

*　　　*　　　*

무한 동문을 빠져나오면 북쪽으로 작은 마을이 옹기종기

늘어서 있다. 대부분 소작료를 내는 소작농이거나 산에서 약
초를 캐어 파는 약초꾼들로 구성된 마을이었다.

그들은 한 사람을 존경했다. 그에게 싼값으로 땅을 빌려 일
궜으며, 약초꾼들은 산적들로부터 보호를 받았으니 언제나
칭송해 마지않았다.

그는 인심도 후했다. 흉년이 들거나 마을 사람들의 벌이가
시원찮을 땐 싼 이자로 돈을 풀어 마을의 위기를 몇 번이나
넘어가게 해준 적도 있었다.

사람들은 그를 운룡선생(雲龍先生)이라 불렀다.

"오시느라 수고 많았습니다."

마을 끝자락에 붙은 거대한 장원에서 사십대 후반의 사내
가 여러 인물을 향해 포권했다. 만면에 미소를 띤 사내는 비
단 장포를 곱게 차려입었고, 준수한 외모와 함께 고풍스런 분
위기를 사람들에게 전하고 있었다. 바로 백리세가의 가주이
자 운룡선생이라 불리며, 멸절독검(滅絶獨劍)이라는 서늘한
별호를 보유한 백리진(百里震)이었다.

보는 사람으로 하여금 절로 기분 좋게 만드는 미소 때문에
장내의 인물들이 마주 웃으며 포권했다.

"가주께서 이렇게 직접 마중 나와 반겨주시니 영광입니
다."

"영광이랄 것까지야……. 우선 안으로 들어가십시다. 여러
분을 위해 조촐한 술자리를 마련했소이다."

“고맙습니다.”

모두 이십 명이 되는 사람들은 백리진의 안내를 받아 실내로 들어갔다.

조촐하다지만 상당히 신경을 쓴 티가 역력했다. 떡 벌어진 술상에 모두 흡족한 표정을 지으며 주인과 손님에 맞게 자리를 차지해 앉았다. 그러나 분위기는 그리 밝지 못했다. 모두 앉기가 바쁘게 백리진이 본론부터 털어놓았던 것이다.

“최근 호북에 녹림의 무리가 갑자기 활개를 치고 있다는 사실은 여기 있는 모든 분들이 아시리라 믿습니다. 여러분을 이렇게 수고스럽게 한 것이 그 때문이오.”

그의 말에 비대하게 살찐 사내가 침중한 표정으로 고개를 끄덕였다.

“대충 예상은 했습니다. 우리 문이 운영하는 표국도 그들 때문에 세 번이나 표물을 털리고 호위무사와 쟁자수까지 다쳤으니까요. 다른 분들도 마찬가지일 겁니다.”

모두 고개를 끄덕였다. 그중 눈썹 양끝이 위로 치켜 올라간 노인이 약간의 노기를 담아 입을 열었다.

“이것이 다 무림맹 때문이오. 강북의 녹림도를 토벌하기 시작하면서 녹림의 무리들이 호남으로 자리를 옮긴 것이 아니겠소?”

또 다른 이가 말을 받았다.

“하지만 정작 문제는 그들의 잔인한 행적입니다. 보통 세력을 갖춘 녹림의 경우는 표물의 일 할에 달하는 금액을 통행세로 받는 것이 관례이고, 조금 악질적인 경우에는 호위무사들을 제압한 후 표물만 털어가는 것이 아니겠습니까? 한데 이들은 닥치는 대로 공격을 일삼으니……. 나는 이번 일이 무림맹의 녹림 토벌 때문이라기보다는 그것을 이용한 또 다른 비적들의 행동으로 보고 있습니다. 이대로 마냥 지켜볼 문제가 결코 아닙니다."

뚱뚱한 사내가 다시 끼어들었다.

"맞습니다. 열 번 중 두어 번은 털리는 실정이니 표물을 맡기려는 상단이 날이 갈수록 줄어들고 있습니다. 또한 그들이 장사를 등한시하고 일이 해결되기만을 기다리면 조만간 호북의 경제가 흔들릴 수도 있을 겁니다."

백리진이 고개를 끄덕였다.

"그래서 여러분께 부탁이 있습니다."

모두 기대에 찬 눈빛으로 백리진을 바라보았다.

"무엇입니까?"

"무림맹이 그랬던 것처럼 우리도 호북 전역에 걸쳐 녹림도를 토벌하는 것이 어떻겠냐는 것이지요. 저희 백리세가만으로는 인원이 턱없이 부족한 실정이라 판단되어 여러분께 도움을 요청하려고 이 자리를 마련한 것입니다. 물론 이 일은 호북 전체를 위한 일이니 이 자리에 있는 분뿐만 아니라 친분이 있는 다른 문파와도 의견을 주고받아 적당한 날을 잡았으면 합니다. 그렇게만 된다면 약간의 지원만으로도 녹림의 일을 해결할 수 있을 것이 아니겠소?”

치켜진 눈썹 노인이 동조 의사를 밝혔다.

“백리세가가 나서준다면야 사파는 모르겠지만 정파라면 모두 따를 겁니다. 녹림도들의 본거지만 정확히 파악할 수 있다면 그리 어려운 일은 아니지요.”

“그럼 부탁하겠습니다. 제 뜻을 모두 알고 계시니 최대한 많은 사람에게 도움을 요청해 주십시오.”

“당연히 그래야지요. 그런데…….”

노인은 말을 잇지 못했다.

“가주님!”

문밖에서 다급한 목소리가 술자리를 방해했다.

백리진이 표정을 굳히며 호통치듯 물었다.

“무슨 일이냐?”

“잠시 나와보셔야 할 것 같습니다.”

“지금 손님들을 대접하고 있다는 사실을 모르더냐?”

“급한 일입니다.”

그러자 장내의 인물들이 웃으며 백리진을 배려했다.

“급한 일인 듯한데 나가보시지요. 그동안 저희는 백리세가에서 담근 술맛이나 보고 있겠습니다.”

“죄송합니다. 잠시만 기다려 주십시오.”

말과 함께 백리진은 조용히 방을 빠져나갔다.

그는 노여운 눈으로 무사를 바라보았다.

"어찌하여 손님들 있는 곳에서 그런 경망스런……."

"정 공자님의 일입니다."

백리진의 인상이 전과 비교할 수 없을 정도로 구겨졌다.

"또 사고를 쳤더냐?"

"그것이 아니오라… 지금 사경을 헤매고 계십니다."

"뭐? 백리정이?"

"그렇습니다. 우선 따라오십시오."

놀란 백리진이 무사를 따라 바삐 걸음을 옮겼다. 가는 중에 무사가 설명해 주었다. 신분을 알 수 없는 여인과 사내가 찾아와 백리정이 큰 봉변을 당했으니 가보라고 했다는 것이다.

"그래서 가보니 호위들은 모두 죽어 있고, 백리정은 이 상태였다?"

침상에 쓰러져 있는 백리정을 바라보던 백리진은 몸을 떨었다. 사고뭉치에 제 잘난 맛에 사는 아들녀석이라지만, 그래도 차기 가주로 지목되어 있으니……. 물론 아들이 다쳤다는 것에도 분노를 느낀 그였다.

"어떤 자들이 이랬단 말이냐?"

아직 백리정의 무공이 서툴기는 했지만 나이에 비해 놀라울 정도의 성취를 보이고 있음은 잘 알려진 사실이었다. 그것은 아버지인 백리진이 누구보다 잘 알고 있었다. 그리고 그가 백리정을 인정하는 결정적인 이유는 바로 잠재력에 있었다.

앞으로 얼마다 더 성장할지 짐작할 수 없는 잠재력이 백리정에게 있었던 것이다. 언행에 조금 문제가 있지만 그래도 차기 가주로 지목한 이유가 그 때문이었다. 심성이 그리 나쁘지는 않으니 언행만 두들겨 패서 고쳐 주면 될 것이라 생각했던 것이다.

그런데…….

"조사단을 파견했지만 아직은 알 수 없습니다."

"상태는?"

"아직은……. 하지만 진원선생을 급히 불렀습니다."

백리진은 걱정스러운 표정으로 백리정을 바라보았다. 푸르게 변한 피부와 부은 듯 부푼 얼굴로 보아 상태가 심각한 듯했다. 흡사 독에 중독된 형상이었다.

"감히 누가 정이를……."

말과 함께 생각난 듯 물었다.

"조금 전에 여인과 사내가 찾아와서 알렸다고 했느냐?"

"그렇습니다."

"어디 있느냐?"

"그, 그것이 경황 중이었던지라……."

"사라졌다는 말이냐?"

"공자께서 사고를 당했다는 말에 급히 움직이느라……. 그 후에 종적이 묘연해졌습니다. 지금 백방으로……."

"한심한 놈! 그들이 없다면 백리정을 이렇게 만든 원흉을 어디에서 찾는단 말이냐?”

“제 불찰입니다. 용서하십시오.”

“후!”

백리진은 한숨을 뿜어냈다.

그는 다시 백리정을 바라보며 명했다.

“이 사실은 함구하라. 알고 있는 자들에게도 입단속을 시키고, 가솔들에게도 당분간은 비밀로 해야 한다.”

“명심하겠습니다.”

“그리고 백리정의 위험을 알린 여인과 사내를 찾아내라. 호위까지 붙어 있었으니 원흉은 백리정이 백리세가의 사람이라는 사실을 모르지는 않았을 터. 그런데도 이렇게 만들어놨다는 것은 백리세가를 만만하게 보았거나 다른 이유가 있었을 것이다. 어쩌면 도발하기 위해 일부러 일을 벌였을지도 모르지.”

“……!”

“필요하다면 정보 집단에 의뢰해도 좋다.”

“알겠습니다.”

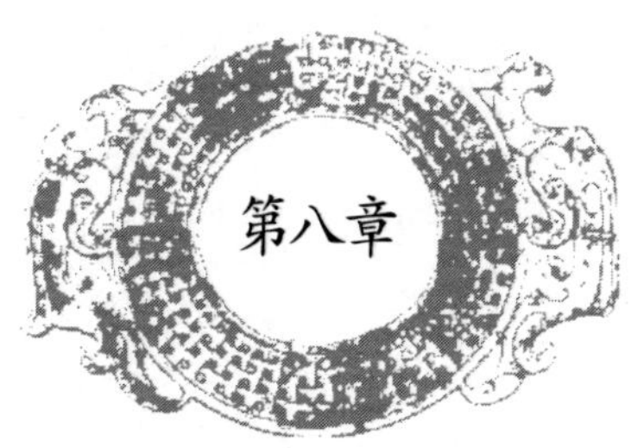

第八章

송양지인(宋襄之仁)은 싫다

1

"……!"

무슨 생각을 하는지 침상에 앉아 있는 흑의노인에게서는 아무런 대답이 없었다.

상관과 동료의 죽음을 알리게 된 복면인으로서는 답답한 침묵을 음미하며 진땀만 흘릴 수밖에 없었다. 차라리 책임을 묻거나 죄를 논했다면 나았을 것을…….

노인 흑영만마는 여전히 침묵이었다.

그렇게 두 식경이 지났을 때였다. 이윽고 흑영만마의 입이 열렸다.

"석진과 그를 따르던 네 명의 교도는 머리가 뭉개진 채 발견되었다?”

“그, 그렇습니다.”

“머리가 부서졌으니 환존지공(還存之功)으로도 복원이 불가능했겠군.”

“그렇습니다.”

“너를 포함한 셋은 삼십대 중반의 고수에게 일시에 제압당했다고 했느냐? 그것도 상대의 무공을 확인할 시간도 없이?”

“……!”

“대답하라!”

“그, 그러하옵니다.”

“혈도가 풀린 후 왜 추격하지 않았느냐?”

“……!”

“쯧쯧!”

혀를 찬 흑영만마는 품속에서 비수 한 자루를 꺼내 바닥에 던졌다.

“네가 보고를 한다는 것은 살아남은 셋 중 선임인 때문이렷다?”

“그렇습니다.”

“팔 하나가 없으면 무공을 펼치는 데 제약이 따를 터. 원하는 손가락 하나를 잘라라.”

복면인의 눈빛이 침통해졌다. 하지만 누구의 말이라고 거역할까.

그는 비수를 들어 일말의 생각도 없이 왼손에 붙은 약지로 가져갔다.

순간 어두운 방 안에 스산한 소리가 작게 스쳐 지나갔다.

스걱!

신음은 없었다.

흑영만마의 목소리가 신음을 대신했다.

"이번 일이 마무리되어 본 교로 복귀하게 되면 환마동(幻魔洞)으로 들어가야 할 것이야. 상대에게 겁을 먹었다는 것은 스스로의 실력에 자신이 없는 것일 테니……. 삼 년간의 수련을 명한다."

"……."

이번에는 복면인이 한참 동안 침묵을 지켰다.

마교에서 이십 년의 수련 후 환마동 그 지옥 같은 곳에서 다시 십 년을 수련했다. 한데 또 삼 년을 들어가라 한다는 것은 손가락 하나 자르는 것보다 더욱 지독한 처벌이었다.

"왜 대답이 없는가?"

"아, 알겠습니다."

"독기를 품고 치욕을 떠올린다면 삼 년은 짧은 기간임을 명심하라."

"존명."

복면인은 슬며시 자리에서 일어나 비수를 탁자 위에 조심스럽게 올려놓았다. 그때 흑영만마가 일어나 창가로 다가갔다.

그는 가려진 천을 약간 들췄다. 아마 지나가는 행인들을 의미없이 쳐다보려는 것이리라.

방을 나가려던 복면인을 향해 창밖을 주시하던 흑영만마가 부드럽게 말했다.

"정말 우리의 존재를 모르는 것 같더냐?"

"느낌이지만, 그랬습니다."

"우연이라고 보기에는 석연치 않군."

잠시 우연에 대해 생각하던 그가 물었다.

"석동은 지금 어디 있느냐?"

"소정문에서 문주를 보필하며 대기하고 있습니다."

"그와 소정문주를 불러오라. 계획을 다시 실행해야겠다. 우연으로 보기에는 석연치 않지만, 그들이 우리의 존재를 정말 모르는 것 같았다면 굳이 계획을 미룰 필요는 없겠지."

"존명!"

*   *   *

"호북의 소저들은 죽여주더만."

청천문의 회의실에서 혈리연이 한 한마디였다.

표정 하나 변하지 않고 뻔뻔하게 내뱉은 한마디로 인해 모든 사람들의 얼굴에 심란함이 가득 담겼다.

회양월이 한가득 땀을 흘리며 허탈한 웃음을 흘렸다.

"하하! 여행이 재밌었던 것 같아 다행이군요."

"그럼. 아주 죽였지. 경비가 조금 딸렸다는 게 문제였지만."

혈리연은 여전히 진지했다. 그 때문에 실내에 차가운 삭풍이 불어닥친 듯했다. 누구 하나 입을 열지 못하고 오랜 침묵이 진행되었다.

그 침묵을 마맹상이 깼다.

"그런데 놀기만 한 건 아니죠? 땅을 판 돈으로 뭘 할지는 생각해 오셨습니까?"

"당연하지. 그리고 전체적인 사업 순서도 대충 계획을 잡아놨다는 것 아니겠나."

회양월의 표정이 그나마 밝아졌다. 그는 약간의 기대를 드러내며 물었다.

"이제 무슨 일을 진행하면 되겠습니까?"

"우선 필사장이들을 모아야 해. 최대한 많은 수를 확보해야 하는 것이 관건이지."

"필사장이들은 왜……?"

"그건 차차 말하기로 하고, 필사장이들이 일할 수 있는 공간을 확보하는 것이 두 번째, 그리고 그들이 쓸 종이 확보가 세 번째, 네 번째는 영업인데, 여기저기 소금을 뿌려야 할 곳이 많아. 뭐, 그건 내가 담당하도록 하지."

“소금이라뇨?”

회양월이 고개를 갸웃거리자 마맹상이 대신 설명했다.

“뇌물 비슷한 겁니다. 우리들끼리 쓰는 은어(隱語) 같은 거죠.”

“그렇군요. 그런데…….”

회양월은 못 미더운 표정으로 혈리연을 바라보았다.

“서적을 만드는 일을 하실 생각입니까? 돈이 별로 안 되는 걸로 알고 있는데…….”

“돈이 안 되다니? 이거처럼 단기간에 큰돈을 벌 수 있는 일도 없어. 게다가 누가 하는 거야?”

혈리연은 자신의 가슴을 탕 하고 쳤다.

“내가 끼어들면 최고 중에서도 최고의 수익을 남길 수밖에 없어. 자랑은 아니지만 내가 하는 일치고 실패하는 경우는 없거든. 최고의 수익을 남길 자신이 있어.”

“구체적으로 어떤 서적을 만드실 건데요?”

“궁중야화(宮中夜話), 흑단별곡(黑檀別曲), 건곤육봉(乾坤肉峰)!”

“그, 그게 뭡니까?”

회양월의 얼굴이 잘게 떨리기 시작했다. 그는 제발 자신이 짐작하는 바가 아니기를 바라며 물었다.

“설마 이상한 서적은 아니겠죠?”

혈리연이 머리를 긁적였다.

"좀 노골적이었나?"

마맹상이 끼어들었다.

"조금 노골적이긴요, 지독하게 노골적이구만."

"음란 서적이 다 그렇지 뭐."

순간 장내가 쥐 죽은 듯 조용해졌다. 혈리연과 마맹상을 제외한 모든 사람들이 어이없다는 표정만 드러낼 뿐.

가장 먼저 나선 것은 내총관 장충동이었다.

"지금 뭐라 했소? 음란 서적?"

그는 똥 씹은 표정으로 혈리연을 노려보았다. 그간 마맹상의 활약 때문에 대리 경영에 대한 인식이 호의적으로 변한 그였지만 혈리연의 제안은 지금까지 쌓아왔던 신임을 한순간에 무너뜨리고도 남았다.

다른 사람들도 마찬가지였다. 모두 자신이 잘못 들은 것이 아니냐는 듯 믿지 못할 시선을 혈리연에게 주고 있었다. 하지만 정작 문제의 발언을 한 혈리연은 오히려 왜 그렇게 놀라느냐는 투였다.

"문제라도 있습니까?"

"몰라서 묻소?"

"모르겠는데? 투자를 해서 돈을 벌어들인다는 것은 경영의 단순한 원칙인데 문제 될 게 뭐가 있다고."

"청천문을 우습게보지 마시오. 비록 지금은 재정이 기울어졌다지만 예전에는 십대명문으로 손꼽혔소이다. 그런데 어찌 입에 담기도 힘든 그런 사업에 손을 댄단 말이오?"

"불법적인 일도 아니고, 단순히 물건을 파는 일인데 뭐가 어떻다고 그러시우?"

능청스럽다고나 해야 할까?

은근히 심기를 건드리는 혈리연의 대답이 장충동을 발끈하게 했다.

"음란 서적 판매 유통이 단순히 물건을 파는 일이란 말이오?"

꾸중하듯 내뱉는 큰소리에 혈리연이 코를 벌렁거리며 귀를 후빈다.

"귀청 떨어지겠네. 뭐 자랑할 일이라고 그리 큰소립니까? 그러다 밖에 지나다니는 하인들이 듣겠소."

순간 얼굴을 붉힌 장충동은 혈리연의 충고가 먹혀들었는지 목소리를 낮췄다.

"아무튼 그런 일이라면 할 수 없소."

"그건 내총관께서 결정하실 일이 아니죠."

말과 함께 혈리연은 회양월을 바라보았다.

"문주도 그렇게 생각해?"

회양월은 간부들의 눈치를 살피며 떠듬거렸다.

"아무리 그래도 음란 서적은 좀……."

"음란 서적이 어때서 그래? 남녀 간의 호기심을 자연스럽게 해결해 주지, 우주 화합에 대한 심득을 터득할 수 있지, 혼인 생활에 대한 지침서 역할도 해주는 것 아니겠어?"

"그, 그래도……. 성공한다는 보장도 없지 않습니까?"

"나만 믿어, 이미 최소한의 수고로 최대의 효과를 낼 판매 유통 구조를 생각해 놨으니까. 이번에 나올 서적의 내용도 아주 기막히게 좋아. 그뿐이겠어? 그 작자가 이쪽 바닥에서는 아주 유명한 자라구. 뛰어난 작자와 물건에 뛰어난 상재가 더해졌으니 실패하려고 해도 실패할 수가 없는 사업이 된 거지."

분노를 참지 못한 장충동이 다시 나섰다.

"말도 안 되는 소리! 안 됩니다, 문주님! 어찌 청천문이 그런 일에 끼어들 수 있겠습니까?"

외총관 양원도 내키지 않은 모양이었다. 청천문에 대한 소문이 이상하게 날 경우 자신의 경력에도 문제가 생기기 때문이었다.

"나도 반대요."

"저도 그런 일은 좀……."

집사 나충일도 자연스럽게 양원의 편을 들었다.

혈리연이 혀를 찼다.

"도대체 나에게 뭘 바라는 건지……."

중얼거림과 함께 그가 좌중을 돌아보며 물었다.

"문을 살릴 생각이 있기는 한 거요?"

장충동의 단호한 대답이 이어졌다.

“당연하지.”

“그런데 왜 반대를 하는 거요? 이번 일은 단시간에 큰 이윤을 남길 수 있는 장사인데.”

“아무리 우리 청천문이 궁핍하다고는 하나 명문 정파로서의 자존심을 버릴 수는 없소. 어찌 이익을 쫓아 그런 일을 할 수 있다는 말이오.”

그러자 혈리연이 조소를 머금었다.

“알아보니 전대 문주는 도박에 비무 내기까지 했다던데, 갈 데까지 간 문파가 무슨 명예가 있다는 겁니까?”

순간 회양월은 얼굴을 붉혔고, 양원은 인상을 찌푸렸다.

장충동은 분노를 섞은 두 눈에 살기까지 담았다. 그는 여차하면 혈리연을 요절낼 듯 자리를 박차고 일어났다.

“닥쳐라! 감히 누구 앞이라고 막말을 쏟아놓느냐?”

하지만 그의 살기를 한 몸에 받고 있는 혈리연은 전혀 위축되지 않았다. 오히려 조소를 담은 표정으로 장충동을 바라보았다.

“명예도 등 따시고 배부른 사람에게나 있는 거 아닙니까? 거지에게 명예 운운해 봐야 무슨 소용이 있겠소. 오히려 비웃음만 살 뿐이지.”

“이놈!”

급기야 장충동이 몸을 움직였다. 회양월이 급히 말리지 않았다면 검을 뽑아 들었을 것이다.

"그만 하고 앉으세요."

"어찌 저런 소리를 듣고 참으란 말입니까?"

"진정하시고 우선 앉아서 말씀하세요."

회양월이 그렇게 나오자 장충동도 어쩔 수 없었다. 씩씩거리며 자리에 다시 앉았다. 그때, 갑자기 혈리연이 엉뚱한 소리를 하기 시작했다.

"제법 날이 쌀쌀한 초겨울, 초나라 군사들이 전력을 들어 송나라를 공격해 왔지. 당시 송나라의 제후는 양공. 그는 자신이 가진 군사보다 몇 배나 많은 초나라 군사들이 강을 건너오는 모습을 보며 많은 생각에 빠졌어. 그의 생각으론 이 전투에서만 이기면 그렇게도 원하던 대륙의 패자가 될 수 있다고 믿었지. 반면, 그 반대의 결과가 나타나면 그도 죽고 수많은 군사를 잃을뿐더러, 송나라의 뿌리조차 흔들릴 거란 생각도 했다는 말이야. 그런데 문제는 군사들의 숫자야. 초나라의 군사는 송나라의 다섯 배는 족히 넘는 수였거든. 엎친 데 덮친 격으로, 양공은 군례에 따라 홍수라는 강 옆에서 전투를 벌이자고 초나라 왕에게 선전포고를 한 상태였다는 거야. 여전히 강을 건너기 위해 움직이는 초나라 군사들을 보던 양공은 걱정이 이만저만이 아니었어. 그때 그의 아들 목이라는 녀석이 한 가지 제안을 했지."

말을 끝으로 혈리연이 갑자기 목소리를 바꾸었다. 다급한 마냥 고성으로 입을 여는데, 목이라는 자의 흉내를 내는 것이 분명해 보였다.

"아버님, 지금이 기회입니다! 저들이 강을 건너 들판에서 싸우면 수가 적은 우리는 무조건 지게 되어 있습니다! 강을 건너기 위해 적 진영이 혼란스러울 이때 공격해야 합니다! 그러자 양공이 이렇게 말했어."

그는 다시 근엄한 노인의 말투를 따라했다.

"군자라는 자가 상대방이 어렵고 힘들 때, 그 어려움을 이용하려 한다면 어찌 군자라 할 수 있겠느냐? 지금 초나라의 군대는 추운 겨울에 강을 건너는 어려움을 겪고 있다. 그들을 공격해 이긴다 한들 내 체면은 무엇이 되고, 또한 다른 제후들이 승리를 인정을 해줄 것 같으냐?"

혈리연의 목소리는 처음으로 돌아와 있었다.

"그렇게 꾸중을 하자 목이는 입을 다물어 버렸지. 하지만 시간이 지나고 초나라 군사들이 강을 모두 건너자 목이가 다시 말했어. 이미 구시대적인 발상이 되어버린 명예와 제후들 간의 군례 때문에 나라를 잃을 수는 없다고 생각한 거지."

다시 목이의 목소리.

"정말 마지막입니다, 아버님! 적이 대열을 정비하기 위해 어수선해진 틈을 타 치는 것이 좋겠습니다! 이 기회를 놓치면 아버님과 저, 그리고 우리 오만의 군사는 죽습니다! 하지만 양공은 꿈쩍도 하지 않았어."

그때 양원의 가는 목소리가 끼어들었다.

"춘추전국시대의 고사인 송양지인 같은데, 그거야 그 시대의 군례가 그랬으니 어쩔 수 없는 것 아니겠소."

혈리연이 잘 말했다는 듯 다시 말을 이었다.

"그것이 문제란 말이오. 당시 군례는 적이 다치면 공격해서는 안 되고, 항복하는 적을 죽여서도 안 되고, 기습을 해서도 안 되고, 상대방의 나라에 재난이 생기면 하던 전쟁도 멈춰야 했고, 상대방의 왕이나 그 일족이 상을 당해도 마찬가지였단 말이지. 뿐만 아니라, 웃기게도 전쟁을 할 때는 시간과 장소를 정해서 하지 않았겠소?"

말과 함께 그가 비웃음을 흘렸다.

"이것이 전쟁이오, 애들 장난이지? 하지만 장난이라도 좋다 이거요. 명분이 있었다고 말하면 되니까. 하지만 그 명분이라는 것도 문제. 그 명분은 주나라 황제의 힘에 의해 생긴 것이 아니오? 하지만 황제의 힘이 줄어들고 제후들의 힘이 막강해지면서 그 군례가 유명무실해진 마당인데, 애들 장난 같은 의리와 도의를 들어 이길 수 있는 전투를 버린다니 말이 되겠습니까?"

"하지만 양공을 비난하는 사람들과 달리 그를 추켜세우는 사람도 있소이다."

"초나라 사람들이나 추켜세웠겠지. 멍청한 양공 때문에 아무런 피해 없이 전투를 할 수 있었으니까. 송양지인이라는 고사가 그를 비꼬기 위해 만들어진 것을 보면 알 수 있는 거 아니겠소?"

양원이 마지막으로 반박했다.

"아무리 그렇게 말해도 어쩔 수 없는 그 시대의 전쟁 방법이었소."

"그 시대의 전쟁 방법이라면 다른 제후나 사람들이 그를 비웃지는 않았을 거요. 하지만 그들은 비웃었소, 명예라는 틀에 얽매어 자신을 따르던 오만의 병사를 죽음으로 몰아넣고 나라를 명망의 길로 이끌어낸 양공을. 자기 집안이 죽든 말든 군자의 도리만 지키면 그만이라는 양공은 비난받아 마땅하지 않겠소? 또 그 이후의 전쟁 양상이 실리적으로 완전히 바뀐 것만 봐도 당시 사람들이 양공을 어떻게 생각했는지 알려주는 것이지."

"……!"

"내가 볼 때는 지금 댁들이 양공처럼 보이는구려."

모두 인상만 찌푸릴 뿐 아무런 반박도 하지 못했다.

혈리연은 시간을 주지 않고 계속 말을 이었다.

"명문정파니 무림의 도의니 해도 다 자기 잘났을 때나 외칠 수 있는 것이라 알고 있소. 실제로 명문정파라 부르짖는 것들이야 하는 짓이 뻔하지. 표국으로 돈 한번 벌어보겠다고 녹림도들과 관례를 만들어 서로 상부상조하는 걸 보면 말만 정파일 뿐 상인들의 등짐을 터는 것과 뭐가 다르겠냐는 말이오. 다른 일도 마찬가지요. 멀쩡한 문파를 은원 관계니 죄를 묻는다느니 해서 공격한 후, 그 세력권을 빼앗아 자기 배를 불리는 것이 명문이 아닙니까? 낭만강호, 낭만무림이라고 무수히 많은 무인들이 외치고는 있지만 그게 도대체 언젯적 이야기요?”

“…….”

“내 말이 이치에 맞지 않는 궤변이라고 생각되면 한번 조사해 보시든지, 지금 명문이라 불리는 곳들이 어떻게 명문이 될 수 있었는지를. 지금이야 세력이 커졌으니 명예 운운하지만 초창기 때 어떤 짓을 해서 명문이 되었는지. 사실 다른 문파는 조사해 볼 필요도 없소. 한때 청천문이 십대명문으로 손꼽히기 위해 무슨 일을 했는지 여러분도 잘 알고 있을 거요.”

장충동이 떠듬거렸다.

“하, 하지만 음란 서적 같은 것을 팔지는 않았소.”

“그럼 지금부터 팔아보면 되겠네.”

“……!”

침묵은 마맹상이 나설 때까지 한참 동안 이어졌다.

마맹상이 분위기를 바꾸기 위해 한 가지를 제안했다.

“사실 저 또한 주군과 같은 생각이지만 문주님과 여러분의 체면도 있으니 사업은 벌이되 그 사실을 숨기는 것이 어떻겠습니까?”

회양월이 고개를 저었다.

“그것이 숨긴다고 숨겨지겠습니까? 발 없는 말이 천 리를 간다 했는데, 드러내 놓고 서적을 팔기 시작하면 숨길 수가 없을 겁니다.”

“그러니까 서적을 파는 것을 숨기는 것이 아니라 음란 서적을 유통시키는 사실을 숨기자는 겁니다. 실리도 취하고 명예도 지키는 거지요.”

“가능할까요?”

그러자 혈리연이 내키지 않는 표정으로 고개를 끄덕였다.

“그렇게 허울 좋은 체면을 내세우고 싶다면 어쩔 수 없지. 이중 문통을 만들어 전면에 내세우는 것은 평범한 서적을 판매하는 것으로 위장하고, 그 뒤로 내가 원하는 서적을 유통해서 자금을 옮기면 돼.”

“그렇게만 된다면 저는 반대할 이유가 없습니다. 여러분의 의견은 어떻습니까?”

회양월의 물음에 장충동과 양원, 그리고 나충일이 못 이기는 척 수긍했다. 하지만 혈리연은 여전히 불만스런 얼굴이다.

“하지만 하지 않아도 될 귀찮은 일이 많아지니 문제지. 나만 고생하게 생겼구만.”

회양월이 미안한 표정을 드러냈다.

“죄송합니다.”

“됐어. 그럼 내 의견에 따르는 것으로 하고, 지금부터 세부적인 사항을 검토해 보도록 합시다.”

그러자 마맹상이 처음부터 궁금했던 것을 물었다.

“한데, 적발은 어디다 버려두고 오신 겁니까?”

“작자에게 문제가 조금 있어서……. 그 사람을 보호도 하고 글도 쓰고.”

“글을 쓴다고요?”

혈리연이 머리를 긁적였다.

“그 작자가 적발과 함께 일하겠다고 하더라고. 적발이 그쪽 방면으로 비상하다나 뭐라나. 이미 써놓은 글이 세 개가 있는데, 그걸 성공시키려면 적발이 수정을 해줘야 한다니 별수 있나. 그리고 따로 알아볼 것도 있어서 놔두고 왔지. 당분간 보이지 않을 거니까 신경 꺼.”

마맹상이 혀를 찼다.

“물 만났군. 그럼 여기 일은요? 저 혼자 해야 합니까?”

“내가 있잖아.”

마맹상은 못 미더운 눈초리로 대답했다.

“일거리나 만들지 마십시오.”

혈리연이 버럭 소리쳤다.

“아무튼 회의를 시작합시다!”

"이게 뭐야?"

청천문에 마련된 혈리연의 숙소에서 짜증스런 목소리가 터져 나왔다.

혈리연이었다.

그는 인상을 쓰며 상대를 노려보았다.

분명히 곱게 빗었음이 확실했다. 그럼에도 헝클어져 보이는 백발은 이미 나이가 들어 머릿결이 상한 탓이리라.

그리고 쭈글쭈글한 피부.

상대 노파는 애처롭게 보였다. 휘어진 등이 더욱 그래 보였고, 탁자를 닦으면서도 연신 떨리는 손은 수전증임이 분명했다. 누가 보아도 동정심이 생길 정도다.

하지만 혈리연에게 동정심은 없었다.

"할멈은 누구요?"

거친 물음에 노파는 여전히 걸레로 탁자만 닦고 있었다.

혈리연이 다시 소리쳤다.

"누구냐니까?!"

"엉? 뭐라고?"

귀까지 먹었나 보다.

혈리연은 머리를 북북 긁었다.

"아니, 할멈이 왜 여기 있나구요?"

"잉? 방이 깨끗하다고? 당연하지, 이놈아! 얼마나 열심히 청소했는데."

"……!"

혈리연은 말없이 한참 동안 노파를 보다가 급히 밖으로 향했다. 그가 간 곳은 문주의 집무실이었다.

쾅!

발로 차듯 문을 열고 들어간 그는 회양월을 향해 분노의 일갈을 날렸다.

"약속이 틀리잖아!"

"네? 무슨 말씀이십니까?"

"내 수발을 들 어여쁜 소저는 어떻게 된 거야?"

회양월은 이해를 할 수 없다는 듯 머리를 긁적였다.

"없나요? 분명히 마 대협께서 준비하겠다고 하셨는데."

"맹상이?"

"네. 군사의 취향을 자기가 잘 안다면서……."

회양월의 말이 끝나기도 전에 혈리연은 이미 밖으로 몸을 날리고 있었다. 마맹상의 집무실로 부리나케 달려간 것이다. 하지만 그가 도착했을 때, 마맹상은 자리에 없었다.

혈리연의 쩌렁쩌렁한 외침이 청천문을 울렸다.

"잡히면 죽을 줄 알아!"

톡톡!

불만을 한가득 베어 문 혈리연은 의자에 기대어 손가락으로 탁자를 툭툭 치고 있었다. 그는 시선을 돌리지도 않고 오로지 마맹상만 노려보고 있는 중이었다.

사람을 구할 수 없어 당분간만 노파를 붙인 것이라 둘러댄 덕분에 잠잠해지기는 했지만 며칠이 지난 지금까지도 혈리연은 마맹상만 보면 예민한 심경을 드러냈다.

그렇게 일각 정도가 지났을 때였다.

회의에 참석하기 위해 간부들과 회양월 문주가 들어오자 결국 혈리연이 한마디 쏟아냈다.

"그래도 말귀라도 알아듣는 사람을 구해놓을 것이지, 이건 완전히 소 귀에 경 읽기니……."

마맹상이 퉁명스럽게 대꾸했다.

"잠시만 기다리시라니까요. 혼자서 여러 가지 일을 떠맡은 덕분에 사람을 구할 수 없었는데 어쩌겠습니까."

하지만 혈리연의 불신은 풀어지지 않았다. 그때 불필요한 대화가 마음에 들지 않았던 양원이 끼어들었다.

"허름한 건물을 싸게 사놓았소. 필사장이들이 일을 하려면 조금은 손을 봐야겠지만 크게 문제가 되지는 않을 거요."

혈리연이 고개를 끄덕이며 나충일을 바라보았다.

"집사께서는 어찌 되셨소?"

"서적 만들 종이를 대량으로 확보하기 위해 지물포(紙物鋪)를 보유한 몇 개의 상단과 교섭 중에 있습니다. 선금을 주고 한 달 후 마지막 잔금을 치를 생각입니다."

이번에는 장충동이 말했다.

"서책을 만들 기술자들은 구해놨지만 필사장이들은 군사께서 생각한 만큼 쉽지 않소이다. 대부분 다른 문통에 소속되어 있는 데다가, 그렇지 않은 자들은 글을 쓰는 속도가 떨어져 생각하는 시간 내에 많은 분량을 만들기는 어려울 것 같소. 지금 구한 필사장이들도 전문적으로 이 일을 하는 자들이 아니오."

"그럼 다른 문통에서 빼오면 되겠네."

"하지만 그들을 데려오려면 몸값을 더 올려줘야 하고, 선금도 주어야 하오."

"그 문제는 책을 만드는 대로 주는 걸로 하면 되지 않겠소?

이른바 능력제로 하자는 거지. 책 한 권 만들어낼 때마다 다섯 문을 준다고 하시오. 아마 좋다고 올 거고, 또 열심히 필사할 테니까."

잠시 생각하던 장충동이 고개를 끄덕였다. 그러자 회양월이 나섰다.

"그런데 유통은 어떻게 하실 생각입니까?"

"책값이 오십 문, 그중에 상점에서 남겨먹는 것이 십오 문이니까 총 삼십오 문이라는 거지. 그리고 삼십오 문 중에 다섯 문을 문창에서 남기니 우리가 팔게 되는 서적의 값은 삼십 문이라는 말이야. 책 내용이야 작자가 워낙 유명하고 자신도 확신하고 있으니 크게 문제 될 건 없을 거고, 관건은 판매 구조를 최대한 넓혀서 동시에 시장에 까는 거지."

"이해는 하겠는데, 어떻게 판매 구조를 넓힌다는 건가요?"

"대부분의 문통에서는 한 지역을 담당하고 있는 문창과 연결하여 책을 팔고, 잘되는 책일 경우는 다른 지역에 판권을 받고 넘기게 되어 있어. 하지만 우리는 판권을 무시하고 호북 전역에 동시에 서적을 깔 생각이야."

그러자 이런 구조에 대해서 조금 알고 있는 나충일이 의아한 시선을 던졌다.

"제가 알기론 유통 구조라는 것에는 여러 이권이 개입되어 있습니다. 서적을 유통하는 것에도 마찬가지일 텐데, 그걸 무시하고 우리가 다 먹어버리면 분명히 문제가 생길 텐데요?"

"그래서 전에 말했잖소. 소금을 뿌려야 한다고."
"소금이라면 어디에다가 뿌리신다는 겁니까?"
"호북에 문창이 여러 개가 있지만 그 문창의 소유권은 전부 하오문 거요. 당연히 거기와 손을 잡아야지."
순간 회양월과 간부들이 인상을 찌푸렸다. 하오문이라면 개방과 더불어 수많은 인원으로 막강한 정보력을 가지고 있는 무림 세력. 그런 만큼 무림에서의 입지도 상당했지만 그 세력을 구성하고 있는 요소요소가 내키지 않았기 때문이다.
기루의 기녀나 기부, 도둑, 소매치기, 사기꾼 등 더러운 최하층 바닥에 종사하는 자들로 구성되어 있었던 것이다.
회양월이 어두운 표정으로 물었다.
"꼭 그들과 손을 잡아야 합니까?"
"호북 문창을 그들이 틀어쥐고 있는데 어쩔 수 없는 일 아니겠어?"
"하지만 하오문은……."
"왜?"
"그들이 어떤 자들인지 아십니까? 돈이 되는 일이면 가리는 일이 없습니다."
혈리연의 눈이 가늘어졌다.
"최소한 능력이 없어 남에게 문파를 맡기는 사람보단 낫다고 생각되는데?"

그 사람이란 회양월을 빗댄 것임이 분명했다.

순간 장충동의 표정이 험악해졌지만 그가 끼어들기도 전에 회양월이 나선 덕분에 침묵을 지킬 수밖에 없었다.

"알겠습니다."

회양월이 얼굴을 붉히며 순순히 허락하자 헐리연이 다시 말했다.

"우선 적발에게 그들에 대해서 알아보라고 했으니까 조만간 연락이 올 거야. 그때 그들과 사업에 대해서 이야기를 해 봐야지."

"그런데 그들이 우리의 요구를 들어줄까요?"

"총타주를 만나보면 알겠지. 지금 그보다 시급한 것은 필사장이의 포섭이야. 장 내총관 이외에 다른 사람들도 최대한의 인맥을 동원해서 필사장이들을 모아야 해."

회양월이 고개를 끄덕였다.

이후 청천문은 은밀하게 필사장이들을 모으는 데 주력하기 시작했다. 헐리연의 조언대로 다른 문통에서 사람들을 빼오는 데 노력했고, 따로 여러 인맥을 동원해 사람을 구했다.

그렇게 며칠이 더 지나 서적을 만들 완벽한 준비가 갖춰졌을 때, 청천문에 적발과 그의 친구 장영이 도착했다.

헐리연은 그들을 데리고 곧장 회양월의 집무실로 향했다.

"이겁니다."

집무실에 도착한 적발이 씨익 웃으며 세 권의 서적을 탁자 위에 올려놓았다.

궁중야화, 흑단별곡, 건곤육봉이었다.

그는 자신이 대견하다는 듯 자랑스러운 표정이었다. 그 모습이 마음에 들지 않은 혈리연이 그의 머리를 한 대 때리며 장영을 치하했다.

"수고하셨소."

장영이 쑥스러운 표정으로 대답했다.

"수고랄 것도 없습니다. 이미 써놨던 것인 데다, 이 친구가 많은 도움을 줘서 수정하는 데 별다른 문제가 없었습니다. 전보다 글이 훨씬 좋아졌으니 분명히 많은 인기를 끌 겁니다."

보라는 듯 적발이 끼어들었다.

"거 보십시오. 제가 이 방면으로는 남다른 재능을 가지고 있다니까요. 이 친구도 인정하지 않습니까."

혈리연이 째려보자 적발은 슬그머니 입을 다물었다.

"그보다 알아보라는 것은 어떻게 됐어?"

"이 친구가 그쪽 사정을 잘 알고 있어서 몇 개의 문통을 돌아다니며 문창에 대해 파악했습죠. 역시 하오문이 꽉 쥐고 있던데요?"

"문창 전체를 관리하는 곳이 어딘지는 알아놨겠지?"

"네. 예상대로 호북 총타였습니다. 거기 총타주가 흑운비화(黑雲飛花)라고 불리는 여고수인데, 하오문에서도 서열이 열 손가락 안에 드는 실력자랍니다."

"총타의 위치는?"

"특별히 위치를 정해놓지 않고 이리저리 옮겨다니는 것 같은데, 지금은 천문(天門)에 있는 장원을 총타로 삼고 있답니다. 우석장(隅石莊)이라는 장원이라고 하던데요?"

"좋아, 시간 끌 여유가 없으니 내일 출발하는 걸로 하자."

"그런데 문제가 좀 있습니다."

"뭔데?"

"그 흑운비화라는 여고수의 성격이 장난이 아니랍니다. 소문도 안 좋고, 이상한 취미도 가지고 있다고……."

"이상한 취미?"

"저도 자세한 건 모릅니다."

그러자 혈리연이 피식 웃었다.

"그래 봐야 내 미모로 다 되지 않겠어?"

"……!"

순간 회양월의 집무실에 삭풍이 스쳐 지나갔다.

어색한 정적을 깨기 위해 회양월이 입을 열었다.

"그런데 저도 가야 하나요?"

"명색이 문주인데 가서 만나봐야 하지 않겠어?"

"그래도 우리 청천문이 음란 서적을 유통한다는 것은 비밀이잖습니까. 혹시 저를 알아보기라도 한다면 비밀이 새어나갈 수도 있는데……."

"손도 안 대고 코 풀겠다는 말이야?"

"그, 그게 아니라……."

"만나기 싫으면 안 만나도 되지만 천문까지는 꼭 동행해야 겠어."

"왜요?"

"따라와 보면 알아."

말과 함께 혈리연은 서적 하나를 집어 회양월에게 주었다.

"우선 어떤 내용인지 읽어나 보자고."

그러면서 자신도 책 한 권을 들어 읽기 시작했다. 그리고 한참 후, 책을 덮은 혈리연이 고개를 끄덕였다.

"이거 정말 간드러지는구만. 할 듯 말 듯해서 오히려 연독성이 있네?"

장영이 멋쩍은 표정을 지으며 적발을 가리켰다.

"그런 느낌은 이 친구가 도움을 준 덕에 생긴 겁니다."

적발이 헤벌쭉 웃었다.

"헤헤, 대단하죠?"

"맞을래?"

"……."

"아무튼 이 정도라면 계획대로 해도 되겠어."

회양월이 물었다.

"계획대로라뇨?"

"서적 하나 팔아서 얼마나 남겠어? 문창에 뜯기고 상점에도 뜯기고, 게다가 하오문과 연결되기 위해선 뒷돈도 들어가

야 하고. 그래서 말인데, 서적 한 권 팔아서 더 남길 수 있는
계획을 전부터 생각하고 있었지.”
“비싸게 내놓겠다는 겁니까?”
“비슷하긴 하지만 달라.”
“그럼……?”
“서적이 사람들 손에 들어가기 위해서는 오십 문이 필요하
지. 어찌 보면 비싸다고도 할 수 있다는 말이야. 그래서 열혈
독자가 아니면 큰 성과를 보기 힘들어.”
“낮추자는 말입니까?”
혈리연이 고개를 끄덕이자 회양월은 더욱 모르겠다는 얼
굴이 되었다.
혈리연이 알기 쉽게 말했다.
“서적을 나눠서 판다.”
“네? 그게 무슨 말씀이죠?”
“말 그대로야. 가장 재밌어질 부분을 잘라서 한 권을 두
권으로 만드는 거지. 그리고 가격을 삼십 문으로. 오십 문짜
리 서적이 삼십 문에 팔리면 서적 값이 비싸다고 생각해 신
중하던 사람들도 한 번쯤은 사고 본다는 거지. 그런데 내용
을 보니 기가 막힐 거 아냐? 그럼 다음 권도 자연스럽게 산다
는 말이야. 삼십 문이니 싸다고 생각하겠지만 실제론 오십
문을 육십 문에 사게 되는 격이야. 살 때 느끼는 체감 가격은
싸게 느껴지겠지만. 아무튼 재미로 노릴 수 있는 상술이라고

나 할까?"

말이 끝나기가 무섭게 적발이 손뼉을 쳤다.

"뛰어난 상술이십니다!"

"다른 서적을 사려고 했던 사람도 삼십 문에 혹해서 사게 될 수도 있겠네요."

장영도 고개를 끄덕이며 수긍했다. 하지만 회양월이 또다시 걱정을 드러냈다.

"그렇게 낮은 가격에 팔면 다른 문통에서 반발하지 않을까요?"

"어차피 이번 일은 다른 문통과 마찰을 피할 수 없어. 그것을 줄이기 위해 하오문과 손잡으려는 게 아니겠어? 그런데……."

순간 혈리연이 묘한 표정을 지었다.

그는 회양월을 보며 음충맞은 웃음을 흘렸다.

"아까부터 자세가 왜 그래?"

"제, 제 자세가 왜요?"

혈리연의 두 눈이 더욱 가늘어지고 웃음소리도 마찬가지였다.

"흐흐, 우리 귀염둥이가 힘 받았구만?"

회양월이 펄쩍 뛰었다.

"무, 무슨 말씀입니까?"

혈리연이 그의 어깨를 토닥였다.

"괜찮아. 이해해."

"아니라니까요!"

하지만 그는 고개만 끄덕일 뿐이었다. 적발과 장영도 이해
한다는 듯한 얼굴로 위로의 말을 건넸다.

"뭐 어떻습니까, 남자끼리."

"사내라면 모름지기 그런 거죠."

"진짜 아니라니까요!"

마지막으로 혈리연이 쇠기를 박았다.

"문주도 역시 남자였어. 어린 줄로만 알았는데 이렇게 동
질감이 느껴지니 기쁘구만."

第九章

육체의 증거

1

회양월은 천문, 즉 하오문의 호북 총타로 가는 내내 인상을 쓰고 있었다. 급기야 우주(隅柱)라는 마을에서 그가 불만을 드러냈다.

"이러려고 저를 데려오신 겁니까?"

적발과 어떤 기루에 들어가는 것이 좋겠냐는 문제로 열띤 논쟁을 벌이고 있던 혈리연이 회양월을 바라보았다.

"우리 문주께서 왜 이리 심통이 나셨을까?"

"가는 곳마다 비싼 술집에 들르시는데, 거기에 들어가는 돈을 어떻게 감당할 수 있습니까? 그렇다고 적당히 마시는 것도 아니고."

“설마 고명하신 명문정파 문주님께서 돈이 아까운 건 아니 겠지?”

“아까운 게 아니라 너무 헤프게 나가니까 문제죠. 저도 여 비로 가지고 온 돈이 많지 않다는 말입니다. 물주로 저를 택 하셨다면 그 생각은 지금부터 버려주세요.”

그러자 혈리연이 친한 척 그의 어깨를 감싸 안았다.

“사내란 모름지기 돈에 얽매이면 큰일을 못하는 거야.”

회양월이 그의 팔을 뿌리쳤다.

“아무튼 오늘 밤은 안 됩니다. 그냥 싼 객잔을 찾아서 잠만 자고 가요. 돌아올 때도 생각하셔야죠.”

“쪼잔하기는…….”

“뭐라 말씀하셔도 좋습니다만, 기루는 더 이상 안 됩니다.”

말을 하며 몸을 돌린 그가 당부했다.

“여기에서 꼼짝 말고 기다리세요. 제가 객잔을 알아보고 오겠습니다.”

그러자 혈리연과 적발의 투덜거림이 이어졌다. 하지만 회 양월은 신경도 쓰지 않고 사람들 속으로 섞여들었다. 그렇게 사람들 사이를 비집으며 일각 정도를 걸었을 때다. 허름한 객 잔을 발견한 그는 싼값에 방 하나를 얻어 다시 혈리연이 있는 곳을 찾았다. 그런데 중간에 그의 발걸음이 멈췄다.

그는 사람들이 몰려 있는 곳을 바라보았다. 무슨 신기한 구 경거리라도 있는지 사람들이 원을 그리며 뭔가를 바라보고 있었던 것이다.

약간의 궁금증이 들어 회양월은 그곳으로 다가가 원의 중 앙을 바라보았다.

우선 두 무리가 대치하고 있는 형국이 눈에 들어왔다. 한쪽 은 여섯 명인데, 화의 무복으로 통일된 모습이었다. 같은 문 파 소속의 동료들이 분명했다. 그리고 다른 쪽은 수려한 비단 옷을 입고 있는 두 사내였다.

회양월의 눈길이 두 사내에게 고정되었다. 정확히 말하자 면 시선을 뗄 수 없었다는 표현이 맞았다.

쌍둥이일까? 어찌 보면 비슷한 느낌을 주는 외모의 두 사 내였다. 여자같이 선이 가는 턱 선도 비슷했고, 도도한 자존 심을 나타내듯 높게 솟은 콧날 또한 흡사했다.

단지 한 명은 날카로운 눈빛을 가지고 있어 여성스러우면 서도 강인한 인상이었고, 다른 한 명은 우수에 찬 눈빛이라 슬퍼 보이는 것이 다른 점이었다.

나이는 이십대 초반 정도.

강인한 인상의 청년은 녹의를, 슬퍼 보이는 청년은 청의를 입고 있었다.

'무슨 일이지?

대치하고 있는 형국으로 보아 필시 시비가 엇갈렸음이 분 명한데 대화없이 서로 바라만 보고 있어 회양월로서는 정확 한 사정을 알 수 없었다. 하지만 잠시 후, 화의 무사들의 대장인 듯한 자가 입을 열어 어찌 된 일인지 파악이 가능했다.

"유랑객이면 조용히 경치나 돌아보고 떠날 일이지, 여기가 어디라고 웃음을 흘리며 여인들을 희롱하느냐?"

그 말에 강한 인상의 녹의청년이 고개를 갸웃거렸다.

"따라 나오라기에 나왔더니 무슨 황당한 말씀이시오?"

"네놈들이 이곳에 머무는 동안 무슨 짓을 벌였는지 이미 소문이 자자하다. 그런데도 발뺌을 할 생각이더냐?"

"무슨 일인지 자세히 말씀해 보시오. 우리가 무슨 짓을 했다는 거요?"

"기녀들은 물론이고 순진한 마을 처자들까지 이상한 방법으로 홀려 금품을 뜯어내고 몸을 농락하지 않았더냐?"

그러자 슬픔 가득한 청의청년이 하늘을 보며 탄성을 내뱉었다.

"젊은 남녀가 서로 사랑하는 것도 죄가 된단 말인가?"

"닥쳐라! 나는 너희의 음란함을 묻는 것이다! 네놈들 때문에 방탕해진 딸의 행실에 고통받는 부모들의 마음이 어떤 줄 아느냐? 그리고 그 여인들을 이용해 금품까지 갈취한 죄가 작지 않다! 우리 대정문에 찾아와 눈물을 흘리며 딸을 돌아오게 해달라고 호소한 자들만 벌써 십수 명째란 말이다! 그리고 감히……!"

화의사내가 갑자기 분노의 눈길을 보이며 몸을 떨었다.

"내 딸에게도 수작을……."

‘결국 그거였구나!’

회양월은 내심 별스럽지 않은 일이라 생각했다. 미남자 두 명이 이 마을에 들어왔고, 그 수려한 외모로 마을 여성들의 마음을 단번에 사로잡았음이 분명했다. 그리고 대정문에서 꽤나 높은 위치를 차지하고 있는 저 화의사내의 딸도 그런 여인들 중 하나였을 것이다.

그때, 청의청년이 혀를 찼다.

"쯧쯧, 어찌 일이 이렇게 번졌단 말인가?"

그러면서 주위를 둘러보며 사람들에게 호소하듯 말한다.

"이곳 사람들의 심적 고통이 그 정도인 줄은 미처 몰랐소. 하지만 분명한 것은, 난 여인들에게 아무런 짓도 하지 않았다는 것이오. 그저 무거운 짐을 들고 가는 여인에게 한 팔을 빌려주었고, 정인에게 배신을 당한 여인에게 세 치 혀로 위로의 말을 건네주었을 뿐이며, 한량들에게 희롱당할 뻔한 여인을 구해준 것이다요. 어찌 남아로 태어나 남의 위태로움을 그냥 지나칠 수 있다는 말이오. 좋은 뜻으로 한 일이 그 여인들의 마음에 깊이 새겨질 줄은 꿈에도 몰랐으니……."

그러나 화의사내가 버럭 소리쳤다.

"그럼 금품을 갈취한 것은 무엇으로 변명할 것이냐?!"

"고맙다며 주는 것을 어찌 거절하겠습니까? 몇 번이나 사양했으나 받지 않으면 자결을 하겠다니 어쩔 수 없었소."

"네놈들이 금품을 요구하지도 않았는데 돈을 구해와 가져

가기를 사정했다는 말이냐?"

순간 청의청년의 눈빛이 흔들렸다. 초롱초롱한 눈망울이 이슬을 머금어 더욱 깊어지는데, 사내가 보아도 넋을 잃고 바라볼 정도로 청초한 분위기를 드러내고 있었다. 무슨 깊은 사연을 간직한 듯 보였다. 그 때문에 주위에 몰려 있던 사람들, 특히 여인들이 얼굴을 붉히며 입까지 벌리고 정신을 못 차렸다.

잠깐 동안 몸을 떨던 청의청년이 천천히 입을 열었다.

"여인들에게 도움을 주게 된 것을 계기로 잠시 말벗이 되었는데, 그때 내 사정을 말했을 뿐이오. 그리고 나와 형님은 결코 여인들에게 딴 뜻이 없었음을 알아주었으면 좋겠소."

말과 함께 갑자기 청년의 눈에서 이슬이 떨어져 내렸다.

그는 떨리는 목소리로 분연히 외쳤다.

"평생을 사모하던 여인을 잃은 이가 어찌 다른 여인에게 눈길을 주겠소!"

청년이 풍기는 분위기와 말속에 담긴 의미가 조화를 이뤄 일순 구경꾼들의 웅성거림을 멈추게 했다.

무겁게 내리깔린 분위기 속에서 한 여인이 외쳤다.

"저 공자님들이 무슨 잘못을 했다고 그래요, 처자식 간수 못한 사내들 잘못이지?!"

화의청년이 인상을 그리며 여인을 쏘아보았다. 그러자 움찔한 여인이 사람들 속에 숨어버렸다.

다시 청의청년에게 고개를 돌린 화의사내가 으르렁거렸다.

"변명을 늘어봤자 소용없다. 내 몸소 네놈들의 잘못을 응징할 것이다."

억지가 다분했지만 당사자로서는 청년의 말을 믿을 수 없는 것이 당연했다. 하지만 사람들은 그렇지 않은 모양이었다. 여기저기에서 불만의 목소리가 높아지기 시작했다.

그것을 지켜보던 회양월은 고개를 절레절레 저어 보였다.

'이만 가자.'

두 미남자에게 잘못 걸렸다는 동정의 시선을 한 번 준 그는 몸을 돌렸다. 더 지켜볼 가치가 없는 일이었다. 여인들의 마음을 뺏어 금품까지 얻었다는 불순함으로 보면 당해도 싸다는 생각이었던 것이다.

'몇 대 맞으면 정신 차리겠지.'

그의 생각대로 인파 속을 빠져나오자 소란한 격타음이 쏟아지기 시작했다.

"왜 이렇게 늦었어?"

근사한 술집 앞에서 군침을 흘리고 있던 혈리연이 짜증스럽게 물었다.

"도중에 싸움이 벌어져서 잠시……."

"싸움?"

"제가 한 것이 아니라 다른 사람들입니다. 아무튼 따라오
세요. 방을 잡아놨습니다."

회양월이 걸음을 옮기자 적발이 심심하던 차에 잘됐다는
듯 물었다.

"불 구경이랑 싸움 구경이 가장 재밌다던데, 이유가 뭐랍
니까? 무인들의 싸움입니까?"

"별일 아니었습니다. 잘생긴 두 사내가 이곳 여인들에게
수작을 벌였던 모양입니다. 그리고 여인들을 이용해서 금품
까지 뜯어낸 것 같은데, 그중에 대정문 간부의 여식도 있었나
봅니다. 그 대정문의 무사가 수하들을 이끌고 두 사내에게 죄
를 묻겠다고 소란이었죠."

그러자 혈리연이 거칠게 욕했다.

"그런 찢어 죽일 놈들! 순진한 처자의 마음을 짓밟다니, 하
는 짓이 꼭 수환, 수영하고 똑같구만!"

적발이 고개를 끄덕였다.

"그러고 보니 수환, 수영은 뭘 하고 있을까요?"

"어디서 여자나 꼬시고 있겠지."

그때였다.

갑자기 회양월이 걸음을 뚝 멈췄다.

뒤따르던 혈리연이 같이 멈추며 물었다.

"왜?"

"저, 저기 저 사람들입니다."

회양월이 손을 들어 전방을 가리키자 적발과 혈리연의 시선이 그곳으로 향했다.

순간 혈리연의 인상이 심하게 구겨졌다. 반대로 적발은 씨익 미소를 지어 보였고, 회양월은 황당한 표정이 되었다. 길거리에서 얼핏 지나쳐도 다시 한 번 바라볼 수밖에 없는 수려한 두 꽃을 보호하기 위해 여인들이 소동을 일으키고 있었기 때문이다.

대정문의 무사들은 여인들 때문에 두 청년에게 다가가지 못해 난감한 표정만 짓고 있을 뿐이었다.

여인들 속에는 대정문 간부의 딸도 있는 모양이었다. 화의 사내가 그녀의 이름을 부르짖으며 비키라고 연신 소리치고 있었다.

"저놈들이었어?"

고개를 푹 숙인 혈리연의 반응 때문에 회양월이 물었다.

"아시는 분들입니까?"

"하긴, 그런 천벌을 받을 짓을 할 놈들이 세상천지에 저놈들 외에 또 있겠어?"

원하는 대답을 얻지 못한 회양월이 이번에는 적발을 바라보았다.

적발이 고개를 들어 두 꽃을 가리켰다.

"저놈들이 수환과 수영이라는 놈들입니다."

"수환과 수영?"

“명목상으로는 주군의 독립 호위대죠.”

“독립 호위대?”

회양월은 놀란 빛을 띠었다.

궁금증이 피어오른 그가 급히 물었다.

“특기가 무엇인지…….”

적발이 묘한 웃음을 흘렸다.

“여자 꼬시는 게 특기죠.”

“그런 뜻이 아니라, 어떤 것을 잘하느냐는…….”

“잘하는 거야 많죠. 외모 가꾸기, 말발로 여자 쓰러뜨리기, 닭살 돋는 짓 하기. 하지만 뭐니 뭐니 해도 저놈들의 가장 뛰어난 재능은 끈기죠. 여자를 꼬시기 위해서라면 무엇이든 한다는 겁니다. 인생 목표가 세상 모든 여자들에게 사랑의 감정을 느끼게 해주는 거라나 뭐라나.”

회양월은 얼굴에 경련이 일어나는 것을 느꼈다. 무공에 대해서는 한마디도 안 하는 것으로 보아 말 그대로 명목상으로만 혈리연의 호위대임이 분명한 것 같았다.

“정말 그거 말고는 다른 특기가 없습니까? 가령 어떤 무공을 익혔다든지 그런 거요.”

“무공이요?”

적발이 머리를 긁적였다.

“저놈들이 무슨 무공을 쓰지?”

기억이 안 나는지 그는 혈리연을 바라보았다.

"주군, 저놈들이 사용하는 무공이 뭐죠?"

"여자 후리기 신공이지. 나도 무공 쓰는 거 본 지가 하도 오래돼서 가물가물하다."

결국 회양월은 허탈한 표정을 지었다.

하는 짓이 모두 비정상이지 않은가.

당최 이 작자들이 어떤 사람들인지 짐작이 가질 않았다.

순간 그는 이완이 혈리연과 그 동료들의 출신을 거짓으로 말했을지 모른다는 의심이 들었다. 아니면 이완 그조차도 속고 있거나.

'이런 작자들이 그 전설의 마각이라니……'

"말도 안 돼!"

꽤 큰 회양월의 목소리 때문에 거리의 사람들이 잠시 이상한 시선을 던졌다.

*   *   *

다섯 명의 괴인이 천문으로 향하는 야산을 타고 있었다. 무슨 사정에서인지 검은 장포를 머리부터 둘러쓴 그들은 음침한 분위기를 풍기고 있었다.

대형은 앞에 둘, 뒤에 둘, 그 사이에 한 명이었다. 흡사 앞뒤 네 명이 가운데에 있는 사람을 보호하는 것 같았다.

그들은 말없이 한참을 걷기만 했다. 그렇게 반 시진을 걸었

을 때였다. 선두 좌측 대형을 유지하던 괴한이 의문을 담아
물었다.

"굳이 하오문과 연을 맺을 필요가 있겠습니까?"

대답은 중앙에서 들려왔다.

"그들의 출신이 걸리느냐?"

"정사 양쪽 모두에게 배척당하는 자들입니다. 굳이 그런
자들의 힘을 빌려야 하는지……."

"네 말대로 하오문은 쓰레기다. 강호의 문파라고 보기도
어려운 하류잡배들의 모임이지. 하지만 간과해서는 안 될 부
분이 있다."

"무엇입니까?"

"어떤 사람이든 하오문을 무시하지만, 또한 누구도 그들과
거래를 트지 않을 수 없다. 음으로나 양으로나, 혹은 자신도
알지 못하는 사이에 무림의 족속들이면 그들과 연을 맺는 것
은 순리라는 말이다. 그 밑바탕이 어디에서 나오는 것 같으
냐?"

"무림 전역에 깔린 그들의 정보력은 인정하고 있습니다.
개방과도 맞먹지요."

"고작 정보력 때문인 줄 아느냐?"

"하오시면……."

"그들의 방대한 인맥, 그리고 더러운 거리까지 장악하고
있는 그들의 활동력이다. 하오문이 마음만 먹으면 무림 전체

를 흔들어놓을 수가 있다. 정사를 불문하고 그들에게 약점을 잡히지 않은 무림인이 있을 것 같으냐?”

“그런 자들이라면 더더욱 이번 일에는…….”

“그들은 분수를 알고 있다. 자신들이 어떤 위치에 있는지, 또 먹어야 할 밥과 버려야 할 밥을 정확하게 구분할 줄 아는 자들이지. 섣불리 우리 일을 발설하지는 않을 게다. 믿음을 중요시한다는 것이 그들의 두 번째 장점이니까. 신용 하나로 전 무림에 활동 영역을 가진 자들이 바로 그들이다.”

말과 함께 괴한들은 다시 묵묵히 길을 걸었다. 하지만 얼마 가지 않아 다섯이 약속이나 한 듯 멈췄다.

선두에 선 괴한이 주변을 향해 낮게 외쳤다.

“암고양이처럼 숨어 있지 말고 모습을 드러내라!”

그러자 숲에서 갑자기 수십 명의 복면을 쓴 사내들이 모습을 드러냈다. 그들은 괴한들을 포위하듯 원을 그렸다. 그 행동이 워낙 신중해 보여 괴한 중 좌측 선두에 있던 사내가 조소를 흘렸다.

“행상을 털고자 했다면 처음부터 길을 막았을 터! 무엇을 하는 녀석들이냐?”

복면사내들은 아무런 대꾸도 없었다.

“재밌는 녀석들이군.”

괴한은 장포 속에 숨겨놓은 검을 뽑았다. 상당수의 사내를 혼자 상대하려는 듯했다. 그때, 괴한들 사이를 비집으며 복면을 쓰지 않은 이십대 후반에서 삼십대 초반 정도의 청년이 포위망을 뚫고 들어왔다.

날카로운 인상에 차가운 한기를 풀풀 풍기는 얼굴, 호리호리하면서도 키가 크고 다부져 보이는 청년이었다.

그는 무표정한 얼굴로 괴한들을 바라보며 읊조렸다.

"그냥 지나쳤으면 좋았을 것을."

검을 뽑은 괴한이 이죽거렸다.

"네가 이들의 대장인 모양인데, 안됐지만 오늘은 재수가 없었다고 생각하려무나. 상대를 잘못 골랐다."

"그건 두고 보면 알 일."

청년은 등에 메고 있던 짧은 창과 봉을 뽑아 들었다. 곧이어 그 두 개를 맞물리자 덜컥거리는 소리와 함께 장창이 되었다. 들고 다니기 쉽게 개조한 창이 분명했다.

그 모습을 재밌다는 듯 바라보던 괴한이 이내 살기를 퍼뜨렸다. 동시에 사이한 기운이 그의 몸 주위를 휘몰아치며 덮고 있던 장포를 부풀렸다.

하지만 그는 뒤에 서 있는 괴한에 의해 내력을 갈무리할 수밖에 없었다.

"그만두어라."

검을 든 괴한이 의아한 시선으로 뒤를 바라보았다. 하지만 목소리의 주인은 대답없이 검은 장포를 어깨로 내릴 뿐이었다.

순간 청년의 입에서 탄성이 터져 나왔다.

"당신은……."

장포에서 벗어난 얼굴은 흑영만마였다.

"나를 알아보겠느냐?"

청년이 고개를 끄덕였다.

"그럼 나를 막는 것이 어떤 결과를 초래하는지도 알겠구나."

청년의 인상이 구겨졌다. 자존심이 상한 표정인데, 표정과 달리 장창을 잡은 두 손에는 힘이 들어가고 있었다.

흑영만마가 온화한 미소를 지어 보였다.

"섣부른 짓은 하지 않는 게 좋다. 네 실력은 잘 알고 있으나 본좌를 감당할 수는 없을 게다."

"그건 팔 년 전의 일이 아니오?"

"실력이 더 늘었다?"

순간 청년의 몸에서 강렬한 기운이 방사되었다. 자신의 실력을 증명이라도 하듯 흑영만마에게 유감없이 내력을 방출해 종내에는 몸이 불그스름한 빛을 띠었다.

흑영만마가 감탄사를 발했다.

"기이할 정도의 성장을 이뤘구나!"

하지만 흑영만마는 여전히 여유로웠다.

"그 성장 속도가 줄지 않는다면 십 년 후에는 정말 노부를 상대할 수 있을지도……."

"지금이라도 문제없소."

"하하하, 오만은 명을 재촉하는 지름길이다. 길을 터라. 네 수하들도 생각해야지?"

청년은 포위망을 구축하고 있던 사내들을 둘러보다 입술을 깨물었다.

"가시오."

흑영만마는 미소를 지으며 천천히 걸음을 뗐다. 그 뒤로 괴한들이 뒤를 따르는데, 문득 흑영만마가 물었다.

"최근 호북에 벌어진 녹림의 일이 너와 관련이 있더냐?"

"그렇다면?"

"이곳은 서장이 아니라 중원임을 명심해야 할 게다. 도가 지나치면 적만 늘어날 뿐이야."

"상관하지 마시오."

흑영만마는 피식 웃으며 그 자리를 벗어났다. 뒤따르던 괴한이 물었다.

"아시는 자입니까?"

"오래전 서장에서 면식이 있었지."

"서장?"

"서장의 호랑이 독비룡(獨飛龍)의 자식이다."

"독비룡? 청안귀(靑眼鬼)의 주인을 말씀하시는 겁니까?"

흑영만마가 고개를 끄덕이자 네 명의 괴한이 경악한 표정을 지었다. 서장을 장악하고 있는 비적들의 왕, 그것이 독비룡이었다. 잔인한 살인귀로 서장과 중원을 오가는 사람들에게 공포의 대상으로 통하는 자였다.

"독비룡이 죽자 중원으로 흘러들어 왔다는 소문은 들었는데, 여기서 보게 될 줄은 몰랐구나."

"저렇게 살려두고 와도 괜찮습니까?"

예전 마교가 표물을 운반할 때 청안귀에게 당한 일이 있어서 한 말이었다. 표물을 빼앗기는 것도 모자라 표사로 나섰던 마교의 고수들이 상당수 죽었던 것이다. 당시 마교의 정예 부대가 출동하여 청안귀와 일전을 벌이려 했었다. 하지만 독비룡이 먼저 사과를 하는 바람에 흐지부지 넘어간 옛일이기도 했다.

"묵은 원한은 셈하여 무얼 하겠느냐?"

"하지만 우리에 대한 놈의 눈빛이 좋지 못했습니다. 독비룡이라면 모르겠지만, 그의 자식이라면 대우를 해줄 필요가 없지 않습니까?"

"그는 내 십 초를 받을 능력이 있다. 그 정도면 대우를 해줄 만하지 않겠느냐?"

순간 괴한들의 눈빛이 흔들렸다. 마교에서도 다섯 손가락 안에 드는 흑영만마의 십 초를 받아낼 사람이 과연 중원에 몇이나 될지 의문이었다. 그만큼 흑영만마의 무공은 괴한들에겐 태산과 같은 것이었다.

그들이 놀라워하는 사이 흑영만마의 중얼거림이 이어졌다.

"그리고 이번 호북 진출에 저 아이의 도움이 필요할지도 모르겠다."

*　　　　*　　　　*

당당히 걷는 걸음.

차분하게 가라앉은 얼굴.

두 청년은 몸짓에는 기품이 묻어 있었다.

혈리연과 나누는 말투도 상당히 어른스러워 흡사 명문 대파의 제자 같기도 했다.

수환과 수영에 대한 회양월의 평가는 상당히 호의적이었다.

하지만 그것은 처음 보았을 때뿐, 시간이 지날수록 그의 평가는 변색되고 있었다. 할머니, 심지어는 어린아이라 할지라도 여자라면 은근한 시선부터 보내고 보는 그들의 행동에 회양월은 차츰 질리고 있었던 것이다.

기녀들이 사내들을 잡기 위해 눈웃음을 판다는 말을 들어보았는데, 수환과 수영이 딱 그 짝이었다.

놀라운 것은 여자들이었다. 그들이 시선을 보내면 어김없이 걸려드는 것이 신기할 따름이었다. 뻔히 보이는 길도 물어보면 여인들은 친절히 대답해 주었고, 얼굴을 붉히며 무언가를 주곤 했다.

적발과도 꽤 잘 맞는 듯했다. 무엇이 그리 재밌는지 세 사람은 앞서 걸으며 이야기꽃을 피워댔다.

"군사, 한 가지 물어봐도 될까요?"

수영과 수환, 그리고 적발이 앞서 있는 모습을 보며 회양월이 물었다.

"뭔데?"

꽤 불만스런 목소리.

회양월은 혈리연에게 시선을 주었다.

여기에서 그는 또 하나의 사실을 발견할 수 있었다.

혈리연은 수환과 수영을 상당히 시기한다는 것. 한편으로는 경쟁 의식도 느껴지고 있었다.

"군사께서 데리고 있는 대원은 몇 명이나 됩니까?"

"글쎄, 한 백여 명?"

"모두 저렇습니까?"

회양월은 앞서 걷고 있는 세 사람을 가리켰다.

혈리연이 두 눈을 가늘게 떴다.

"무슨 의미야?"

"나, 나쁜 뜻은 아닙니다. 만나는 사람마다 개성이 뚜렷한 듯해서요."

"개성이 뚜렷하긴, 개뿔! 비정상적인 놈들이지."

'알긴 아는군.'

생각과 함께 회양월이 다시 확인하듯 물었다.

“다른 분들도 다 그런 모양이군요?”

“그나마 손노가 정상인에 가깝지.”

“손노라시면…….”

“아! 문주는 모르겠구만. 비각(秘角)을 총 책임지는 사람인데, 군사라는 직책을 가지고 있지.”

“비각?”

“우리 단체야. 환풍은 인정하지 않지만.”

“환풍은 또 누구죠?”

“대원들을 이끄는 대주지. 그 녀석이 가장 골치 아픈 놈이야. 통제가 안 되거든.”

“흐음!”

회양월은 의미 모를 소리와 함께 고개를 끄덕였다. 늦은 감이 있기는 하지만 비각, 즉 마각의 후신에 대한 체계를 짐작할 수 있었기 때문이다.

우선 혈리연이 주군으로서 모든 일을 주관하고, 손노라는 사람이 군사를 맡아 비각 내부의 책임을 지는 것 같았다. 그리고 총관인 마맹상이 경영과 관리를 담당, 부총관인 적발이 그 뒤를 보조할 것이다.

무력 세력은 백여 명 정도이며 환풍이라는 자가 이끌고 있고, 수환과 수영은 독립적으로 움직이고 명목상으로는 혈리연의 호위를 맡고 있는 것 같았다.

‘나름대로 확실한 체계가 잡혀 있군.’

"그런데 그들은 언제 볼 수 있을까요?"

혈리연이 어깨를 으쓱했다.

"난들 알겠어? 북천에 복귀하면 내가 청천문에 있다는 사실을 알겠지."

"군사께서 우리 문의 의뢰를 받았다는 소식을 전달하지 않았습니까?"

"놀고먹자고 도망친 놈들에게 무슨 수로 전달해?"

"······."

회양월은 어이없다는 표정으로 고개를 절레절레 저었다. 내부 체계는 확실한데, 명령이 제대로 대원들에게 먹혀들지 않는 느낌이 강하게 들었다.

대원들 또한 혈리연을 주군이라고 부르기만 할 뿐, 실제로 인정하지는 않는 것 같았다. 그것은 혈리연에게 항상 불만을 드러내는 마맹상만 봐도 알 수 있었다.

"돌아가십시오. 만나지 않으시겠답니다."

혈리연의 인상이 심하게 구겨졌다. 그는 의심스럽다는 눈초리로 중년 문사에게 확인했다.

"큰 거래를 위해 사람이 찾아왔다고 전한 거 맞수?"

"그렇습니다."

"그런데 만나보지도 않겠다고? 어떤 거래를 하러 왔는지 궁금증도 없고?"

중년 문사는 연신 고개만 끄덕였다.

"어이가 없구만. 혹시 꽃 같은 미남자가 왔다고는 해봤소?"

"……."

중년 문사가 게슴츠레한 눈으로 혈리연을 바라보았다.

잠깐의 침묵 후, 적발이 물었다.

"어쩝니까? 문주께서 기대하고 계실 텐데."

하오문에 얼굴을 내비치기 싫다고 하여 회양월은 근처 객잔에서 기다리는 중이었다. 수환과 수영 또한 그의 곁에 두고 왔다.

"젠장!"

혈리연은 바닥에 보이는 돌부리를 걷어찼다.

"다시 가서 한 번 더 말해보슈. 이번 기회마저 놓치면 후회할 거라고."

"총타주께서는 한 번 정하신 일을 바꾼 적이 없습니다."

"그러니까 만나지 않겠다고만 했지 거래를 하지 않겠다고는 않았잖소."

"꼭 만나셔야겠다면 내일 다시 오십시오."

"말 한마디 전하는 게 뭐가 힘들다고. 비키쇼. 내가 직접 가서 말할 테니."

그러자 중년 문사가 앞을 가로막아 섰다. 그는 가소롭다는 듯 미소를 지었다.

"힘을 쓰시겠다는 말씀입니까?"

"힘을 쓰긴, 쉽게 해결할 수 있는 방법을 택한 거지."

"젊으신 분이라 앞뒤 분간을 못하는군요. 여기가 어딘 줄은 알고 계시는 겁니까?”

은근한 협박에 혈리연이 툭 내뱉었다.

“쓰레기들의 집합소.”

순간, 중년 문사의 미소가 싸늘하게 변했다.

“그 말을 저들 앞에서도 할 수 있겠습니까?”

언제 나타났는지 우석장 담 위로 이십여 명의 장한이 올라서서 살기를 피우고 있었다. 하지만 혈리연은 별다른 표정 변화를 보이지 않았다. 그저 대꾸없이 문사 옆을 비켜 지나가려 했을 뿐이다.

문사가 소매를 떨쳤다. 그것을 신호로 이십여 명의 사내가 담장을 박차며 혈리연에게 뛰어들었다. 하지만 어디선가 들려오는 목소리가 그들의 움직임을 막았다.

“멈춰!”

이미 몸을 날렸던 사내들이 공중에서 허둥대며 힘겹게 혈리연을 스쳐 지나갔다. 이어 그곳에 여인 한 명이 모습을 비쳤다.

“여기는 어쩐 일이죠?”

“너, 너는…….”

여인이 씨익 웃어 보였다. 곽진해였던 것이다.

“인연이 있나 보네요. 이런 곳에서 또 만나게 되고.”

“하오문도였어?”

곽진해는 고개를 끄덕이며 중년 문사에게 물었다.

“무슨 일이죠?”

“이자들이 거래를 할 것이 있다면서… 총타주님과 면담을 하겠답니다.”

“그럼 안내해 주면 되잖아요. 거래 때문에 찾아온 손님을 돌려보낸 일은 없는 걸로 아는데, 아닌가요?”

중년 문사가 난감한 표정을 지었다.

“그게… 문제가 좀…….”

“무슨 문제요?”

“새벽에 있을 중요한 거래 때문에 다른 객은 만나지 않겠다고 하셨습니다.”

“중요한 거래?”

“네.”

“들은 바가 없는데, 저도 모르는 거래가 있나요?”

“갑자기 잡힌 거래인 모양입니다.”

“누구와?”

“모두 궁금해하지만 총타주님께서는 별다른 언급을 하지 않으셨습니다.”

“꽤 중요한 자와 만남이 있나 보군요.”

말과 함께 곽진해는 하늘을 보았다. 서산으로 해가 걸려 있는데, 붉은 석양이 아름다웠다.

“하지만 새벽이라면 아직 시간이 한참인데…….”

그녀는 다시 혈리연을 바라보았다.

“급한 일인가요?”

“똥줄이 타 들어갈 정도지.”

“풋! 재밌는 표현이네요. 거래 내용은 뭐죠?”

“하오문과 나, 서로 잘 먹고 잘살자는 거지 뭐겠어?”

그 말에 중년 문사가 인상을 그렸다.

“무엄하다. 이분이 누구인 줄…….”

곽진해가 손을 들어 중년 문사의 말을 막았다.

“이들을 들여보내세요.”

“네?”

“제가 총타주님께 말씀드릴 테니 들여보내라고요.”

“하지만…….”

“제가 책임질 테니까 시키는 대로 해주세요.”

중년 문사는 불만스런 표정을 지었지만 어쩔 수 없다는 듯 혈리연과 적발을 우석장 안으로 들여보냈다.

곽진해를 따라가던 혈리연이 비꼬듯 물었다.

“하오문에서 꽤 높은 위치에 있나봐?”

“그럭저럭.”

“그런 분이 내 품속은 왜 뒤졌을꼬?”

“제 일이니까요. 아무튼 두 가지 명심하셔야 할 것이 있어요.”

“……?”

“첫 번째는 거래 내용에 확신이 있어야 한다는 것, 즉 총타주님이 이의를 제기할 수 없을 정도로 확실한 일이어야만 해요. 두 번째는……."

말끝을 흐린 곽진해가 혈리연을 힐끔 보았다. 그러다 묘한 미소를 지어 보였다.

"꽤 흥미로운 외모이기는 한데, 할 수 있을지 모르겠네요."

"뭐가?"

곽진해의 미소가 더욱 짙어졌다. 거기다 살짝 얼굴이 붉어지는 것이 의미심장하게 보였다.

"이건 다른 사람이 설명해야 하는 건데… 잘 들으세요."

그러면서 그녀는 낮게 혈리연과 적발에게 두 번째 내용을 설명했다.

"거래 내용은 신선하지만, 상당한 분란을 일으키는 것이군."

혈리연의 설명을 들은 흑운비화의 말이었다.

그녀는 중원 사람 같지가 않았다. 검게 탄 피부와 조금은 이국적인 느낌을 풍기는 외모가 귀주나 운남에서 생활하는 소수 민족의 피를 이어받은 것 같았다.

하지만 이국적인 느낌과는 다른 작은 키, 조금 뚱뚱한 체구, 검은 피부에 덧칠한 듯한 짙은 화장은 보는 사람으로 하여금 거부감을 들게 했다.

"만약 그대의 말을 들어주게 되면 호북에 있는 수많은 문통과 우리의 관계에 불화가 생긴다는 것쯤은 알고 있겠지? 상도에 어긋나는 일은 항상 문제를 부르지."

혈리연이 퉁명스럽게 대꾸했다. 그는 곽진해의 배려로 총타주의 집무실로 들어선 순간부터 인상을 쓰고 있었다.

"그러니 하오문을 찾은 것이 아니오. 호북 문창을 틀어쥐고 있다고 알고 있는데?"

"호북뿐만 아니라 호남과 강서, 귀주까지 이런 쪽의 문창을 주도하고 있기는 하지."

"그럼 더욱 잘됐네. 호북에서 잘되면 다른 성에도 판매를 넓히면 되니까."

흑은비화는 고개를 저었다.

"곽 부주 때문에 억지로 면담을 허락하기는 했지만……."

혈리연의 인상이 더욱 험악해졌다.

그는 곽진해의 말을 떠올렸다.

"총타주께서는 앞뒤를 확실히 가려요. 처음부터 거절하면 절대 거래가 성사될 수 없다는 말이죠. 하지만 말끝을 계속 흐린다면 조건이 마음에 있다는 증거라고 생각하세요. 협상이 가능하다는 말이죠. 그리고 그 조건에는 한 가지가 명확해야 해요. 때에 따라선 두 가지가 될 수도 있지만, 우선 한 가지는 하오문이 얻어질 이익이에요."

"두 가지가 된다면?"

“그건 시기에 따라 달라지는 건데요, 때가 좋지 않으면 한 가지가 더 붙을 경우가 있어요. 문제는 지금이 딱 그 시기일 거라는 거죠.”

탁!

혈리연은 준비했던 종이를 탁자 위에 올려놓았다. 어음이 들어 있는 봉투였다.

“계약금으로 은 백 냥이유. 그리고 일이 성사됐을 때 앞으로 얻어질 순이익의 일 할을 무조건 호북 하오문 총타에 주겠수다. 그 외에도 대량의 서적을 유통할 테니 하오문이 운영하는 문창 또한 수입이 많을 거요.”

흑운비화가 고개를 끄덕였다. 하지만 표정은 영 탐탁지 않은 듯했다.

‘제길!’

속으로 욕을 한 혈리연이 버럭 소리쳤다.

“난 안 되오.”

흑운비화가 아미를 찌푸렸다.

“그럼 거래는 없던 걸로…….”

혈리연이 그녀의 말을 끊었다.

“거부하는 게 아니라 젊고 싱싱한 것으로 주겠다는 말이었소.”

“젊고 싱싱한?”

"잠시만 기다리슈, 보면 놀랄 물건으로 바치겠으니. 적발, 가자!"

말을 끝낸 그는 도망치듯 집무실을 빠져나왔다. 적발도 마찬가지였다. 더 이상 방에 있기 무섭다는 행동들이었다.

그들이 집무실에서 나오자 밖에서 기다리고 있던 곽진해가 궁금증을 드러냈다.

"거절인가요?"

"아니."

"그런데 왜 이렇게 일찍 나오죠?"

"내가 그런 놈으로 보여?"

"거래를 위해서는 그럴 수도 있지 않을까요?"

혈리연의 두 눈이 번뜩였다. 그는 더는 대화하기 싫다는 듯 곽진해를 지나쳐 버렸다.

뒤따르던 적발이 물었다.

"설마 수환과 수영에게 시킬 건 아니죠?"

"그놈들이 내 말을 들어먹겠어?"

"그럼……."

"젊고 싱싱한 놈이 있잖아."

"설마?"

"이런 일은 책임자가 해결해야지."

그 말의 의미를 되새긴 적발이 씨익 웃었다.

회양월은 불만스런 얼굴로 수환과 수영을 바라보았다. 객잔에 왔으면 조용히 방에나 있을 일이지 일층에 내려와 술을 마시고 있었기 때문이다.

술값이 아까운 것은 아니었다. 정작 그가 내키지 않은 것은 이 두 사람에게 몰려온 사람들 때문이었다. 다섯 명의 여인이 같은 탁자로 옮겨와 두 사내와 농을 주고받는데, 회양월로서는 할 말이 없어 난감할 뿐이었다.

능수능란을 넘어선 수환과 수영의 언변에 소름을 돋을 지경이었다. 왜 그리 말에 담긴 의미가 느끼하던지…….

그는 주변의 여인들을 신기한 듯 바라보았다. 느끼한 말에 빠져 입을 헤 벌리고 두 사내만 바라보는 모습에는 실소를 머금을 수밖에 없었다.

끼이익!

참지 못한 그가 자리에서 일어났다.

"저는 방에서 기다리겠습니다."

수환이 화사하지만 남성적인 미소를 보였다.

"몸이 불편한 모양이군요?"

그러자 수영이 안 그래도 우수에 찬 눈에 잔뜩 걱정스러움을 담아 보냈다. 그는 급히 회양월을 따라 일어서며 이마에 손을 가져가 대었다. 꼭 어머니가 아들의 열을 재는, 애정이 듬뿍 담긴 모양새였다.

그 모습을 바라보던 여인들이 얼굴을 붉혔다.

수영이 슬픈 목소리로 분위기를 고조시켰다.

"문주, 저를 걱정시키는군요."

급기야 들뜬 가슴을 억누르고 있던 여인들이 탄성을 터뜨린다.

"아! 두 분은 각별한 사이인가 봐요?"

수환이 지적인 표정으로 끼어들었다.

"항상 저렇게 사이가 좋아 제가 질투를 한답니다."

"꺄—!"

"그러지 마세요. 외로우시면 우리가 말벗이 되어드릴게요."

회양월은 한숨을 푹 쉬었다. 왜 혈리연이 이들에게 적개심을 가지고 있는지 알 만했다.

거칠게 수영의 손을 뿌리친 그가 말했다.

"걱정해 주셔서 감사합니다만, 저를 같은 부류로 끌어들이지 말아주십시오."

순간 수영의 눈에서 눈물 한줄기가 떨어져 내렸다.

"제 마음을 거절하시는 겁니까?"

애절한 목소리와 눈빛에 여인들이 망연히 입을 벌렸다. 그때 객잔 문이 열리며 거친 목소리가 들려왔다.

"잘들 논다."

혈리연이었다.

"이럴 줄 알았지. 실없는 짓거리 집어치우고 따라 나와."

안 그래도 불편했던 회양월이 혈리연을 반겼다.

"잘 해결됐습니까?"

"진행 중이니까 따라 나와. 갈 곳이 있어."

그 말뿐이었다.

혈리연은 객잔에서 낭비할 시간이 없다는 듯 다시 밖으로 나가 버렸다. 그러자 회양월이 급히 따라나섰고, 거의 넘어온 여인들을 아쉬운 눈빛으로 바라보던 수환과 수영도 뒤를 따랐다.

혈리연이 가는 곳은 우석장이었다.

회양월이 궁금증을 드러냈다.

"무슨 일인데요?"

"문주."

"네?"

"날 믿지?"

왠지 불안해지는 회양월.

"그, 그렇기는 한데……."

"그럼 아무 말 하지 말고 따라와."

평소와는 달리 무겁게 분위기를 잡는 터라 회양월도 더는 물어볼 수가 없었다. 하지만 혈리연을 따라 우석장의 중앙에 자리 잡은 건물에 도착했을 때는 더 이상 참기 어려웠다.

"제가 꼭 우석장에 들어와야 할 일이 있는 겁니까?"

대답없는 혈리연. 다만 회양월의 어깨에 손을 올릴 뿐이었다. 그렇게 한참 동안 강렬한 눈빛으로 회양월의 두 눈을 응시하던 그가 낮게 말했다.

"이 일이 누구를 위해서인지는 알고 있겠지?"

"……."

"계약만 성사된다면 문주와 청천문의 앞날은 번개처럼 빠르고 어떤 빛보다 밝아질 거야."

"도대체 무슨 일인지……?"

"우선 이거 받아."

혈리연은 세부적인 내용이 적힌 계약서를 회양월의 손에 쥐어주었다.

"이걸 가지고 들어가면 호북 총타주가 수결(手決)을 찍어줄 거야."

"그런 일이라면 굳이 제가 할 필요 없잖아요?"

"아니. 문주가 아니면 누구도 못하는 일이지. 여러 말 하는 것보다는 우선 몸으로 부딪쳐 보는 것이 좋다고 생각한다."

말과 함께 그는 회양월의 소매를 잡아끌었다. 그렇게 집무실 문 앞까지 다가가 조심스럽게 문을 열었다.

끼이익!

문틈으로 빼꼼히 얼굴을 들이민 혈리연이 은밀한 목소리로 말했다.

"데려왔소."

문 안에서 여인의 목소리가 대답했다.

"들여보네."

"들어가!"

회양월은 슬며시 뒷걸음질을 쳤다. 이상하게 들어가면 안 된다고 몸이 먼저 반응한 탓이었다. 하지만 혈리연의 힘을 이길 수가 없었다. 양팔을 잡아 문 앞에 세우더니 부딪치듯 밀어버리는 것이다.

탁!

회양월이 사라지기가 무섭게 혈리연은 급히 문을 닫아버렸다. 그러자 수환과 수영이 다가와 의문을 드러냈다.

"무슨 일인데 그렇게 조심하는 겁니까?"

침묵이 감도는 집무실을 슬쩍 바라본 혈리연이 간단히 설명했다.

"이곳 총타주가 주안술을 익혔다더라고."

"주안술이요?"

주안술이란 무림인들이 늙는 것을 방지하고자 내공으로 노화를 억제하는 기술의 통칭이다. 문제는 부작용이 심하다는 것인데, 주안술에도 여러 가지 방법이 있었다.

흑운비화는 그중 가장 부작용이 적은 흡정공(翕正功)을 익히고 있었다. 자신의 내력이 주안술 때문에 계속 소비되는 것을 방지하기 위해 외부에서 양기를 받아들이는 기술이었다. 주기적으로 남성과 관계를 가져야 하는 것이 부작용이라면 부작용이겠지만, 지금까지 알려진 주안술 중에서는 가장 안

전한 방법임은 틀림없었다.

수환과 수영이 키득거리기 시작했다.

"하하하, 불쌍한 문주."

"오늘 진정한 남자 하나 탄생하는군."

때마침 집무실 안에서 비명이 울려 퍼졌다.

"아악! 왜 이러시는 겁니까?"

"앙탈 부리지 말고 가만히 있어."

"저리 가요!"

이어 둔탁한 격타음이 이어졌다.

흑운비화의 목소리가 다시 들렸다.

"처음엔 다 그래."

하지만 또다시 이어지는 격타음. 이어 문이 열리면서 회양월이 급히 튀어나왔다.

"살려주세요."

다급한 김에 혈리연을 보고 도움을 구했지만, 그는 인식하지 못하고 있었다. 자신을 집무실로 밀어 넣은 사람이 누구인지를……

혈리연의 배신 같은 목소리가 울렸다.

"잡아!"

순간 수환과 수영, 그리고 적발이 회양월을 잡았다. 바둥거리는 그를 혈리연이 마지막으로 혈도를 찍어 제압해 버렸다.

"뭐야? 놔! 놓으란 말이다!"

터져 나오는 비명은 단지 바람일 뿐, 혈리연이 집무실로 손짓하자 수환 등은 회양월을 들고 그대로 집무실로 집어 던지듯 넣어버렸다.

문을 닫자 다시 비명이 울렸다. 하지만 그 비명은 오래 지속되지 못했다.

흑운비화가 아혈까지 제압해 버린 모양이다.

"울지 말고 즐겨!"

침묵 속에서 나긋나긋한 흑운비화의 목소리가 격정의 시간이 다가왔음을 알려주었다. 두려움으로 범벅된 회양월의 눈물과 그 옆에 떨어진 수결이 찍힌 계약서는 격정의 시간이 만들어낸 증거품이라 할 수 있었다.

*　　　*　　　*

"여기서부터 천문입니다."

사이한 기운을 풍기는 다섯 괴한 중 하나가 입을 열었다.

흑영만마는 천문으로 들어서는 초입을 한번 둘러보더니 고개를 끄덕였다.

"구름이 낀 것이 은밀한 거래를 하기에는 딱 좋은 날씨구나."

그러자 다른 괴한이 조심스럽게 말했다.

"흑운비화라는 자는 괴팍한 성격의 소유자라 들었습니다.

그럴 리야 없겠지만 혹여 장로님께 무례를 범한다면…….”
　“그만한 위치에 있는 자라면 그런 오만은 당연하겠지. 하
나, 누가 감히 마교의 이름 앞에서 자유로울 수 있겠느냐?”
　말과 함께 흑영만마는 검은 장포를 휘날리며 앞서 걸었다.

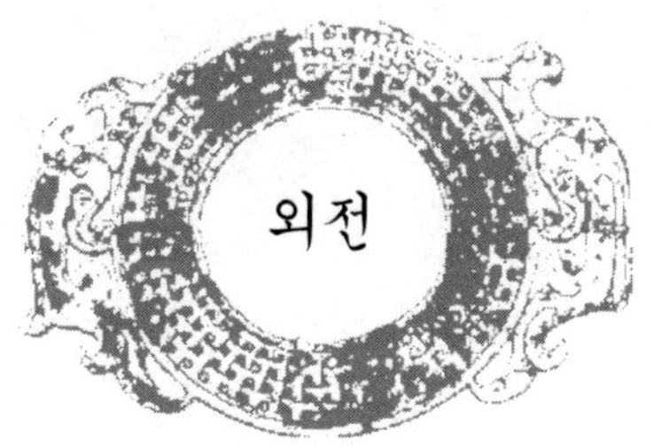

외전

외전 1
십삼 년 전 가을:이완의 첫 만남

"자, 자네가 여긴……. 살아 있었던가……?"

이완은 경악과 불신의 눈빛으로 상대를 바라보았다.

피곤함에 전 얼굴과 여기저기 찢겨진 누더기는 상대가 북천에 오기까지 어떤 고생을 했는지 여실히 보여주고 있었다.

이완은 하마터면 울컥 눈물을 쏟아져 나오려는 것을 힘겹게 참아냈다.

십여 년 전 우연히 알게 된 상대였고, 자주 만나지는 못했지만 첫 만남부터 정이 가던 사람이었던 것이다.

그것은 상대도 마찬가지다.

누구도 믿을 수 없는 상황에서 자신을 찾아왔다는 것만으로 이완은 알 수 있었다.

그는 친우 손소강의 손을 꼭 쥐었다.

"살아 돌아와 줘서 고맙네."

상대는 씁쓸한 미소로 답했다.

"이 질긴 목숨, 염라대왕도 마다하더군."

"다른 이들은? 환 대협은?"

"천통소라 불리는 노친네는 어디 갔던가? 이미 알 텐데?"

이완은 더욱 표정을 어둡게 했다.

"결국 소문이 사실이었군."

"그래도 네 명이나 살아남았네. 그 염왕지옥 같은 곳에서 네 명이나……."

손소강은 억지로 미소를 보여주었다.

이완도 따라 웃었다.

"훗날 혈화궁주(血花宮主)를 만날 일이 있으면 전해주게. 고맙다고."

"그녀의 도움이 있었던가?"

"고맙게도……."

"그래, 이젠 어쩔 텐가?"

"후기들의 교육도 끝나갈 테니 그들을 본대로 보충해야지."

"그래 봐야 백 명도 안 되네. 그리고 그 이후는? 설마 복수를 생각하는 것은 아니겠지?"

“왜 아니겠나.”

이완의 표정이 구겨졌다.

“불구덩이로 들어갈 생각 말게.”

“허허허, 농담이야.”

손소강은 차분한 얼굴로 말을 이었다.

“이제부턴 그분의 지시를 따라야지.”

“그분?”

“소각주!”

“아! 몇 해 전 후기 중에 환 대협의 제자로 지목되었다던 그 아이?”

“아이라니? 소각주님일세. 그분이 아니었다면 우리도 살아남지 못했을 게야.”

“이번 전투에 참여했었나?”

“수련 중인 다른 후기들은 몰라도 그분은 꼭 참가해야 한다는 주군의 명이 있었지.”

말과 함께 손소강이 밖을 향해 공손하게 외쳤다.

“들어오십시오!”

잠시 후, 정문으로 세 사람이 들어왔다. 덥수룩한 수염이 입 전체를 덮은 사내와 왼쪽 이마에서 콧등을 지나 오른쪽 볼까지 상처가 이어진 차가운 사내, 그리고 그 뒤로 약관이 좀 안 된 앳돼 보이는 소년이었다.

누더기는 손소강과 다를 바 없었다. 하지만 그들에게서 풍기는 기운은 달랐다.

그것은 살의와 비감이었다.

이완은 그중 앳된 소년의 눈빛을 보고 얼어버렸다.

차갑게 가라앉은 눈빛은 모든 것을 얼려 버리는 듯했다.

굳게 닫힌 입술이 고집을 나타내고 있었고, 검에서 손을 놓지 않는 모습은 앞을 가로막으면 누구라도 죽이겠다는 결의를 보여주는 듯했다.

"아!"

이완은 자신도 모르게 탄성을 질렀다.

소년의 눈빛은 이완도 믿지 못한다고 말해주고 있었다. 경계심을 극도로 피워 올리며 지독한 살기를 뿌리는 것이다.

손소강이 웃으며 말했다.

"이제부터 이분이 마각의 주인일세."

"……!"

이완은 대답하지 않았다. 그는 마력에라도 빠진 듯 소년의 눈에서 시선을 떼지 못했다.

*　　　*　　　*

"여, 여기서 무얼 하십니까?"

한동안 두문불출하던 이완이 어렵게 입을 뗐다. 바깥 공기를 마시고자 잠시 정원으로 나왔을 때 의외의 인물을 만났던 것이다.

마각의 주인 이완을 한동안 두문불출하게 한 원인 제공자였다.

이완은 그와 마주치지 않기 위해 한동안 애쓰고 있었다. 곰곰이 생각해 보면 첫 만남의 강렬한 인상이 무엇인지 분명했다.

그것은 두려움.

어린 소년에게 두려움을 느낀다는 것이 창피해 손소강을 만날 때를 제외하고는 정원 출입을 일절 끊었던 그다.

생각 같아서는 그냥 들어가고 싶었지만, 언제까지나 피할 수만은 없을 것 같아 말이나 슬쩍 걸어본 것뿐. 그런데 마각의 주인이 대답했다.

그는 인공 호수 앞에 앉아 있었다.

"잉어들이 참 재밌게 헤엄치네요."

"그, 그렇습니까? 노부가 보기에는 그저 살아가는 것처럼 보이는데요."

괜히 말했다고 생각한 이완을 향해 마각의 주인이 시선을 돌렸다.

"살아가는 것?"

그는 대답을 요구하고 있었다.

이완은 상대의 눈빛을 감당할 수 없어 천천히 다가가 옆에 앉았다. 그도 헤엄치는 잉어를 망연히 바라보았다.

“사람에게는 헤엄치는 것이지만 잉어에게는 살아가는 방법, 삶 그 자체지요.”

“사람도 그럴까?”

“……?”

무슨 대답을 원하는지 몰라 이완은 가만히 있었다.

물음은 다시 들려왔다.

“잉어가 보기에 사람들이 서로 죽고 죽이는 행위를 살아가는 것처럼 생각하느냐는 말이었습니다.”

“그, 글쎄요…….”

“재밌네!”

마각의 주인은 다시 침묵을 지켰다.

이완은 일어나야 할 때라고 생각했다. 그때 마각의 주인이 입을 열었다.

“완노야가 저라면 어쩌시겠습니까?”

“무슨 말씀이신지……?”

“지금의 저라면 앞으로 무엇을 할 생각이냐는 말입니다.”

“복수는 생각하지 않을 겁니다.”

은근히 걱정되었던 부분이라 절로 대답이 튀어나왔다.

“복수라…….”

“마교에 대한 복수는 잊으십시오.”

또 다른 혈풍이 부는 것을, 그 중심에 마각과 손소강이 있는 것을 이완은 원치 않았다. 하지만 상대의 대답이 놀라웠다.

"훗! 누굴 위한 복수?"

이완이 멍한 표정을 지었다.

"설마 그 환어럽이란 노인을 위한 복수?"

"아, 아닙니까?"

"그가 살아 있었다면 내가 죽였을 겁니다."

"……!"

이완은 상대의 말을 선뜻 이해할 수 없었다.

'무슨 소린가?'

마각의 주인은 계속 말하고 있었다.

"나를 망가뜨리고, 내가 좋아하는 것을 부수고, 내가 정을 준 전우를 지옥으로 내몬 죗값으로 그는 얄팍한 죽음이란 대가만 받았지. 하하하, 죽을 때까지 치졸한 사람이 아닙니까?"

"그, 그런 말을……."

"걱정하지 마세요. 복수 따위는 지옥 문턱에 버려두고 왔으니까."

자기 할 말만 하고 마각의 주인은 자리를 털고 일어섰다. 그는 일어설 때 주워 들었던 작은 돌멩이 하나를 호수에 던져 넣으며 화제를 돌렸다.

"천통소라 불린다고 들었습니다."

"그렇습니다만, 왜 그러십니까?"

"세상 이치와 사정에 누구보다 밝겠군요."

"남들은 그렇게 말하더이다."

“그럼 부탁 한 가지만 하겠습니다.”

“……?”

“무너져 가는 문파가 어떤 곳이 있는지 알아봐 주십시오. 되도록 새외 쪽으로.”

“왜 그러시는지……?”

순간 마각의 주인이 활짝 미소를 지었다. 힐끔 그 모습을 바라본 이완은 다시 굳었다.

그건 또 다른 힘으로 그에게 다가오고 있었다.

마각의 주인은 이렇게 대답했다.

“제가 부서진 물건 고치는 걸 좋아하거든요. 그걸 사람이 사는 세상을 대상으로, 특히 무림인들을 대상으로 해볼 생각입니다.”

나중에 굳이 그러려는 이유를 물었을 때, 마각의 주인은 간단명료하지만 가장 충실하게 답해주었다.

“어차피 살아가는 거, 잉어가 보기에 재밌을 수 있게 살아야죠.”

마각은 그날 부로 해체되었다.

『혈리연』 제1권 끝

초등학생이 반드시 읽어야 할 좋은 책 49권

각 학년별로 초등학생이 반드시 읽어야할 좋은 책을 선정하여 통합논술의 기본이 되는 '올바른 독서법'을 일깨워 줍니다.

교과서와 함께하는
초등학교 통합논술

초등1학년 | 값 12,000원 / 초등2학년 | 값 9,500원 / 초등3학년 | 값 11,000원 / 초등4학년 | 값 9,500원 / 초등5학년 | 값 9,500원 / 초등6학년 | 값 11,000원

♣ 혼자 할 수 있어요.

엄마가 책 읽는 방법을 가르쳐 주어도 좋아요.
독서지도하는 선생님이 가르쳐 주어도 좋답니다.
"초등 교과서와 함께하는 **통합논술 시리즈**"는
아이 스스로 독서할 수 있도록 꾸며진 책이에요.
엄마와 선생님은 요령만 가르쳐 주시면 된답니다.

♣ 교과서의 중요한 내용이 총정리되어 있어요.

각 학년별로 중요한 교과 내용이 함께 수록되어 있어요.
초등학생은 교과서 내용을 충실하게 공부해야합니다.
아울러 그와 병행한 독서가 대단히 중요하지요.
"초등 교과서와 함께하는 **통합논술 시리즈**"는
두가지 방법 모두 알려준답니다.

♣ 이 책은 훌륭하신 선생님들이 함께 쓰신 책이랍니다.

동화작가 선생님들이 쓰셨어요. 소설가 선생님도 쓰셨답니다.
국어 논술독서지도 선생님들도 함께 쓰셨지요.
"초등 교과서와 함께하는 **통합논술 시리즈**"는
엄마의 마음으로 모든 선생님들이 함께 꾸민 책이랍니다.

입소문을 통해 아는 분은 다 알고 계십니다!
올 한해 공인중개사 최고의 화제작!

1~2권 합본 | 이용훈 지음
3~4권 합본 | 이용훈 지음
5~6권 합본 | 이용훈 지음
용어해설 | 이용훈 지음

수험생 기본 필독서
만화 공인중개사

제목 : 만화공인중개사 쓰신 분에게 감사드립니다.

학원을 두 달 다녔어요. 근데 과연 그 숫자 외우기 그런 게 몇 문제나 나올까 생각을 했어요.
아니라는 생각이 드네요. 학원강의를 뒤로하고 서점을 갔어요. 내 머리에 가장 이해될 수 있는
책이 없나 하구요. 거기서 만화를 발견했어요. 무조건 세 번 봤어요. 3개월 걸렸어요. 문제집을 보라고
했는데 그건 시행을 못했어요. 근데 합격을 했네요.
어떻게 감사의 말을 해야 될지……
도서관에서 만화책 들고 다니니까 사람들이 비웃더라구요. 만화책으로 공인중개사를 공부한다고
미친 사람처럼 보더라구요. 근데 그거 다 감수하고 했던 내가 자랑스럽습니다.
어떻게 감사의 말을 해야 할지… 정말 감사합니다.
부디 행복하세요. 제 나이 41살에 좋은 스승을 만난 것 같습니다.
엎드려 감사드립니다.

−본사 홈페이지에 독자분이 올린 메일 中 에서 발췌−